서문문고
049

베이컨 수상록

F. 베이컨 지음
김 영 철 옮김

헌정(獻呈)의 서한(書翰)

나의 존경하는 영국 해군장관 버킹엄 공작 각하에게

공작 각하,

솔로몬은 "훌륭한 이름은 값진 향유와 같다"고 말하였습니다만, 저는 각하의 방명(芳名)이 후세에 길이 빛나리라 확신하는 바입니다. 왜냐하면 각하의 행운과 훈공은 다같이 빛나는 것이기 때문입니다. 그리고 영구불후(永久不朽)의 공적을 세우셨기 때문입니다.

이제 저는 졸저 ≪수상록≫을 세상에 내어놓게 되었습니다. 이것은 저의 여러 저작들 가운데서 가장 잘 알려진 것입니다. 그것은 세인들의 업무와 심금에는 절실한 것이 있었던 까닭으로 사료되는 바입니다. 이제 질량이 다 함께 더한 바가 있어서 신저(新著)의 면목을 갖추게 된 것입니다. 그러므로 저는 각하에 대한 흠모와 정의(情誼)에 비추어 영문판 및 라틴어판 서두에 각하의 방명을 올려 두기로 작정하였던 것입니다. 왜냐하면 저는 라틴어판은(세계어로 씌어진 것이므로) 세상에 길이길이 잔존하리라고 믿는 까닭입니다.

졸저 ≪혁신≫은 국왕 폐하께 헌정하였으며, ≪헨리 7세의 역사≫(그것 또한 라틴어로 번역하였습니다만)

와 ≪박물지(博物誌)≫의 일부는 왕세자께 헌정하였던
것입니다. 그러므로 이 ≪수상록≫은 각하께 드리는 것
입니다.

이는 저의 필봉(筆鋒)과 노력에 대한 하느님의 보살
핌으로 말미암은 최선의 수확입니다. 하느님과 각하의
편달을 바라는 바입니다.

각하의 가장 애호하고 충실한,

FR.ST.알반

차　례

베이컨 수상록

1. 진리에 관하여

"진리란 무엇인가?"[1]라고 빌라도(Pilatus)[2]는 농담조로 묻고는 그 대답을 들으려고 하지 않았다. 확실히 세상에는 경솔함을 좋아하고 어떤 신념을 확립하는 것을 일종의 구속이라고 생각하여, 행동에 있어서나 사고(思考)에 있어서 제멋대로[3] 하려는 사람들이 있다. 이와 같은 종류의 철학의 유파(고대 그리스의 회의학파(懷疑學派))는 이미 사라지기는 했지만 아직도 같은 투의 논설(論說)을 펴는 사람들은 남아 있다. 비록 옛날 사람의 말에서처럼 그다지 혈기는 없지만.

그러나 인간이 진리를 발견한다는 것은 곤란하거나 힘든 일일 뿐 아니라 또 진리가 발견되었을 때 그것이 인간의 사상을 구속하기 때문에 사람들이 거짓을 좋아하게 되는 것이 아니라, 그것은 잘못된 것이기는 하지만 거짓 자체에 대한 자연적인 사랑 때문인 것이다.

---

1) 요한복음 18장 38절.
2) 예수 그리스도 생존 당시 유대를 통치한 제5대 로마 총독.
3) 'free-will'이란 '자유 의지'라고 번역되며, 원래 인간에게는 욕구라든가 '호악(好惡)'의 감정에 좌우되지 않는 실천적인 의지 능력으로서의 자유 의지가 있는 것으로 보아 왔다. 그러나 여기에서는 그러한 의미의 '자유의지'를 가리키는 것이 아닌, 문맥상 '자의(恣意)'의 뜻으로 해석하였다.

그리스 말기의 어떤 학파의 한 사람(New Academy 학파의 Lucian, BC 2세기 경 사람)은 이 문제를 고찰하고 시인들처럼 쾌락을 제공하는 것도 아니요, 또 상인들처럼 이익을 가져다 주는 것도 아닌데 단지 거짓을 위해서 거짓을 사랑하는 것은 무슨 까닭인가를 한참 동안 생각하였다. 그러나 나는 말하지 않을 수 없다. 즉, 진리는 적나라한 대낮의 광선과 같은 것이어서, 세상의 가면극이나 무언극이나 개선 행진을 멋있고 우아하게 비추기에는 촛불의 반만큼도 미치지 못한다. 진리는 대낮에 가장 아름답게 보이는 진주(眞珠)의 가치는 지니고 있다. 그러나 여러 가지 다른 빛을 받아서 가장 아름답게 보이는 다이아몬드나 루비의 가치에는 따라가지 못할 것이다.

거짓이 가미된다는 것은 언제나 쾌감을 더해 준다. 만약에 사람의 마음에서 헛된 의견이나 은근한 희망이나 그릇된 평가나 망념(妄念) 등이 제거된다면 많은 사람들의 마음은 가련하고 위축된 것이 되어 버려, 우울과 불쾌감이 충만하여 스스로에 대해서 언짢아할 것이라는 것을 누가 의심할 것인가? 초기 기독교의 교부(敎父)의 한 사람(성 어거스틴)은 신랄하게도, 시는 상상력을 충족시켜 주기는 하지만 그러나 허위의 그림자를 가지고 충족시켜 주기 때문에 '악마의 술'이라고 불렀다. 그러나 해를 끼치는 것은 마음을 스쳐가는 거짓이 아니라 앞에서 말한 것처럼 마음속에 침잠(沈潛)해서 고착(固着)되어 버린 거짓이다. 그러나 이러한 것들이 인간의 타락된 판단력이나 감정 속에서 그와 같이 된다고 하더라도 오직 스스로를 판단하는 진리는 다음과 같이 가르쳐 준다. 즉, 진리의 탐구 그것은 진리에 대한 사랑이자 진리에 대한 구애이며, 진리의 인식 그것은 진리의 현존(現存)이며, 그리고 진리의 신봉(信奉) 그것은 진리를 누리는 것이며 이것들이 인간 최고의 행복이라고.

여러 날에 걸친 신의 노작(勞作) 가운데서 최초의 창조물은 감각의 빛이었으며 최후의 그것은 이성의 빛이었다. 그리고 그 이후 오늘에 이르기까지 신의 안식일의 작업은 성령(聖靈)을 가지고 인간의 마음을 비추는 일이다. 신은 먼저 물질, 즉 혼돈계(混沌界) 위에다 빛은 불어넣으시고 다음에는 인간 위에다 빛을 불어넣으셨다. 그리고 지금도 그의 선민(選民)들 위에 계속해서 광명을 불어넣고 있는 것이다. 다른 점에서는 열등한 한 철학파(에피쿠로스 학파)를 장식한 그 시인(로마의 시인 루크레티우스)은 다음과 같이 멋진 말을 하였다.

"해변에 서서 바다 위에 흔들리는 배를 바라보는 것은 즐겁도다. 성곽(城郭)의 창에 기대어 전투와 그 여러 가지 모험을 내려다보는 것도 즐겁도다. 그러나 어떠한 즐거움도 진리라고 하는 우월한 위치—그 언덕은 다른 장소로부터 내려다보이는 일이 없으며 그리고 공기는 항상 맑고 잔잔하다—에서 눈 아래 골짜기에서 일

어나는 미류(迷謬)·방황·농무(濃霧)·열풍 등을 내려
다보는 즐거움과는 비할 데가 없는 것이다."

이러한 광경은 언제나 동정을 가지고 바라보아야 하
며 교만이나 만심(慢心)을 가지고 바라보아서는 안 된
다. 확실히 사람의 마음이 자애롭게 움직이고 섭리 속
에 안주하며 진리의 양극(兩極) 위에서 회전한다면 그
것이야말로 지상 천국이다.

신학적·철학적 진리로부터 일상사에 관한 진리에로
옮겨 보자. 공명 정대한 거래가 인간성의 명예라는 것
은 그것을 실행하지 않은 사람들까지도 인정할 것이다.
거짓이 섞인다는 것은 금화나 은화 속에 나쁜 금속을
섞는 것과 같으며, 그 금속은 보다 더 실용적일지는 모
르나 그 품질을 저하하게 하는 것이다. 왜냐하며 이러
한 구부러지거나 비뚤어진 길은 발로써 서는 것이 아니
라 비열하게도 배로 기어가는 뱀의 길이다. 거짓과 불
성실을 알 만큼 사람을 치욕으로 뒤덮는 것처럼 더한
악덕은 없다. 그러므로 몽테뉴는 거짓말이 왜 그처럼
수치이며 혐오해야 할 대상인가,라는 이유를 탐구한 결
과 다음과 같이 말했다.

"잘 생각해 보면 어떤 사람이 거짓말을 한다고 말하
는 것은 그 사람이 신에 대해서는 용감하고 인간에 대
해서는 비겁하다는 것에 지나지 않다는 것이다. 왜냐하
면 거짓말은 신에게는 정면으로 대항하면서 인간으로부
터는 움츠리게 되는 것이기 때문이다."

아마 확실히 허위와 신앙의 파기(破棄)가 사악(邪惡)임을 가장 잘 나타내는 것은 그것이 여러 세대의 인간 위에 하느님의 심판을 부르는 마지막 나팔 소리가 될 것이라는 것이다. 즉 그리스도가 재림할 때, "그러나 인자가 올 때에 세상에서 믿음을 볼 수 있겠느냐?"4)라고 예언하고 있는 것이다.

---

4) 누가복음 18장 8절.

2. 죽음에 관하여

사람이 죽음을 두려워하는 것은 마치 어린아이들이 어둠 속을 걸어가는 것을 두려워하는 것과 흡사하다. 그리고 아이들에게 있어 그 본래의 두려움이 여러 가지 얘기를 들음으로써 더해 가는 것처럼 어른들의 죽음에 대한 공포 역시 그러하다. 확실히 죄의 대가로서, 그리고 저승으로 가는 길로서 죽음을 달관(達觀)하는 것은 성스럽고 종교적이다. 그러나 자연에 대해서 당연히 갚아야 할 공물(貢物)인 죽음을 두려워하는 것은 나약한 짓이다. 그러나 종교적 명상 속에는 때때로 허영과 미신이 섞이는 수 있다. ≪프라이아 수도사(修道士)≫의 제욕편(制慾篇)1) 속에서 그대들은 다음과 같은 것을 읽을 수 있을 것이다.

"사람들은 만일에 자기의 손가락 끝을 누르거나 아프게 한다면 고통이 어떤 것인가를 생각할 것이며, 그리고 이것으로써 육체 전체가 부패하고 해체되었을 때의 죽음의 고통이 어떤 것인가를 상상할 것이다. 그러나 대개의 경우 죽음은 수족의 고문보다는 작은 고통으로 지나간다. 왜냐하면 가장 치명적인 부분이라고 반드시

---

1) 성 프란체스코 칼멜 도미니코 아우구스티누스 수도승의 탁발(托鉢) 수도사들의 금욕 고행에 관한 책.

가장 감각이 예민하지는 않기 때문이다."

그리하여—단지 철학자(로마의 철인 세네카)로서 그리고 범인(凡人)으로서 한 말치고는 잘도 말하였지만—"죽음 자체보다는 죽음을 수반하는 것들이 우리를 겁내게 한다."는 것이다. 신음소리·오뇌(懊惱)·창백한 얼굴·슬피 우는 친구·검은 상복·장례식 같은 것들이 죽음을 무서운 것으로 보이게 한다. 사람의 마음속에 있는 감정은 죽음의 공포를 눌러 극복할 수 없을 만큼 약한 것은 아니라는 것을 알아 둘 만하다. 그러므로 인간이 죽음과의 싸움에 이길 수 있는 수행원을 많이 거느리고 있을 때에는 죽음은 그처럼 두려운 적은 아니다. 예컨대 복수심은 죽음을 극복하며, 사랑은 죽음을 가볍게 생각케 하며, 명예심은 죽음을 열망케 하며, 비탄(悲嘆)은 죽음을 향해서 달려가게 하며, 공포는 죽음을 앞질러 누리는 것이다. 오토 황제[2]가 자살한 다음에 애련(哀憐)의 정(이것은 여러 감정 가운데서도 가장 섬세하다)은 군주에 대한 순수한 동정심에서 그리고 가장 진실된 신하로서 많은 사람들을 순사(殉死)케 하였다. 세네카는 죽음에 이르게 하는 원인으로서 불만과 포만(飽滿)을 첨가하고 있다.

"사람은 용감하지도 않고 또 비참한 처지에 있는 것도 아니면서 다만 같은 일을 몇 번이고 되풀이하는 권

---

2) 로마 황제. BC 69년 비텔리우스에서 패전함으로써 자살함.

태 때문에 죽음을 원하는 수가 있다."고.

위대한 정신의 소유자에 대해서는 죽음의 접근이 거의 아무런 변화도 일으키지 않는다는 것은 주목할 만한 사실이다. 왜냐하면 그들은 최후의 순간까지 조금도 다름이 없기 때문이다. 아우구스투스 시저3)는 영결(永訣)의 인사를 하면서 죽었다. "리비아4), 잘 있소. 우리의 결혼 생활을 영원히 잊지 마오."라고.

티베리우스 황제5)는 시치미를 떼면서 죽어갔다. 타키투스6)는 그에 관해서 이렇게 말하고 있다. "그의 육체의 힘은 티베리우스를 떠나고 있지만 그 시치미를 떼는 힘은 (죽을 때까지) 남아 있었다."라고.

베스파시안 황제7)는 의자에 앉으면서, "나는 신이 되어가고 있다고 생각한다."는 농담을 하면서 죽었다. 갈바8)는, "쳐라! 만일 그것이 로마 인민의 이익이라면……." 하는 말을 하고 그의 목을 내밀면서 죽었다. 세프티미우스 세베루스9)는, "만일 내가 할 일이 남아 있다면 어서 가져오너라."고 일을 서두르면서 죽어 갔다. 대개 이와 같은 것들이다.

확실히 스토아 학파의 철학자들은 죽음을 너무나 값

---

3) 초대 로마 황제, 시저의 조카.
4) 아우구스투스 시저의 황후.
5) 아우구스투스 다음의 로마 황제, AD 14~37 재위.
6) 로마의 역사가.
7) 로마의 황제, AD 69~79 재위.
8) 로마의 황제, AD 68~69 재위, 반란군에 의해 살해됨.
9) 로마의 황제, AD 193~211 재위.

지게 평가하여 그것에 대한 준비를 거창하게 함으로써 죽음을 더욱 두려운 것으로 보이게 했다. "생명의 종말은 자연의 은혜의 하나이다."10)라고 말한 사람은 차라리 나은 편이다. 죽는 일은 태어나는 것과 마찬가지로 자연스러운 일이다. 아마 어린애에게 후자는 전자와 마찬가지로 고통스러울 것이다. 무엇인가 열심히 추구하고 있는 동안에 죽는 사람은 흥분하고 있는 동안에 상처를 입는 사람과 흡사하다. 왜냐하면 그는 그 당장에는 아픔을 거의 느끼지 않기 때문이다. 그러므로 어떤 좋은 일에 마음을 고정시켜 집중하는 사람은 죽음의 괴로움을 모면한다. 그러나 무엇보다도 인간이 가치 있는 목적과 기대에 도달하였을 때 말하는 가장 아름다운 성가(聖歌)는 "주여, 주께서 이제는 주의 말씀대로 이 종을 편안히 놓아 주시옵니다."11)라는 말이다.

죽음에는 또한 다음과 같은 것이 있다. 그것은 좋은 명성(名聲)의 문을 열며 질투의 불을 끄게 한다.

"살아 생전에 질투를 받았던 사람도 죽으면 사랑받게 된다."12)

---

10) 로마의 풍자시인 유베나리스의 말.
11) 누가복음 2장 29절.
12) 호라티우스의 시에 나오는 말.

3. 종교의 통합에 관하여

종교는 인간 사회의 주요한 결속물로서, 그 자체가 참된 통합이라는 결속에 의해서 잘 포섭되어 있을 때에는 행복한 것이다. 종교를 에워싼 논쟁과 대립의 폐해를 이교도들은 알지 못한다. 그 이유는 이교도의 종교는 일정한 신조보다는 의식과 제례(祭禮)로 이루어지고 있기 때문이다. 왜냐하면 이교도의 교회에 있어서는 으뜸가는 박사와 교부(敎父)들이 주로 시인이었다는 것을 생각하면 그들의 신앙이 어떤 것이었는가를 상상할 수 있을 것이다. 그러나 참된 신은 '질투심이 많은 신'이라는 속성을 지니고 있다. 그러므로 이에 대한 숭배와 종교에는서 어떤 혼합물이나 상대자를 허용하지 않는다. 그러므로 우리는 교회의 통합에 관해서 몇 마디 하려고 하는 바이다. 즉, 그 효과는 무엇이며 그 한계는 어떠한 것이며 그 수단이 무엇인가를 말해 보려는 것이다.

통합의 효과(신을 만족시킨다는 것이 무엇보다 중요하지만)에는 두 가지가 있다. 하나는 교회 밖의 사람들에 대한 것이며, 다른 하나는 교회 안의 사람들에 대한 것이다. 전자에 관해서 말하면 이단과 분열이 모든 폐해 가운데서도 가장 큰 것이라는 것은 의심의 여지가 없다. 확실히 도의의 타락 이상의 것이다. 왜냐하면 마치 인간의 육체에 있어서 상처나 상해(傷害)가 썩은 고름보다도 위험한 것처럼 영혼에 있어서도 그러하기 때문이다. 그러므로 사람들로 하여금 교회에 접근하지 못하게 하고 교회로부터 내쫓는 것처럼 통합을 파괴하는 것은 없다. 그러므로 문제가 일어나서 한 사람은, "보라, 그리스도가 광야에 있다."[1]라고 말하고, 다른 한 사람은, "그리스도가 골방에 있다."[2]라고 말할 때, 즉 어떤 사람은 그리스도를 이교도의 비밀집회 속에서 찾고 다른 사람은 교회의 바깥 쪽에서 찾는다면, "나가지 말라."는 소리를 끊임없이 사람들의 귀에 들리도록 할 필요가 있는 것이다.

이방인의 교사가 된 바울은(그의 사명의 특성이 교회 밖의 사람들에게 특별한 관심을 가지게 하였다), "만일 온 교회가 함께 모여서 서로 방언을 말한다면 교회 생활에 서투른 사람이나 불신자가 들어왔을 때 그들은 여러분을 미쳤다고 하지 않겠습니까?"[3]라고 말하였다. 그리고 확실히 무신론자와 세속적인 사람들이, 그처럼 많은 의견의 불일치와 대립되는 교설(敎說)이 종교계에 충만해 있다는 것을 들을 때에도 이와 다를 바가 없을 것이다. 그것은 그들로 하여금 교회를 기피케 하며 또한 '조소하는 자의 자리에 앉게 하는 것이다'이다. 다음은 이

---

1) 마태복음 24장 26절
2) 마태복음 24장 26절.
3) 고린도 전서 14장 23절.

처럼 중대한 문제의 증거로서 제시하기에는 좀 대수롭
지 않은 일이기는 하지만 이 기괴한 일을 잘 표현하고
있다. 즉, 어떤 대조소가4)가 있었는데, 가공적인 도서
관의 장서 목록 가운데 '이교도의 모리스 춤(morris-
dance)'이라는 책의 표제가 있다. 왜냐하면 실제로 이
단의 각 종파는 저마다 다른 태도를 취하고 알랑거리기
때문에 자칫하면 신성한 것을 경멸하기 쉬운 속인들과
타락한 정상배(政商輩)들의 조소를 사지 않을 수 없었
기 때문이다.

내부에 있는 사람들에 대한 효과를 말하면 그것은 무
한한 축복을 포함하고 있는 평화이다. 그것은 신앙을
확립한다. 그것은 자비심을 환기(喚起)한다. 교회 밖의
평화는 순화되어서 양심의 평화가 된다. 그리하여 논쟁
을 쓰거나 읽거나 하는 노력을 수행(修行)과 신앙심에
관한 저술에로 돌리게 된다.

통합의 한계에 관해서 말하면, 그들의 참된 위치를 정
하는 것은 매우 중요한 문제인데, 양 극단이 있는 것처
럼 보인다. 왜냐하면 어떤 광신자는 모든 평화적인 언사
에 반감을 느끼기 때문이다. "그것이 평안인가? 예후5)
여" "평안이 너와 상관이 있느냐? 내 뒤로 돌이키라." 평

---

4) 프랑스의 풍자작가 라블레, 1495~54.
5) 예후(Jehu)는 이스라엘 왕 요람(Joram)의 신하였는데 병사들로부
   터 추대되어 반란을 일으켜 왕이 되었다. 이것은 요람을 향해서 진군
   해 갈 때 요람의 사자(使者)와 예후와의 문답이다.(《열왕기 하》 9
   장 18~19절)

화가 문제가 아니라 추종과 종파가 문제될 뿐이다.

이와는 반대로 라오디게아인6)들과 미온적인 사람들은 절충적인 방법으로 양쪽으로부터 일부분을 채용함으로써 교묘하게 조정하여 종교상의 제문제를 타협시킬 수 있다고 생각한다. 마치 신과 인간과의 중간에 서서 중재하려는 것과 흡사하다. 이 양 극단은 모두 함께 피해야 하며 피할 수 있는 것이다. 다만 우리들의 구세주 자신이 기술한 그리스도교의 규약(신약)이 '우리와 더불어 있지 않은 자는 우리의 적이다'라는 말과 '우리에게 적대하지 않는 자는 우리와 더불어 있느니라'고 말하는 두 가지 모순되는 말을 건전하고 명료하게 설명해야 한다. 즉, 만일 종교에 있어서의 근본적이며 본질적인 제문제가 단지 신앙의 문제가 아니라 의견이라든가 선의의 문제로부터 진정으로 식별되고 구별된다면 실현될 수 있는 것이다. 그러한 것은 대수롭지 않은 일이고 이미 실현되고 있다고 여러 사람들이 생각할지도 모른다. 그러나 만일 그것이 덜 편파적으로 행해졌다면 더욱 일반적으로 찬동을 받았을 것이다.

이것에 관해서는 내 나름대로 다음과 같이 충고를 줄 수 있을 것이다. 우리는 두 가지의 논쟁을 가지고 신의 교회를 분열하지 않도록 삼가야 한다. 그 하나는 논쟁의 대상이 되는 문제점이 너무나 작고 가벼운 것이어서

---

6) 소아시아의 라오디게아 지방의 주민들. 성 바울은 그들의 교회를 미온적이라고 하여 비판하였다.(요한계시록 3장 14~16절)

그것에 대해서 열을 올리고 싸울 만한 가치가 없는 것
이며, 다만 반대를 위해서 불을 붙이는 것이다. 왜냐하
면 초기 기독교의 교부의 한 사람(성 베르나르도, 12세
기 프랑스의 승려)이 지적한 것처럼, "그리스도의 옷에
는 사실 꿰맨 데가 없다. 그러나 교회의 의복은 여러
가지 색깔로 되어 있다." 그것에 관해서 그는, "의복에
변화가 있는 것은 좋다. 그러나 꿰맨 데가 있어서는 안
된다."고 말하였다. 통합과 획일은 구별되어야 한다.

　다른 하나는 논쟁의 문제점은 크지만 지나치게 사소
하고 불분명한 데까지 추구함으로써 마침내 실질적인
의의를 상실하고 단순히 재주만을 자랑하는 경우이다.
판단력과 이해력이 있는 사람은 가끔 무지한 사람들이
서로 의견을 달리해서 다투고 있는 것을 듣고 그들의
의견은 결코 일치하지 않지만 사실은 같은 것을 의미하
고 있다는 것을 잘 알고 있다. 그리고 사람과 사람 사
이의 판단력의 차이에서 그러한 일이 일어날 수 있다면
우리는 사람의 마음을 알고 있는 하느님이 약한 인간들
이 서로 반대하고 있더라도 사실은 같은 것을 생각하고
있다고 간파하시고 양쪽을 다같이 가납(嘉納)할 것이라
고 생각할 수 있지 않을까? 이러한 논쟁의 성질에 관해
서는 성 바울이 그것에 관해서 준 경고와 교훈 속에 훌
륭하게 표현되고 있다. "모독적인 신기한 말과 소위 지
식으로 사칭되는 이론을 피하라." 사람들은 있지도 않
은 대립을 만들어 낸다. 그리하여 그것에다 새로운 말

을 적용하게 되고 그 말은 곧 고정되어 본래의 의미가
말을 지배해야 하는데도 불구하고 말이 도리어 의미를
지배하게 되는 것이다.

세상에는 두 가지 거짓된 평화 또는 통합이 있다. 그
하나는 평화가 판연(判然)한 무지에 근거를 두고 있는
경우이다. 왜냐하면 모든 색깔은 어둠 속에서는 똑같이
보이기 때문이다.

다른 하나는 근본적인 문제에 있어서의 대립을 그대
로 인정하면서 미봉(彌縫)된 평화이다. 왜냐하면 진리
와 허위는 이러한 경우에 있어서는 느부갓네살 왕7)의
꿈 속의 모습의 발가락의 철과 진흙과 같다. 그것들은
달라붙기는 하지만 합동(合同)하지는 않을 것이다.

통합을 달성하는 수단에 관해서 말하면 우리는 종교
상의 통합을 달성하거나 강화함에 있어서 자비심과 인
간 사회의 이법(理法)을 파괴하거나 손상하지 않도록
조심해야 한다. 기독교도 사이에는 두 가지 종류의 칼
이 있다. 즉, 심령적인 것과 세속적인 것이 그것이다.
이 양자는 다같이 종교를 유지하기 위한 정당한 임무와
지위를 가지고 있다. 그러나 우리는 제3의 칼인 마호메
트의 칼이나 또는 그와 흡사한 것을 잡아서는 안 된다.

---

7) 바빌로니아 왕(BC 605~562 재위). 자기의 모습이 머리는 금이고
   발은 철과 진흙으로 되어 있는 꿈을 꾸었는데, 다니엘이 그것을 점쳐
   서 왕위가 오래가지 못할 것이라고 예언하였다.(다니엘서 2장 31~
   45절)

즉, 전쟁에 의해서 포교하거나 피비린내 나는 박해에 의해서 양심을 강요해서는 안 된다. 다만 명백한 부패나 불경(不敬)이나 국가에 불리한 책략의 경우만은 제외된다. 하물며 폭동을 조성하거나 음모나 반란을 인정하거나 민중의 손에 칼을 잡혀서는 안 된다. 그것은 신이 정해 놓은 모든 정부를 전복할 가능성이 있다. 왜냐하면 그것은 제1의 율패(律牌)8)를 가지고 제2의 율패를 때려 부수는 것에 지나지 않기 때문이다. 그리고 인간을 기독교도로서 생각하지만 그것은 인간임을 잊어버리는 것에 지나지 않는다. 시인인 루크레티우스는 자기의 딸을 제물로 바치는 것을 참고 견딘 아가멤논의 행동을 보았을 때 다음과 같이 부르짖었다.

"종교는 이처럼 나쁜 일을 시키도다."

그가 만일 프랑스에 있어서의 학살9)과 영국의 화약음모10)를 알았더라면 무어라고 말했을까? 그는 그가 실제 있었던 것보다 일곱 배나 더 쾌락주의자와 무신론자가 되었을 것이다. 왜냐하면 세속적인 칼은 종교적인 사건에 관해서는 충분히 신중을 기해서 빼야 하며 그것

---

8) 모세의 십계명을 기록한 두 개의 돌로 된 율패 가운데 첫째 것은 종교상의 의무, 둘째 것은 도덕상의 의무에 관한 것이다.
9) 1572년 8월 24일 성 바소로뮤 축제일에 행해진 유그노 교도의 대학살. 이때 2만 내지 3만 명이 학살되었다고 함.
10) 1605년 11월 5일의 화약음모사건. 당시 영국은 이미 신교를 국교로 삼고 있었는데 구교도에 의한 전복이 음모되고 있었다. 이때 구교도의 가이포크스(1570~1660)는 의사당의 마루 밑에 기어들어가 이를 폭파하려고 했지만 미연에 체포되었다.

을 민중의 손에 넘기는 것은 극악무도한 일이기 때문이
다. 그러한 일은 재세례파(再洗禮派)11)와 기타의 광신
도배에게 맡기는 것이 좋을 것이다. 악마가 "나는, 승천
하여 지고자(至高者)와 같이 되리라."고 말했을 때는 매
우 불손했다. 그러나 신에게 배역을 주어 "나는 타락하
여 마왕(魔王)이 되리라."고 말하게 한다면 더 큰 불경
이 될 것이다. 그리고 종교의 목적을 타락시켜 왕을 시
해하고, 인민을 도살하고, 국가와 정부를 전복하는 잔
인하고 끔찍스러운 행동을 하게 하는 것은 나을 것이
무엇인가? 확실히 그것은 성령으로 하여금 비둘기 대신
에 독수리나 갈가마귀의 모습으로 내려오게 하는 것이
며 기독 교회의 배에다 해적선이나 자객선(刺客船)의
깃발을 올리는 것에 지나지 않는 것이다.

그러므로 교회는 교리와 교령을 가지고, 군주는 그들
의 칼을 가지고, 그리고 그리스도와 도덕의 모든 학문
은 머큐리12)의 지팡이를 가지고 이와 같은 나쁜 경향
을 조장하기 쉬운 행위나 의견을 처벌하여 이를 영원히
지옥에 떨어지도록 노력하는 것이 가장 필요하다. 그것
은 이미 상당히 실행되어 왔던 것이다. 확실히 종교에
관한 충고에는, "사람의 분노가 하느님의 의를 이루는

---

11) 16세기 독일에서 나타난 과격한 신교의 일파. 카톨릭 교회뿐만 아
    니라 국가 권력에 대해서도 반항하여 급진적인 태도를 취했기 때문에
    탄압을 받았다.
12) 로마 신화에 나오는 상업의 신. 손에 뱀이 휘감긴 지팡이를 들고 있
    으며 사자(死者)의 영혼을 황천으로 인도하였다고 함.

것이 아니기 때문입니다."[13]라는 사도의 충언을 첫째로
손꼽아야 할 것이다. 그리고 어떤 현명한 교부의 주목
할 만한 말에 못지 않은 솔직한 고백이 있다.

"양심의 구속을 주장하고 역설하는 사람들은 대개 자
기 자신의 목적을 위해서 그러한 것에 관심을 가지고
있었던 것이다."

---

13) 야고보서 1장 20절.

4. 복수에 관하여

복수라는 것은 야성적 정의의 일종이다. 인간의 본성이 그것에로 기울어지면 기울어질수록 법률은 이를 뿌리째 뽑아야 한다. 왜냐하면 그 첫째의 잘못은 법을 어기는 것이지만 그 잘못에 대한 복수는 법률의 기능을 무의미하게 하기 때문이다. 사람은 확실히 복수를 할 때에는 그의 원수와 같아지지만 이를 불문에 부치면 그는 우월한 위치에 서게 된다. 왜냐하면 용서는 군주가 하는 일이기 때문이다. 그리하여 솔로몬은, "허물을 용서하는 것이 자기의 영광이니라."[1]라고 말한 것으로 나는 생각한다. 과거는 지나간 것이며 돌이킬 수 없는 것이다. 그래서 슬기로운 사람은 현재와 장래에 해야 할 일을 충분히 가지고 있다. 그러므로 지나간 일에 시달리는 사람은 자기 자신을 하찮은 것으로 만드는 것에 지나지 않는 것이다.

세상에는 그릇된 이익을 위해서 그릇된 행동을 하는 사람은 없다. 그러나 그렇게 함으로써 이익이라든가 쾌락이라든가 명예와 같은 것을 추구하는 것이다. 그러므로 사람이 나보다도 자기 자신을 사랑한다고 해서 내가

---

1) 잠언 19장 11절.

성내야 할 까닭은 무엇인가? 그리고 만일 어떤 사람이 단순히 그의 나쁜 본성 때문에 그릇된 행동을 한다면 그것은 가시나 찔레에 지나지 않으며 찌르고 할퀴고 하는 것은 그들이 그 이외에 달리할 수 있는 일이 없기 때문이다.

복수 가운데서도 가장 너그러운 것은 그것을 교정하는 법률이 전연 없는 그러한 악에 대해서 행해지는 것이다. 그러나 그 복수는 그것을 처벌하는 법률이 없는 그와 같은 경우라는 것을 주의해야 한다. 그렇지 않으면 적은 언제나 선수를 써서 1대 2의 형세가 되고 만다.

어떤 사람들은 그들이 복수할 때, 어디서부터 그것이 오게 되었는가를 상대방에게 알리려고 한다. 이것은 비교적 대범한 편이다. 왜냐하면 그 복수의 기쁨은 상대방에게 해를 끼치는 것보다는 오히려 상대방으로 하여금 후회하도록 하는 데 있기 때문이다. 그러나 상스럽고 교활한 겁자는 어둠 속에 날아오는 화살과도 같다. 플로렌스의 공작(公爵) 코스무스(Cosmos)는 배신하고 태만한 친구들에 대해서도 마치 그것은 용서할 수 없는 잘못인 것처럼 통렬한 비난을 하였다. "우리의 적을 용서하라고 명령받고 있다는 것을 그대들은 읽을 것이다. 그러나 우리의 친구를 용서하라고 명령받고 있다는 것은 결코 읽을 수 없을 것이다."라고 그는 말하였다.

그러나 욥의 정신은 좀더 나은 데가 있다. "우리가 하느님께 축복을 받았은즉 재앙도 받지 아니하겠느뇨?"2)

라고 그는 말하였다. 그리고 친구에 대해서도 어느 정도 그러할 것이다. 복수를 기도(企圖)하는 사람은 자기의 상처를 언제까지나 생생하게 지니는 것이라는 것은 확실하다. 그렇지 않으면 상처가 아물게 되는 것이다.

공적인 복수는 대개는 좋은 결과를 가져온다. 시저의 죽음에 대한 것, 페르티나크스[3]의 죽음에 대한 것, 프랑스의 앙리 3세의 죽음에 대한 것, 이외에도 더 많은 예들이 있다. 그러나 사적인 복수는 그렇지 못하다. 그들이 해를 끼치는 것과 마찬가지로 그들의 말로(末路)는 비참하다.

---

2) 욥기 2장 10절.
3) Pertinax. 로마 황제. 193년에 암살됨.

5. 역경에 관하여

"번영에 속하는 좋은 것은 바람직한 것이다. 그러나 역경에 속하는 좋은 것은 찬양할 만한 것이다."라는 (스토아 학파를 본뜬 것이기는 하지만) 세네카의 의기에 찬 말이 있다. 확실히 기적이라는 것이 자연을 지배하는 것이라고 한다면, 그것은 역경 속에서 가장 잘 나타난다. 그러나—이교도로서는 지나치게 의기가 높지만—다른 말보다 더욱 의기가 높은 말이 있는데 그것은, "인간의 약점을 가지는 한편 신의 보장을 갖는 것은 참으로 위대하다."는 말이다. 이 말은 과장(誇張)이 더 많이 허용되는 시로써 표현되었더라면 더욱 좋았을 것이다. 사실상 시인들은 부지런히 그것을 다루어 왔던 것이다. 왜냐하면 고대 시인들의 이상한 얘기 속에는 신빙성이 없는 것도 아니지만, 아니 기독교도의 상태에 어느 정도 접근하고 있다고 보여지는 것이 실제로 묘사되어 있다. "헤라클레스(그리스 신화에 나오는 영웅)가 프로메테우스를 풀어 주려고 갔을 때(그것에 의해서 인간성을 상징하고 있다) 그는 큰 바다의 머나먼 길을 흙으로 된 항아리나 물주전자를 타고 항해하였다."고 한다. 이것은 기독교도들의 결의를 생생하게 묘사하고 있으며 육체라고 하는 연약한 배를 타고 세상의 풍파를 건너간다는 뜻이다.

그러나 좀 온건하게 이야기한다면, 번영의 미덕은 절제이고 역경의 미덕은 인내이다. 이 후자는 도덕상 훨씬 영웅적인 미덕이다. 번영은 구약성서의 복음이며, 역경은 신약성서의 복음이다. 신약은 보다 큰 은혜와 하느님의 은총의 더욱 분명한 계시를 가져다 준다. 그러나 구약에 있어서마저 다윗의 하프1)에 귀를 기울인다면 환희의 노래와 거의 같은 수의 비탄의 노래를 들을 것이다. 그리하여 성령의 붓은 솔로몬의 영화보다도 욥의 고난을 서술하는 데 더 많은 힘을 들이고 있다.

번영에는 많은 불안과 불쾌가 없지 않은 것은 아니다. 그리고 역경에도 위안과 희망이 없는 것이 아니다. 우리는 재봉이나 자수에서 침침하고 장엄한 바닥에다 생생한 무늬를 넣은 것이 밝은 바닥 위에다 어둡고 침울한 무늬를 넣은 것보다 더 쾌감을 준다는 것을 알고 있다. 그러므로 눈의 쾌감을 가지고 마음의 쾌감을 판단해 보라. 확실히 미덕은 값진 향기와도 같은 것이다. 향은 불을 피우거나 으스러뜨렸을 때 가장 향기롭다. 왜냐하면 번영은 악덕을 가장 잘 나타내지만 역경은 미덕을 가장 잘 나타내기 때문이다.

---

1) 〈시편〉을 말함. 다윗의 작품이라 전해짐.

6. 위장과 가식에 관하여

가식은 일종의 얄팍한 책략 또는 지혜이다. 왜냐하면 진실을 말해야 할 때를 알며 그것을 행하기 위해서는 강한 지력과 심정을 필요로 하기 때문이다. 그러므로 위대한 위선자는 약한 정략가(政略家)이다.

타키투스(Tacitus)는, "리비아(Livia)는 그의 남편의 지략과 아들의 가식술(假飾術)을 잘 겸비하였다."고 말하며, 지략 또는 정책을 아우구스투스에게, 위선을 티베리우스에게 돌리고 있다. 그리고 또 무시아누스가 비텔리우스에게 반란을 일으키도록 베스파시안을 충동질할 때 그는 말하기를, "우리는 아우구스투스의 날카로운 판단력에도, 티베리우스의 대단한 조심성과 치밀성에도 적대해서는 안 된다."고 하였다. 이러한 특성, 즉 지략이라든가 정책이라든가 그리고 기만이라든가 치밀성 등은 실제로 서로 다른 습성이며 능력이어서 구별하지 않으면 안 된다. 왜냐하면 만일 어떤 사람이 무엇을 공표하고 무엇을 비밀스럽게 하며 무엇을 막연하게 표시해야 하는가, 그리고 누구에게 언제 공표해야 할 것인가―이것들은 타키투스가 갈파한 것처럼 참으로 치국(治國)의 기술이며 처세술이다―를 판별하는 판단력을 가지고 있다면 기만의 습성은 그에게는 장애물이며 결점이기 때문이다.

그러나 만일 그러한 판단력에 도달할 수 없다면 일반적으로 은폐와 기만을 하게 된다. 왜냐하면 임기응변으로 적절한 처치를 선택할 수 없는 사람의 경우에는 보통 가장 안전하고 가장 신중한 방법을 취하는 것이 좋기 때문이다. 이것은 눈이 잘 보이지 않는 사람이 천천히 걸어가는 것과 같다. 확실히 가장 유능한 사람들은 모두 그 행동거지에 있어 공명 정대하고 솔직하였으며 정직하고 진실성이 있다는 평판을 들어왔다. 그러나 그들은 잘 훈련된 말(馬)과 흡사하다. 왜냐하면 그들은 언제 서야 하며 언제 돌아가야 하는지를 잘 알고 있었기 때문이다. 그리하여 그들이 참으로 시치미를 뗄 필요가 있다고 생각하는 그러한 때에, 만약에 그들이 시치미를 뗀다 하더라도 종전의 신의와 공명 정대한 행동에 대한 호평은 세인의 눈에 거의 띄지 않게 한다.

사람이 자신을 은폐하는 데에는 세 가지 단계가 있다. 첫째는 덮어 두는 것, 보류하는 것, 비밀로 하는 것이다. 즉, 자기가 어떤 것인가를 남이 볼 수도 없고 추측할 수도 없게 하는 때와 같다. 둘째는 소극적인 은폐이다. 즉, 그가 실제의 자기가 아니라고 하는 징후(徵候)나 증거를 떨어뜨리는 때와 같다. 셋째는 적극적인 위장이다. 즉, 그가 그렇지도 않은 것을 고의적으로 꾸미고 자처한다.

먼저 이들 가운데 첫째 것의 비밀에 관해서 말하면

그것은 참으로 고백을 듣는 사람의 미덕이다. 확실히 비밀을 지키는 사람은 고백을 많이 듣는다. 왜냐하면 수다스럽거나 비밀 누설자에게 누가 자기 자신을 실토할 것인가? 그러나 만일 어떤 사람이 비밀을 지키는 사람이라고 생각되면 그것이 고백을 유도하게 된다. 마치보다 밀폐된 공기가 보다 개방된 공기를 흡수하는 것과흡사하다. 그리고 고백에 있어서는, 털어놓는 것이 세상을 위해서가 아니라 다만 고백자의 마음의 안정을 위한 것이기 때문에 비밀을 잘 지키는 사람은 그와 같은여러 가지 일을 알게 된다. 한편 사람들은 자기의 마음을 전하기보다는 자기의 마음을 풀려고 한다. 요컨대비밀에 통하는 자는 당연히 비밀을 지킨다. 한편(사실을 말하면) 적나라한 것은 육체와 마찬가지로 정신에있어서도 보기 흉하다. 만약에 사람들이 전적으로 개방하지 않는다면 그 사람의 태도와 행동에 대한 존경은적지 않게 더해질 것이다. 말이 많고 쓸데없는 것을 지껄이는 사람은 허황되고 또 쉽사리 남의 말을 믿는다.왜냐하면 알고 있는 것을 지껄이는 사람은 모르는 것도지껄이기 때문이다. 그러므로 '비밀을 지키는 습성은 현명한 동시에 도덕적'이라는 것을 분명히 해두는 것이다.그리고 이 점에서 우리는 얼굴의 표정이 혀가 말하는것을 방해하지 않는 것이 좋다. 왜냐하면 안색에 의해서 자기의 본성을 폭로하는 것은 커다란 약점이며, 스스로를 배반하는 것이기 때문이다. 안색은 말보다 몇 배나 더 주목을 끌게 되며 신뢰감을 주기 때문이다.

둘째 은폐에 관해서 말하면 그것은 비밀에 필연적으로 수반되는 일이 많다. 그러므로 비밀을 지키려고 하는 사람은 어느 정도 시치미를 떼는 사람임에 틀림이 없다. 왜냐하면 인간은 매우 교활하여서 어떤 사람이 비밀을 털어놓는 일과 은폐하는 일과의 사이에 중립의 태도를 취하도록 버려 두지는 않는다. 즉, 어느 쪽에도 기울어지지 않고 비밀을 유지케 하지는 않는다. 그들은 여러 가지 질문을 가지고 괴롭히며 낚아채고 해서 비밀을 캐어내려고 한다. 그 때문에 어리석은 침묵을 지키지 않는다면 그는 어느 한쪽으로 기울어지지 않을 수 없는 것이다. 비록 그렇지 않다 하더라도 그들은 그 사람의 침묵을 가지고 이야기를 들은 것과 같은 정도의 일을 추측해 버린다. 모호한 언사나 신탁(信託)과 같은 언사는 오래 가지 않는다. 그러므로 누구든지 비밀을 지키려고 한다면 다소의 시치미를 떼지 않으면 안 된다. 시치미는 마치 비밀의 스커트나 옷자락과 같은 것이다.

그러나 셋째 단계는 위장과 거짓말이다. 나는 그것들은 매우 중대하고 드문 경우를 제외하고는 시치미보다 더욱 나쁘고 졸렬한 것이라고 주장한다. 그러므로 위장의 일반적인 습성은(이것이 마지막 단계지만) 천성적인 허위심이나 공포심 또는 어떤 중대한 결함을 가지고 있는 마음에서 일어나는 한 가지 악덕이다. 그것을 숨겨 두어야 할 필요 때문에 다른 일에도 위장을 하게 함으로써 손이 둔해지지 않도록 한다. 거짓과 시치미의 커다란 이점에는 세 가지가 있다. 첫째는 상대방을 안심시켜 놓고 놀라게 하는 것이다. 왜냐하면 어떤 사람의 의도가 널리 알려져 있는 경우에는 그것은 반대의 입장에 서 있는 모든 사람의 잠을 깨게 하는 경보(警報)가 되어 버리기 때문이다. 둘째는 자기 자신을 위해서 좋은 피난처를 준비하는 것이다. 왜냐하면 만일 사람이 명백한 선언에 의해서 약속을 한다면 그는 꿋꿋이 나가든가 넘어지든가 하지 않으면 안 된다. 셋째는 타인의 마음을 아는 데 더 좋다. 왜냐하면 자기 의중(意中)을 열어 보이는 사람에게는 반대의 태도를 취하는 사람은 거의 볼 수 없을 것이다. 도리어 나아가서는 말의 자유에로 옮아가게 한다. 그러므로 스페인 사람들의 예리한 격언에, '거짓말을 함으로써 진실을 찾는다'는 것이 있다. 마치 거짓이 아니고는 발견의 길이 없는 것처럼 되어 있다.

거짓에는 또한 그것에 버금가는 세 가지 불리한 점이 있다. 첫째로, 위장과 은폐는 보통 두려운 모양을 나타낸다. 그것은 어떤 일에서나 과녁을 향해서 날아가는 화살을 잘못되게 한다. 둘째로, 그렇지 않다면 아마 그에게 협력할 수도 있는 많은 사람을 당혹하게 하며 주저케 한다. 그리하여 그 사람을 거의 혼자서 그 자신의 목적을 향해서 걸어가도록 한다. 셋째로, 가장 불리한

점은 신용과 신념이라고 하는 행동을 위해서 가장 중요
한 도구의 하나를 잃게 된다는 것이다. 가장 좋은 기질
과 성질은 평판과 소문에는 솔직하며, 비밀을 지키는
습성을 가지며, 적당한 시기에 위장을 하고, 만일 어쩔
도리가 없다면 가식을 하는 능력이 있는 자이다.

7. 어버이와 자녀에 관하여

어버이의 기쁨은 사람들의 눈에는 잘 띄지 않는다. 그들의 슬픔과 근심도 역시 그러하다. 그들은 전자를 말로 표현할 수 없으며, 후자를 입 밖에 내려고 하지 않는다. 자녀는 노고를 감미롭게 해준다. 그러나 불행은 그들을 더욱 괴롭게 한다. 자녀는 생활의 걱정을 더하게 한다. 그러나 죽음의 우려를 덜어 준다. 생식에 의한 종족의 유지는 짐승과도 공통된다. 그러나 기억이라든가 공적이라든가 고귀한 사업 등은 인간에게 고유한 것이다. 그리고 확실히 가장 고귀한 일과 기반은 자녀가 없는 사람으로부터 나타났다는 것을 사람들은 알 것이다. 그들은 육체의 형상을 남기지 못하기 때문에 마음의 형상을 표현하려고 노력하였던 것이다. 이처럼 자손에 대한 걱정은 자손이 없는 사람에게서 가장 강하다. 그들의 집을 최초로 일으킨 사람은 그들의 자녀에 대해서 가장 관대하다. 그들은 자녀를 자기의 혈통뿐만 아니라 사업의 계승자라고 보기 때문이다. 이처럼 자녀와 사업은 두 가지 다 같은 이치이다.

여러 자녀들에 대한 어버이의 사랑의 차이는 항용 같지 않으며 때로는 부당할 때도 있다. 특히 어머니에 있어서 그러하다. 솔로몬이 말한 것처럼, "지혜로운 아들

은 아버지를 기쁘게 하거니와 미련한 아들은 어머니의
근심이니라."[1] 자녀들이 많은 집에서는 한둘의 나이가
많은 아이들에게 제일 많이 주의를 기울이고, 가장 어
린 놈은 제마음대로 어리광을 시키고, 가운데 자식은
잊어버리기 쉽다. 그럼에도 불구하고 그 애가 가장 잘
되는 수가 많다는 것을 우리는 알고 있다. 자녀들에 대
한 금전 급여에 있어 어버이의 인색은 해로운 실책이
다. 그것은 자녀들을 비열하게 하며 수단을 부리는 것
을 익히게 하며 나쁜 친구와 사귀게 한다. 그리고 일단
유복해졌을 때 더욱 방탕케 한다. 그러므로 가장 좋은
결과는 많은 자녀들에 대해 권위는 유지하지만 돈지갑
은 잡지 않았을 때이다.

사람들은—어버이들이나 학교의 교사나 하인들이나
다같이—형제 사이에 유년 시절에 경쟁심을 일으키고
그것을 부채질하는 어리석은 버릇이 있다. 이것은 그들
이 성인이 되었을 때도 불화의 씨가 되어 가정에 풍파
를 일으키는 수가 많다. 이탈리아 사람은 자기 아이들
과 조카와 가까운 일가 사이에 거의 구별을 하지 않는
다. 다만 동일 혈족에 속하기만 하면 비록 자기의 몸에
서 낳지 않았다 하더라도 상관이 없는 것이다. 그리고
사실을 말하면 자연 가운데서는 흡사한 것이 많다. 즉,
우리는 피의 섞임에 따라서 조카가 그의 어버이보다는

---

1) 잠언 10장 1절.

가끔 백부나 다른 친척과 훨씬 많이 닮는 것을 본다.

어버이들은 자기 자녀들이 종사해야 할 직업과 진로를 일찌감치 결정하는 것이 좋다. 왜냐하면 그들은 유연성이 크기 때문이다. 그리고 아이들이 가장 좋아하는 것을 가장 잘할 것이라고 생각하고 아이들의 성향에다 자녀들을 지나치게 맞추려고 해서는 안 된다. 만일 아이들의 기질이나 적성이 비범하다면 그것을 방해하는 것은 좋지 않다는 것이 사실이다. 그러나 일반적으로는, "가장 좋은 것을 선택하라. 습관이 그것을 마음에 들고 쉬운 것으로 할 것이다."2)라는 교훈이 좋다. 동생들은 보통 행복하다. 그러나 장남이 상속권을 박탈당하는 곳에서는 거의 예외 없이 불행해진다.

---

2) 그리스의 철학자 피타고라스의 말이라고 함.

8. 결혼과 독신생활에 관하여

처자를 가진 자는 행복의 여신에게 인질을 잡혀 있는
것이다. 왜냐하면 처자는 큰일에 대해서 좋든 나쁘든
방해가 되기 때문이다. 확실히 최선의, 이 사회를 위한
가장 유익한 사업은 결혼하지 않거나 자녀가 없는 사람
으로부터 나왔던 것이다. 그들은 애정과 재산에 있어
서, 사회와 결혼하고 사회에 기부해 버린 것이다. 그러
나 자녀를 가진 사람들이 장래에 대해서 커다란 걱정을
하는 것에는 큰 이유가 있다. 그들은 그들이 가장 사랑
하는 것들을 장래에다 다 물려 주어야 한다는 것을 알
고 있다.

어떤 사람들은 독신 생활을 하지만 그들의 생각은 자
기 자신에 그치고, 장래에 대해서는 주제넘은 것이라고
생각한다. 아니 그들 가운데는 처자를 지불청구서로 간
주하는 사람도 있다. 아니 나아가서는 자녀가 없는 것
을 자랑으로 삼는 어리석고 욕심 많은 부자도 있다. 왜
냐하면 그들은 그만큼 더 부자라고 생각할 것이기 때문
이다. 아마 그들은 어떤 사람이 "아무개는 부자다."라고
말하고 다른 사람이 "그렇다. 그러나 그는 자녀라고 하
는 무거운 짐이 있다."라고 이의를 다는 것을 들었을 것
이고, 마치 그것이 그의 부를 감소시키는 것처럼 들었

을 것이다.

그러나 독신 생활의 가장 일상적인 원인은 자유에 있
다. 특히 어떤 자의적이고 익살맞은 정신의 소유자가
그러한데, 그런 사람들은 모든 종류의 속박에 대해서도
매우 민감하여 허리띠와 양말 대님마저도 거의 포승과
족쇄라고 생각할 것이다. 결혼하지 않은 사람들은 가장
좋은 친구이며 가장 훌륭한 주인이며 가장 좋은 하인이
될 수는 있다. 그러나 언제나 가장 좋은 신하일 수는
없는 것이다. 왜냐하면 그들은 도망치기 쉽기 때문이
다. 그리고 거의 모든 도망자는 미혼자들이다.

독신 생활은 성직자에게 알맞다. 왜냐하면 자선이라
고 하는 것은 먼저 채우지 않으면 안 되는 못이 있을
때에는 물은 거의 모든 땅을 축일 수 없기 때문이다.
법관과 행정관의 경우에는 차이가 없다. 왜냐하면 그들
이 남의 말을 잘 듣고 부패해 있다면 아내보다도 다섯
배나 나쁜 하녀를 당신들은 가지게 될 것이기 때문이
다. 군인에 대해서 말하면 장군들은 일반적으로 그들의
훈시에서 병사들이 처자를 상기하도록 한다는 것을 나
는 알고 있다. 그리고 터키 사람들 사이에서, 결혼에 대
한 경멸이 하등의 군대를 더욱 나쁘게 만드는 것이라고
나는 생각한다.

확실히 처자는 인간성에 대한 일종의 훈련이다. 그리
고 독신자는 재산을 적게 소비하기 때문에 몇 배나 더 자
선을 할 수 있으나, 한편 그들은 더욱 잔인하고 냉혹하다

—이단(異端) 심판관이 되기에는 좋다—왜냐하면 그들에게는 애정이 요구되는 일이 매우 드물기 때문이다.

습속(習俗)에 따르는 성실한 성격의 소유자는 따라서 변함이 없지만 보통 애정이 있는 남편들이다. 율리시스에 관해서 말한 것이지만, "그는 장생불사(長生不死)의 생명보다는 아내를 선택하였던 것이다."1) 정숙한 부인은 가끔 교만하고 콧대가 세다. 자기의 정절의 가치를 믿는 마음이 있기 때문이다. 만일 아내가 그의 남편이 현명하다고 생각한다면 그것은 아내에게 정절과 순종을 다 함께 갖게 하는 최선의 보증의 하나이다. 만일 아내가 남편에게 질투심이 있다는 것을 안다면 아내는 결코 남편을 현명하다고 생각지는 않을 것이다.

아내라고 하는 것은 젊은 사람들에게는 연인이며 중년에게는 반려자이며, 노인에게는 간호인이다. 그러므로 남자는 그가 원할 때 결혼하는 이유가 있다고 할 것이다. 그러나 "남자는 언제 결혼할 것인가?"라는 물음에 대해서 "젊은 사람은 아직 멀었고, 나이 많은 사람은 전연 틀렸다."2)라고 대답한 사람은 현인(賢人)의 한 사람이라는 평판이 높다.

---

1) 율리시스는 지중해의 이사카 섬의 영주였는데, 트로이 전쟁에 나갔다가 돌아오는 길에 어느 섬에서 선녀 칼리푸소에게 매혹되었다. 칼리푸소가 장생불사케 해줄 터이니 자신의 곁에 머물러 있기를 간청받았으나, 이에 응하지 않고 고국에서 자기를 기다리는 늙은 아내에게로 돌아왔다고 함. 호머의 ≪오디세이≫에 나옴.
2) 그리스의 7현인의 한 사람인 탈레스의 말

나쁜 남편이 매우 훌륭한 아내를 가진 것을 가끔 본다. 그것은 그의 남편의 친절이 나타났을 때 그 값이 올라간 때문이거나 또는 아내가 자기의 인내를 자랑한 때문일 것이다. 그러나 후자의 경우는 만일 그 나쁜 남편이 그의 친구의 승낙을 물리치고 스스로 선택했을 때 반드시 일어난다. 왜냐하면 그렇게 되면 반드시 자기 자신의 어리석음을 시정하려고 하기 때문이다.

9. 질투에 관하여

여러 가지 감정 가운데서 오직 사랑과 질투만이 마음을 흐리게 하고 매혹되게 하는 것으로 주목되어 왔다. 그것들은 모두 격렬한 욕망을 지니고 있다. 그것들은 쉽사리 상상과 암시 속에다 자기 자신의 윤곽을 짠다. 그리하여 특히 그 대상이 현존하면 쉽사리 눈에 들어온다. 이것이, 만일 그러한 것이 있다면, 매력을 나타내는 바로 그 점인 것이다. 우리는 성경에서 질투가 '악의의 눈'이라고 불려지고 있는 것을 알고 있다. 그리고 점성가는 별의 나쁜 영향을 '악시좌(惡視座)'라고 부르고 있다. 그러므로 질투의 행위 속에는 눈의 사출(射出)이라든가 발광(發光)이 있는 것으로 지금도 인정하고 있는 것처럼 보인다. 아니 어떤 사람은 다음과 같이 지적할 만큼 호기심을 가지고 있었다. 즉, 질투의 눈의 타격이나 충돌이 가장 해를 끼치는 것은 질투를 받는 측의 영예라든가 승리를 바라볼 때이다. 왜냐하면 질투에다 칼을 달기 때문이다. 한편 그때에는 질투를 당하는 사람의 정기(精氣)가 외부로 많이 나타나기 때문에 그 충격에 부딪친다고 한다.

그러나 이러한 기묘한 이야기를 떠나서—적당한 곳에서 생각해 볼 가치가 있는 것이지만—'어떤 사람이 타인

을 질투하는 경향이 있는가, 어떤 사람이 가장 질투를
받게 되는가, 그리고 공적인 질투와 사적인 질투와의
사이에는 어떠한 차이가 있는가'를 우리는 다루게 될 것
이다.

자기 자신이 아무런 덕성을 가지지 못한 사람은 언제
나 타인의 덕성을 질투한다. 왜냐하면 사람의 마음은 자
기 자신의 선이나 타인의 악을 먹고 살기 때문이다. 그
리하여 전자를 갖지 못한 사람은 후자를 먹이로 삼는 것
이다. 그리고 타인의 덕성에 도달할 희망이 없는 사람은
타인의 행운을 누름으로써 대등해지려고 노력한다.

바쁘고 캐기를 좋아하는 사람은 보통 질투 많은 사람
이다. 왜냐하면 타인의 일을 많이 아는 것은 그 수고가
모두 자기 자신에 관계되기 때문이라고는 할 수 없기
때문이다. 그러므로 타인의 운명을 바라봄으로써 일종
의 연극을 구경하는 쾌감을 느끼는 것임에 틀림없다.
자기 자신의 일에 마음을 쓰는 사람은 질투의 자료를
많이 발견할 수 없다. 왜냐하면 질투라고 하는 것은 방
랑성이 있는 감정이어서 거리를 쏘다니며, 집에 머물러
있지를 못하는 것이다. "모든 캐기 좋아하는 사람은 악
의가 있다."

고귀한 가문에서 태어난 사람은 신인(新人)이 출세하
는 것에 대해서 질투를 한다고 지적되고 있다. 왜냐하
면 그들 사이의 거리가 달라지기 때문이다. 그리고 그
것은 눈의 착각과 흡사해서 타인이 쫓아올 때 자기 자

신은 뒷걸음질하는 것이라고 생각한다.

불구자, 내시(內侍), 노인, 사생아는 질투심이 많다. 왜냐하면 자기 자신의 처지를 개선할 수 없는 사람은 타인의 처지를 해치기 위해 그가 할 수 있는 일은 다 할 것이기 때문이다. 이러한 결함을 가진 사람이 매우 용감하고 영웅적인 성격을 가진 경우는 예외이다. 그러한 사람은 자기의 본래의 결함을 그 자신의 명예의 일부로 삼으려고 생각한다. "내시나 절름발이가 그와 같은 훌륭한 일을 했다."라는 말을 들음으로써 기적적인 명예를 즐기려고 한다. 내시 나르세스1), 절름발이 아게실라우스2), 그리고 탐베를란3)과 같은 사람들이 그 예이다.

재난과 불행을 겪은 다음에 일어선 사람의 경우도 이와 마찬가지다. 왜냐하면 그들은 시대에 낙오된 사람이며 타인의 재화가 자기 자신의 손해를 배상하는 것이라고 생각하기 때문이다.

경박과 허영 때문에 지나치게 많은 방면에서 탁월하고자 원하는 사람은 항상 질투심이 많다. 왜냐하면 그들에게는 질투거리가 결핍될 수 없기 때문이다. 즉, 여러 가지 일 가운데서 어떤 한 가지 방면에 있어서는 그들을 능가하는 자가 반드시 많기 때문이다. 그것은 아

---

1) 로마의 유스티니아누스 황제 때의 장군. 북고트족을 토벌해서 무공을 세웠으나, 원래 노예 출신이었기 때문에 거세되어 있었다.
2) 스파르타의 왕, BC 399~361 재위.
3) 징기스칸의 후예로서 인도에 무가르 왕조를 세움, 1333~1405.

드리안 황제의 성격이기도 하다. 그는 그가 탁월하고자 원하는 것이라면 시인이고 화가이고 기예가(技藝家)이고 간에 굉장히 질투하였다.

마지막으로, 가까운 친척이나 직장의 동료나 함께 자란 사람들은 그들의 동배(同輩)가 출세하였을 때에 질투심을 갖기 쉽다. 왜냐하면 그것은 그들 자신의 운명을 나무라게 하며, 자기 자신을 손가락질하는 것 같으며, 그리고 자기의 기억 속에 자주 나타나게 되고, 마찬가지로 타인의 주목을 끌기 때문이다. 그리하여 질투는 남의 말이나 평판에 의해서 몇 배나 더해진다. 동생 아벨에 대한 카인의 질투는 더욱 비열하고 악의에 찬 것이었다. 왜냐하면 아벨의 희생이 하느님에 의해서 가납(嘉納)되었을 때 거기에는 아무도 보는 사람이 없었기 때문이다. 질투하는 경향이 있는 사람에 대해서는 이 정도로 해서 그친다.

많건 적건 질투를 당하는 사람들에 관해서 생각해 보면, 먼저 탁월한 덕성을 지닌 사람은 그가 승진하였을 때는 질투받는 일이 비교적 적다. 그들의 행운은 그들에게 대해서 당연한 것으로 생각되기 때문이다. 다음에 질투는 언제나 자기 자신과 비교하는 것과 연결되어 있다. 비교가 없는 곳에는 질투도 없다. 그러므로 국왕을 질투하는 것은 국왕뿐이다. 그럼에도 불구하고 무가치한 사람은 최초에 들어올 때에 가장 많은 질투를 받으며 뒤에 가서는 이를 잘 극복한다. 반대로 가치 있고 공적이 있는 사람은 그의 행운이 오래 계속될 때 가장 많이 질투를 받는다는 것을 주목해야 한다. 왜냐하면 그때에는 비록 그의 덕성은 같은 것이라 할지라도 그 광채는 이미 같지가 않기 때문이다. 이는 또한 새로운 사람이 자라서 그것을 어둡게 하기 때문이다.

고귀한 혈통을 가진 사람은 그들의 출세에 대해서 질투를 받는 일이 적다. 왜냐하면 그것은 그들의 출생에 당연한 것으로 보이기 때문이다. 게다가 그들의 행운에는 그다지 보태진 것이 없는 것처럼 보인다. 그리고 질투는 평지보다는 둑이나 우뚝 솟은 지면을 더 뜨겁게 하는 빛나는 햇볕과 같은 것이다. 같은 이유에서 차차 승진하는 사람들은 급히 '단번에' 승진하는 사람보다는 질투를 덜 받는다.

명예를 얻는 데 커다란 노고나 걱정이나 위험 등을 겪은 사람은 질투의 대상이 덜 된다. 왜냐하면 사람들은 그가 고생해서 그 명예를 얻게 된 것이라 생각하고 때로는 그를 측은하게 생각하기 때문이다. 측은은 언제나 질투심을 치료해 준다. 그러므로 깊이 있고 성실한 정치가들이 높은 지위를 누리면서도 항상, "아아, 괴롭도다!"라고 읊조리면서 무슨 생활이 이 모양이냐고 탄식하는 것을 우리는 볼 수 있을 것이다. 그들은 그렇게 느끼는 것이 아니라, 다만 그렇게 함으로써 질투의 칼날을 무디게 하는 것뿐이다. 그러나 이것은 남으로부터 억지로 둘러씌워진 일에서 그렇게 이해되는 것이지 그

들이 스스로 좋아서 추구한 것에 대해서는 아니다. 왜
냐하면 불필요한 일을 야심적으로 차지하는 것처럼 질
투심을 더하게 하는 것은 없기 때문이다. 높은 사람이
모든 다른 낮은 사람들로 하여금 각자의 충분한 권리와
그 지위의 탁월성을 가지게 하는 것처럼 자기 자신에
대한 질투를 해소(解消)하는 것은 없다. 왜냐하면 그러
한 수단에 의해서 자기와 질투와의 사이에 그만큼 많은
장벽을 쌓게 되기 때문이다.

특히 자기의 행운의 위대함을 오만하게 자랑하는 태
도는 가장 많은 질투의 대상이 된다. 그들은 외부적인
허식이나 모든 반대와 경쟁을 물리치든가 함으로써 자
신이 얼마나 위대한가를 과시하지 않으면 만족하지 않
는 사람들이다. 그러나 현명한 사람은 자기에게 그다지
관계가 없는 일에 있어서는 때로는 고의적으로 굽히고
굴복함으로써 도리어 질투에다 제물을 바칠 것이다. 그
렇다고 하더라도 높은 자리에 있는 사람은 솔직하고 공
명정대한 태도를 취하는 것이—그것이 오만과 허영이
아닌 한—술책에 능란하고 교활한 태도보다는 질투를
덜 받는 것이 사실이다. 왜냐하면 이와 같은 것은 자기
의 행운을 부인하는 것이며, 나아가서는 자기 자신에게
가치가 없는 것을 자각하고 있는 것처럼 보이기 때문이
다. 그리하여 타인에게 자기를 질투하도록 가르치는 것
이 된다.

마지막으로 이 부분의 결론을 내리자. 우리가 처음에

말한 것처럼 질투의 행동에는 어느 정도 마술적인 요소
가 있다. 따라서 질투의 요법으로는 마술의 요법 이외
는 없다. 바꾸어 말하면 마력—그들이 그렇게 부르는
것처럼—을 움직여서 다른 사람 위에 옮겨 놓는 일이
다. 그러한 목적을 위해서 높은 사람 가운데서 현명한
사람은 항상 어떤 사람을 무대 위에 등장시켜 자기 자
신들을 향해서 오는 질투를 그 사람들에게 전가(轉嫁)
한다. 때로는 그것을 대신(大臣)이나 하인에게 전가하
고, 때로는 동료나 협조자에게, 그리고 그와 흡사한 다
른 사람에게 전가하기도 한다. 그러한 목적을 위해서는
세상에는 과격하고 모험적인 성질을 가진 사람이 없는
것도 아니다. 그들은 권력과 일거리만 있다면 어떠한
대가를 치르더라도 그 일에 종사한다.

이제 공적인 질투에 관해서 이야기하자. 사적인 질투
일 경우에는 아무것도 없지만 공적인 질투에는 어느 정
도 좋은 점이 있다. 왜냐하면 공적인 질투는 패각추방
(貝殼追放)4)과 같은 것이다. 사람이 지나치게 위대해
졌을 때는 그 빛을 잃게 하는 것이다. 그러므로 그것은
또한 위대한 사람을 견제하는 굴레가 된다.

이 공적인 질투는 라틴어로는 '악의'라는 뜻이며, 근

---

4) '패각추방(ostracism)'이란 옛날 그리스에서 자주 행해진 것인데, 국
   가에 불리하다고 보여지는 고관·무인들을 인민의 투표에 의해서 국
   외로 추방하는 것을 말한다. 위험 인물을 추방할 때 재판을 하지 않고
   질그릇 조각이나 조개껍질로 투표한 데서 유래하였다.

대어에서는 '불만'이라고 한다. 이것에 관해서는 '폭동'을 다룰 때에 설명하겠다. 그것은 전염병과 같은 국가의 병이다. 왜냐하면 전염병은 건전한 사람에게도 퍼져서 그것을 오염케 하는 것처럼 질투가 국가의 내부에 침투했을 때는 국가의 가장 건전한 활동마저도 비방하여 그것을 악취가 나는 것으로 변화시키기 때문이다. 그러므로 칭찬받을 만한 행동을 섞는다고 하더라도 거의 얻는 바가 없다. 왜냐하면 그것은 약점과 질투에 대한 두려움을 보여 줄 뿐이며, 그만큼 해가 더 많은 것이기 때문이다. 그것은 보통 전염병에서 보는 것과 흡사하며 만약에 그것을 두려워하면 도리어 그것을 초래하게 되는 것이다.

이 공적인 질투는 국왕이나 국가 자체보다는 주로 관리나 대신들을 후려치는 것처럼 보인다. 그러나 다음과 같은 것은 하나의 확고한 원칙이다. 즉, 만약에 대신에 대한 질투가 크고, 그가 그것을 받아야 할 이유가 적은 경우라든가 또는 질투가 한 국가의 모든 대신들에게 전체적으로 향해지고 있는 경우에는 그 질투는—숨은 것이라 할지라도—사실은 국가 자체에 향해지고 있는 것이다. 공적인 질투나 불만, 그리고 이미 최초에 다룬 사적인 질투와의 차이에 관해서는 이것으로 그친다.

우리는 질투의 감정에 관해서 일반적으로 다음과 같을 것을 부언해 두는 바이다. 질투는 모든 감정 가운데서 가장 끈덕지고 지속적인 것이다. 왜냐하면 다른 감

정들에는 가끔 기회가 주어지기 때문이다. 그러므로 질
투는 '휴일이 없다.'라는 명구(名句)가 있다. 왜냐하면
그것은 무엇인가에 대해서 항상 작용하고 있기 때문이
다. 그리고 사랑과 질투가 사람을 수척하게 한다는 것
은 이미 지적되고 있다. 다른 감정들은 그렇지가 못하
다. 왜냐하면 그것들은 지속적이 아니기 때문이다. 그
것은 또한 가장 비열하고 타락된 감정이다. 그 때문에
그것은 악마의 고유한 특성이다. '사람들이 잠자는 동안
에 밀밭에 가라지〔毒麥〕를 뿌리는 질투 많은 사람'5)이
라고 불리고 있는 질투는, 항상 교활하며, 밤중에 돌아
다니면서 보리와 같이 좋은 것을 해치는 일을 한다.

5) 마태복음 13장 25절.

10. 연애에 관하여

무대는 인간의 생활보다는 사랑의 덕택을 더 많이 입고 있다. 왜냐하면 연애는 무대에 있어서는 언제나 희극의 소재이며, 가끔 비극의 소재가 될 뿐이기 때문이다. 그러나 생활에 있어서는 그것은 많은 화(禍)를 가져다 준다. 때로는 사이렌1)처럼 되기도 하고 때로는 퓨어리스2)처럼 되기도 한다. 모든 위대한 가치 있는 인물 가운데—고대든 최근이든 기억에 남아 있는 사람을 말하지만—사랑에 미칠 정도로 연애에 몰두한 사람은 하나도 없다는 것을 당신들은 알 것이다. 그것은 위대한 정신과 위대한 사업은 이와 같은 나약한 감정을 물리친다는 것을 보여 주는 것이다. 다만 로마 제국의 반쪽에 군림한 마르쿠스 안토니우스3)와 대집정관이자 입법가인 아파우스 클라우디우스4)는 제외하지 않으면 안 된다. 그들 가운데서 전자는 실제로 탕아였고 또 방종하였지만 후자는 엄격하고 현명한 사람이었다. 그러

---

1) 유혹의 여신. 반인반어(半人半魚)의 미녀로서 묘한 음악을 가지고 지중해의 어떤 섬에다 선원들을 유인하여 돌아가지 못하게 하였다고 함.
2) 로마 신화에 나오는 복수의 세 여신들. 그 용모가 매우 무서웠다고 함.
3) 로마의 장군(BC 38~32). 이집트 여왕 클레오파트라와의 정사로 유명함.
4) 로마의 십인정치(十人政治) 때의 집정관의 한 사람.

므로—드문 일이기는 하지만—사랑은 열려져 있는 가슴
속으로 들어가는 길을 찾아낼 수 있을 뿐만 아니라 잘
감시하지 않는다면 튼튼하게 방비되어 있는 가슴속으로
도 들어갈 수 있는 것처럼 보인다. "우리는 각자가 서로
충분히 큰 극장이다."5)라는 에피쿠스로스의 쓸데없는
말이 있다. 마치 인간이 하늘과 모든 고귀한 대상을 관
조(觀照)하기 위해서 만들어졌음에도 불구하고 조그마
한 우상 앞에 무릎을 꿇고 자기의 입의 노예—마치 짐
승처럼—는 아니라 할지라도 눈의 노예가 되는 것에 지
나지 않다는 것이다. 눈은 보다 높은 목적을 위해서 인
간에게 주어진 것이다.

이 감정이 지나쳐서 그 때문에 사물의 본질과 가치가
얼마나 무시되며, 아무리 끝없이 과장해서 말하더라도
보기 싫지 않은 것은 연애뿐이라는 것을 주목해 본다면
이상한 느낌이 든다. 그것은 단지 말에만 그치는 것은
아니다. 왜냐하면 '여러 작은 아첨꾼에게 둘러싸인 최대
의 아첨꾼은 곧 자기 자신'이라는 명언이 있지만, 확실
히 연애하는 사람은 그 이상이다. 왜냐하면 아무리 자
부심이 강한 사람이라 할지라도 연애하는 사람이 자기
의 연인을 좋게 생각하는 것만큼이나 자기 자신을 어이
없게도 좋게 생각하지는 않기 때문이다. 그러므로 '사랑
을 하면서 동시에 현명할 수는 없다'는 명언이 있다. 이

---

5) 서로가 바라보기에 알맞는 대상이라는 뜻.

약점은 타인에게만 나타나 보이고 사랑받는 쪽에서는 결코 나타나지 않는 것은 아니다. 연애가 상호적이 아닌 경우에는 특히 사랑받는 쪽에 나타나 보이는 것이다. 왜냐하면 연애의 보수(報酬)는 상호적이든가 그렇지 않으면 마음속의 내밀적(內密的) 경멸이 진정한 법칙이기 때문이다. 그러므로 사람은 더욱 다른 것을 잃을 뿐만 아니라 자기 자신마저도 잃는 수가 있는 이 감정에 대해서 주의해야 한다.

다른 것의 손실에 관해서는 시인의 자세한 이야기가 잘 묘사해 주고 있다. 즉, 헬레나1)를 선택한 사나이는 주노2)와 팔레스3)의 선물을 버렸던 것이다. 왜냐하면 사랑의 감정을 지나치게 평가하는 사람은 부와 지혜를 다같이 버리게 되기 때문이다. 이 감정은 약할 때에 넘쳐 나온다. 즉, 매우 번영했을 때와 매우 역경에 처했을 때이다. 이 후자에 대해서는 그것을 더욱 뜨겁게 함으로써 그것이 어리석은 아이의 짓이라는 것을 보여 준다.

사람들은 만일 연애를 하지 않을 수 없다면 그것을 적당하게 지키는 것이 최선의 일이다. 나아가서는 그것을 일생의 중요한 일과 행위로부터 전적으로 분리하는 것이다. 왜냐하면 만일 연애가 일을 방해하게 되면 그것은 인간의 운명을 흐트려 놓아서 사람으로 하여금 그

---

1) 그리스 신화에 나오는 미녀 헬레네의 로마명.
2) 부를 맡아 보는 로마의 여신.
3) 지혜를 맡아 보는 로마의 여신. 별명 아테네.

의 목적에 도저히 충실할 수 없게 하기 때문이다.

무슨 까닭인지는 알 수 없으나 무사들은 사랑에 빠지기 쉽다. 나는 그것은 그들이 술에 빠지는 것과 흡사하다고 생각한다. 왜냐하면 불안은 보통 쾌락을 대가로서 요구하기 때문이다. 인간의 본성 가운데는 타인을 사랑하려는 숨은 욕구와 움직임이 있다. 그것이 한 사람 또는 몇 사람에게 사용되지 않는다면 자연 많은 사람들에게 확대되어서 사람으로 하여금 인정 있고 자비롭게 한다. 그것은 수도사 가운데서 가끔 보는 것과 같다. 부부의 애정은 인류를 낳는다. 친구의 애정은 그것을 완성한다. 그러나 장난삼아 하는 사랑은 그것을 부패케 하고 타락시킨다.

11. 높은 지위에 관하여

높은 지위에 있는 사람은 3중의 노복(奴僕)이다. 즉 군주 또는 국가의 노복이며, 명성의 노복이며, 업무의 노복이다. 그러므로 그는 자기의 몸에도, 자기의 행동에도, 자기의 시간에도 자유가 없다. 권력을 추구하기 위해서 자유를 잃고 또는 타인에 대한 권력을 추구하기 위해서 자기 자신에 대한 권력마저 상실하는 것은 기묘한 욕망이다.

지위가 높아진다는 것은 힘드는 일이다. 고통을 통해서 더욱더 큰 고통에로 이르게 되는 것이다. 그리고 그것은 가끔 비열하기도 하다. 이처럼 사람들은 비천한 일을 통해서 존귀한 지위에 이르게 되는 것이다. 서 있기에는 미끄러지기 쉽고, 후퇴는 몰락이나 적어도 소멸을 의미하며, 그것은 비참한 일이다. "네가 더 이상 지금까지 지나온 것과 같지 않았을 때에는 살기를 바라는 이유가 없는 것이다."[1] 아니 사람은 그가 원할 때에는 물러날 수 없으며 그렇게 하는 것이 합리적일 때에는 물러나려고 마음먹지 않는다. 은퇴를 필요로 하는 노령과 병중(病中)에 있으면서도 사생활을 참지 못한다. 마치 늙은

---

1) 키케로의 말.

도시인이 자기의 늙음을 남이 비웃음에도 불구하고 한 길에 면한 문에 언제까지나 앉아 있는 것과 같다.

확실히 높은 지위에 있는 사람이 자기 자신을 행복하다고 생각하기 위해서는 다른 사람들의 의견을 빌릴 필요가 있는 것이다. 왜냐하면 그들은 자기 자신의 느낌을 가지고 판단한다면 결코 행복을 발견할 수 없기 때문이다. 그러나 타인들이 그들을 어떻게 생각하는가를 자신이 생각하고 타인이 자기들처럼 되고자 하고 있다고 생각하면 마치 소문에 들은 것처럼 행복을 느낀다. 아마 마음속으로는 그 반대로 알 수 있을 것이다. 왜냐하면 그들은 자기 자신의 잘못을 아는 데는 가장 꼴찌일지 모르나 그들 자신의 슬픔을 아는 데는 첫째이기 때문이다. 확실히 커다란 행운을 누리고 있는 사람들은 자기 자신에 대해서는 소원(疏遠)하다. 그들은 일 때문에 어찌할 바를 모르는 동안에는 자기의 육체나 정신의 건강에 주의할 여유가 없다. "타인에게는 너무나 잘 알려지고 있으면서 자기 자신에 대해서는 알지 못하고 죽는 사람은 비참하다."[2]

높은 지위의 사람에게는 좋은 일이나 나쁜 일이나 할 수 있는 특권이 있다. 왜냐하면 나쁜 일에 있어서 가장 좋은 조건은 그러한 의사를 갖지 않는 일이며 다음은 그것을 할 수 없는 것이기 때문이다. 그러나 선을 행하

---

2) 세네카의 말.

기 위한 특권은 참되고 바른 목적이며 적절히 희망되어
야 할 것이다. 왜냐하면 좋은 생각은—비록 신이 그것
을 받아들인다 하더라도—실행되지 않는 한, 사람들에
대해서는, 좋은 꿈과 다를 바가 없는 것이기 때문이다.
실행을 위해서도 우월하고 지배적인 위치로서의 권력과
지위 없이는 불가능하다. 인간의 활동 목적은 공적(功
績)과 선행에 있다. 그리고 그러한 일을 자각하는 것이
인간의 안식의 성취이기도 하다. 왜냐하면 만약에 인간
이 신의 활동에 참여할 수 있다면 마찬가지로 신의 안
식에도 참여할 것이기 때문이다. "하느님이 그 지으신
모든 것을 보시니 보시기에 심히 좋았더라."3) 그리고
그때부터 안식일이 되었던 것이다.

너의 지위의 직무를 수행함에 너의 앞에 가장 좋은
모범들을 두어라. 왜냐하면 모방은 교훈의 완전한 결합
체이기 때문이다. 그리고 잠시 후에 너 자신을 모범으
로 삼고 너의 앞에 두라. 그리고 자신이 처음에 최선을
다했는가 어떠했는가, 엄격히 자기 자신을 검토하는 일
이다. 같은 자리에서 나쁜 짓을 한 사람들의 예도 무시
하지 말라. 그들의 과거를 비난함으로써 자기 자신을
돋보이게 하는 것이 아니라 무엇을 피해야 할 것인가를
너희 자신들에게 가르쳐 주기 위해서이다.

그러므로 자만을 하거나 지나간 시대나 인물을 비난

---

3) 창세기 1장 31절.

함이 없이 개혁하라. 그리고 좋은 전례에 따르는 것에
그치지 말고 스스로 그것을 만들도록 마음먹어야 한다.
사태를 그 설립 당시까지 거슬러 올라가 보라. 그리고
어디에서 어떻게 해서 그것이 타락하였는가를 살펴보
라. 그러나 신구(新舊) 두 시대에 충고를 묻도록 하라.
즉 고대로부터는 무엇이 최선인가를, 후대로부터는 무
엇이 가장 적합한가를 배워라. 너의 진로를 규칙 있게
하라. 그렇게 하면 사람들은 무엇을 기대할 수 있는가
를 미리 알 수 있는 것이다. 그러나 지나치게 적극적이
고 전단적(專斷的)이어서는 안 된다. 그리고 자기의 평
소의 규칙에서 벗어날 때에는 그 까닭을 잘 설명하도록
하라. 너의 지위의 권리를 보존하도록 하라. 그러나 사
법권의 문제 등은 도발하지 말아라. 그리고 너의 권리
를 요구나 도전에 의해서 성명(聲名)하는 것보다는 침
묵 속에서—사실상—그것을 보유하라. 부하들의 지위도
그와 같이 확보하라. 모든 것에 관해서 바쁘게 일하는
것보다는 요점을 지적하는 것을 더욱 명예스럽게 생각
하라. 너의 지위의 직무의 수행에 관한 조력이나 충고
를 기쁘게 받아들이고 또 청하도록 하라. 너에게 정보
를 제공하는 사람을 쓸데없는 참견자로서 내쫓지 말고
그들을 호의로 받아들여야 한다.

　권위에 따르는 폐단은 주로 네 가지이다. 지연(遲延)
과 부패와 거친 것과 유연함이다. 지연에 관해서 말하
면 근접(近接)을 쉽게 하도록 하라. 약속 시간을 지켜

라. 눈앞의 사무를 신속히 처리하라. 불가피한 경우를
제외하고는 일을 혼동하지 말아라.

부패에 관해서 말하면 너 자신의 손과 노비들의 손을
물건을 받지 못하도록 묶어 둘 뿐만 아니라, 또 의뢰자
의 손도 제공하지 못하도록 묶어 두는 것이 좋다. 왜냐
하면 염직(廉直)을 실천하면 전자의 효과를 올리지만
염직을 공언(公言)하고 뇌물에 대한 증오를 밝히면 후
자의 효과를 올리기 때문이다. 그리고 과오뿐만 아니라
혐의도 피하도록 하라. 변할 수 있다고 보이고 뚜렷한
원인도 없이 변하는 것이 눈에 보이는 사람은 누구든지
부패의 혐의를 받는다. 그러므로 너의 의견이나 진로를
바꿀 때에는 언제든지 그것을 분명히 밝히고, 또 그것
을 발표할 때에는 네가 그것을 바꾸게 된 이유를 함께
들고 그것을 숨기려고 생각해서는 안 된다. 노비나 총
애받는 사람이 만약에 심복이며, 각별히 중시될 이유가
분명치 않은 경우에는 보통 눈에 보이지 않는 부패의
샛길이라고 생각되고 있다.

거칠다는 것에 관해서 말하면 이것은 불필요한 불만
을 사는 원인이 된다. 준엄은 두려움을 낳는다. 그러나
거친 것은 증오감을 낳는다. 상관으로부터의 견책이라
할지라도 엄숙해야 하며 모욕적이어서는 안 된다.

유연성에 관해서 말하면, 그것은 수회(收賄)보다 더
나쁘다. 왜냐하면 수회는 가끔 있는 일이지만 만일에 청
탁이나 기분 내키는 대로의 동기에 의해서 좌우된다면

그러한 일이 항상 그에게 따르기 때문이다. 솔로몬이 말한 것처럼, "사람의 낯을 보아 주는 것은 좋지 못하고 한 조각 떡으로 인하여 범법하는 것도 그러하니라."4)

'지위는 그 사람을 나타낸다'고 한 옛말은 가장 진실된 것이다. 그리고 그것은 어떤 사람은 보다 잘 나타내고 어떤 사람은 보다 잘 못 나타낸다고 할 수 있는데, "만약에 그가 황제가 아니었더라도 그는 황제에 적합하다고 중평(衆評)은 일치하였을 것이다."라고 타키투스는 갈바에 관해서 말하였다. 그러나 베스파시아누스에 관해서는, "베스파시아누스는 권력을 얻음으로써 좋게 달라진 유일한 황제이다."라고 말하였다. 전자는 정치적 수완에 대해서 말하고 후자는 품행과 성정에 관해서 말한 것에 지나지 않지만.

명예 있는 지위가 더욱더 높아지는 것은 그 사람이 가치 있고 고상한 정신의 소유자라는 것을 나타내는 확실한 증거이다. 왜냐하면 명예라는 것은 덕을 닦는 장소이며 또 그러해야 한다. 그리고 자연계에 있어서는 사물이 그 본연의 자리를 향해서 심하게 움직이며 일단 그 자리에 도달하면 정지하는 것처럼, 덕성이 있는 사람도 야심에 불타 있을 때에는 격렬하지만 일단 권위 있는 자리를 얻으면 평온해진다. 모든 높은 지위에 오르는 길은 나선형의 계단을 통해야 한다. 만일 당파가

---

4) 잠언 28장 21절.

있다면 오르막에 있는 사람은 어느 당파이든 가담하는
것이 좋다. 그리고 지위를 얻었을 때는 중립을 취하는
것이 좋다. 너의 전임자(前任者)의 기억을 이용할 때에
는 공평하고 정중하게 하는 것이 좋다. 왜냐하면 만일
네가 그렇게 하지 않는다면 네가 물러갔을 때 반드시
보상될 것이기 때문이다. 만일 너에게 동료가 있다면
그들을 존중하라. 그리고 그들이 부름을 기대하는 이유
가 있을 때에 그들을 배제하는 것보다는 그들이 부름을
기대하지 않을 때에 부르는 것이 좋다. 청원자와의 대
화나 개인적인 응답에 있어서는 지나치게 너의 지위에
신경을 쓰거나 생각하지 않는 것이 좋다. 도리어 사람
들로 하여금, "저 사람은 공적인 자리에 앉을 때에는 딴
사람이 된다."고 말하게 하는 것이 좋다.

12. 대담성에 관하여

이것은 중학교 교과서의 시시한 문제에 지나지 않지만 또한 현명한 사람이 사색할 만한 가치가 있는 것이기도 한다. "웅변가의 주요한 자격은 무엇인가?"라는 질문이 데모스테네스[1]에게 던져졌다. 그는 "동작(動作)."이라고 답변하였다. "다음은 무엇인가?" "동작." "그 다음은 무엇인가?" "동작." 그것을 가장 잘 알고 있는 사람이 그것을 말했으며 또한 그것을 권장한 점에 관해서는 날 때부터 아무런 이점을 가지지는 않았다. 단지 피상적인 것에 지나지 않은 한 웅변가의 자격이—그것은 차라리 배우의 특기에 지나지 않지만—저 창의성과 웅변술과 기타의 고상한 여러 가지 자격 이상으로 그처럼 높이 평가되고, 아니 거의 전적으로 마치 그것이 전부인 것처럼 평가되는 것은 이상한 일이다. 그러나 그 이유는 명백하다. 인간성 속에는 일반적으로 현명한 요소보다는 어리석은 요소가 더 많다. 그러므로 사람 마음의 어리석은 부분을 조종하는 여러 가지 능력이 가장

---

1) 아테네의 웅변가(BC 384~322). 처음에는 웅변을 잘못 하여 남의 웃음거리가 되기도 했으나 나중에는 이를 극복해서 대웅변가가 되었다. 마케도니아 왕 필립 2세가 침입해 왔을 때 아테네인을 고무했으나 후에 추방되었으며, 마케도니아 파에 의하여 사형선고를 받고 음독자살했다.

강력하다.

사회의 업무에 있어서 대담성의 경우는 놀랍 만큼 이에 흡사하다. 무엇이 첫째인가? 대담성이다. 무엇이 둘째이며 셋째인가? 대담성이다. 그러나 대담성은 무지와 비열의 소산이어서 다른 사람 대부분에 대해서 훨씬 저열(低劣)하다. 그러나 그럼에도 불구하고 판단이 얕고 용기가 없는 사람들의 마음을 비끄러매어 버린다. 그러한 사람들이 대부분이다. 뿐만 아니라 약점이 있을 때에는 현명한 사람들마저도 함락시키고 만다. 그러므로 민중 정치의 국가에 있어서는 대담성이 놀라운 일을 한다는 것을 우리는 알고 있다. 그러나 비교적 원로나 군주의 경우에는 그러한 일이 적다. 그리고 대담한 사람의 활동은 처음이 바로 그후보다 항상 현저한데, 왜냐하면 대담성은 약속을 잘 지키지 않기 때문이다. 확실히 육체를 위해서 '돌팔이 의사'가 있는 것처럼 정체(政體)를 위해서도 돌팔이 의사가 있다. 그들은 커다란 치료를 꾀하는 사람들이며 아마 두세 가지의 실험에는 운좋게도 성공할지 모르나 과학적인 근거가 없기 때문에 오래 버티어 나갈 수는 없다. 아니 대담한 사람은 자주 마호메트는 기적2)을 행한다는 것을 당신들은 알게 될

---

2) 전설에 의하면, 마호메트는 아라비아인들로부터 기적을 보여 달라는
   청을 받고 '사파산'을 자기 옆으로 불러들이려 했다. 그러나 산이 움직
   이지 않자 만일 산이 움직여서 사람들 머리 위에 떨어진다면 사람들
   은 죽게 될 것이니, 산이 움직이지 않는 것을 신의 자비로 생각하고,
   마호메트 자신이 산으로 가서 신에게 감사드렸다고 전해지고 있다.

것이다. 마호메트는 산을 자기에게로 불러들여 그 꼭대
기에서 자기의 율법을 지키는 사람들을 위해서 기도를
드릴 것이라는 것을 사람들로 하여금 믿게 하였다. 사
람들이 몰려들었다. 마호메트는 거듭해서 산을 자기에
게로 오도록 불렀다. 그러나 산은 꼼짝 않고 서 있다.
그러자 그는 조금도 당황하지 않고, "만일 산이 마호메
트에게로 오지 않는다면 마호메트가 산에게로 가리라."
고 말하였다. 그처럼 이런 사람들은 그들이 커다란 일
을 약속하고 가장 꼴사납게 실패하였을 때에도, 만일
그들이 완전한 대담성을 가지고 있다면 그것을 가볍게
지나쳐 버리고 사람의 주의를 돌려서 더 이상 야단법석
을 치지 않도록 한다.

확실히 위대한 판단력을 가진 사람들은 대담한 사람
들을 심심풀이로 바라보게 된다. 뿐만 아니라 보통 사
람들에게도 대담한 사람은 어딘가 우스꽝스러운 데가
있어 보인다. 왜냐하면 어이없는 일이 웃음거리라면 대
담성은 틀림없이 대개의 경우 어이없는 일이기 때문이
다. 특히 대담한 사람이 당황하고 있는 표정을 바라볼
때는 재미있다. 왜냐하면 그의 얼굴은 가장 찌그러져서
나무와 같은 표정으로 변하기 때문이다. 그렇게 되지
않을 수가 없는 것인데, 왜냐하면 부끄러워할 때에는
정신이 약간 오락가락하기 때문이다. 그러나 대담한 사
람의 정신은 이러한 경우에는 꼼짝달싹 않는다. 마치
장기(將棋)에 있어서 궁수에 몰린 것처럼 졸이 없어서

움직일 수 없는 것과도 같다. 그러나 이 마지막의 경우
는 진지한 관찰보다는 풍자에 더욱 적절한 것이다.

대담은 언제나 맹목적이라는 사실은 충분히 생각해
볼 만한 가치가 있는 것이다. 왜냐하면 그것은 위험과
불편을 안중에 두지 않기 때문이다. 그러므로 그것은
사려(思慮)를 위해서는 나쁘지만 실행을 위해서는 좋은
것이다. 그러므로 대담한 사람을 다루는 올바른 방법은
그를 수장(首將)으로 삼아서 지휘케 할 것이 아니라 차
위(次位)에 두어서 타인의 지시를 받도록 하는 데 있다.
왜냐하면 사려에 있어서는 위험을 안중에 두는 것이 좋
고, 단행(斷行)에 있어서는 매우 중대한 경우를 제외하
고는 그것이 보이지 않게 하는 것이 좋기 때문이다.

13. 선과 천성의 착함에 관하여

나는 선을 타인의 행복을 바란다는 뜻으로 사용한다. 그것은 그리스인이 '인간애(philanthropia)'라고 부르고 있는 것이다. 그리고(소위) '인정(humanity)'이라는 말은 그것을 표현하기에 좀 가볍다. 나는 선은 습성이며, 천성의 선량함은 성향(性向)이라 부른다. 그것은 사람의 마음의 모든 덕성과 위엄 가운데서 가장 위대한 것이다. 그것은 곧 신의 특성이기 때문이다. 그것이 없으면 인간은 일종의 해충에 지나지 않으며 귀찮고 해롭고 매우 불행한 존재에 지나지 않는 것이다. 선은 신학상의 덕성인 자비에 해당하는 것이며 이 지나친 지식욕은 인간을 타락시켰다. 그러나 자비에는 과도란 없다. 천사나 인간이나 그 때문에 위험에 빠질 우려는 없다.

선에의 경향은 인간의 본성 속에 새겨져 있다. 만일 그것이 인간을 향해서 쏟아지지 않는다면 다른 생물에게 쏟아지게 된다. 그것은 터키인에게서 보는 바와 같다. 즉, 그네들은 잔인한 국민인데도 불구하고 동물에게는 친절하여서 개와 새에게 먹이를 준다. 부스베키우스의 보고에 의하면 콘스탄티노플에 있는 한 기독교도의 소년이 장난삼아 부리가 긴 새의 입을 막대기로 찔렀기 때문에 돌에 맞아 죽을 뻔했다는 것이다.

사실 선 또는 자비의 미덕에 있어서도 과오를 범하는
수는 있을 것이다. 이탈리아 사람들은 '사람이 너무 착
하면 쓸모가 없다'는 불미스러운 속담을 가지고 있다.
그리고 이탈리아 사상가의 한 사람인 니콜라스 마키아
밸리는 대담하게도 거의 명백한 말로 다음과 같이 쓰고
있다. "기독교의 신앙은 선량한 사람을 포악하고 불의
한 사람들의 먹이로 주어 버렸다."고. 그가 그러한 말을
한 것은 어떠한 법률이든, 종파든, 의견이든 기독교만
큼 선을 중요시한 것은 없었기 때문이다. 그러므로 추
문(醜聞)과 위험을 다같이 피하기 위해서 이처럼 뛰어
난 습성의 과오를 잘 알아 두는 것이 좋다.

타인의 선을 추구하라. 그러나 그들의 안색이나 기호
에 사로잡히지는 말아라. 왜냐하면 그것은 의지의 박약
또는 부드러움을 의미하며 정직한 마음을 사로잡아 버
리기 때문이다. 이솝의 수탉에 보석을 주는 일이 있어
서는 안 된다. 그에게 보리알 하나를 준다면 더 기뻐하
고 더 행복해 할 것이다. 신의 모범이 이 교훈을 진실
로 가르쳐 주고 있다. "하느님은 의로운 자나 의롭지 못
한 자에게나 그의 비를 내리고 그의 태양을 비추게 하
도다." 그러나 그는 모든 사람에게나 평등하게 부의 비
를 내리고 명예와 덕성을 빛나게 하지는 않는다. 보통
의 은혜는 모든 사람들에게 주어지는 것이지만 특별한
은혜는 선택된 사람에게만 주어져야 한다.

초상화를 그리는 데 있어선 그 원형(原形)을 손상하

지 않도록 조심해야 한다. 왜냐하면 신학은 우리들 자
신에 대한 사랑을 원형으로 삼으며 이웃에의 사랑을 초
상으로 보기 때문이다. "네가 가진 모든 것을 팔아서 가
난한 자에게 주라, 그리고 나를 따르라."고 하였다. 그
러나 따라오지 않는다면 가지고 있는 것을 모두 팔아서
는 안 된다. 즉, 이것은 네가 가진 적은 재산도 큰 재산
에 못지 않은 좋은 일을 할 수 있는 사명을 가지고 있
을 때에 한한다. 왜냐하면 그렇지 않으면 냇물에 물을
공급함으로써 수원을 고갈케 하는 것이기 때문이다.

　세상에는 올바른 이성에 의해서 이끌어진 선량한 습
성이 있을 뿐만 아니라 천성에 있어 선에의 경향을 가
진 사람도 더러 있다. 한편으로는 천성적인 악인도 있
다. 왜냐하면 타인의 선을 좋아하지 않는 성질이 있기
때문이다. 가벼운 종류의 악의는 비뚤어진 마음, 또는
심술궂음 또는 반항을 좋아하는 마음, 또는 외고집과
같은 것인데 비교적 깊은 종류의 것은 질투나 단순한
해가 된다. 이와 같은 사람들은 타인이 불행할 때에 때
를 만난 것처럼 언제나 그 불행을 더하게 하는 역할을
한다. 그들은 나사로의 종기(腫氣)를 핥은 개만큼도 착
하지 않으며, 날고기 위를 윙윙거리며 날고 있는 파리
와도 같은 것이다. 타이먼(기원전 5세기말의 아테네 사
람. 사람을 미워하기로 유명함)은 목을 매달기를 원하
는 사람을 위해서 자기의 정원의 나무를 제공하였지만,
그들은 자기들의 정원에 목 매달기 위한 나무를 가지고

있지도 않으면서 사람들을 목 매달도록 데리고 가는 인간 혐오주의자들인 것이다. 이와 같은 성향은 바로 인간성의 오점(汚點)이다. 그러나 위대한 정치가를 만드는 데는 안성맞춤의 재목(材木)이다. 그것은 확고하게 서 있어야 할 집을 짓기 위해서는 적합하지 않지만 파도에 흔들리는 배를 건조하는 데는 알맞는 구부러진 재목과도 같은 것이다.

선의 속성과 징표에도 여러 가지가 있다. 만일 어떤 사람이 미지의 사람에 대해서 친절하고 정중하면 그것은 그가 세계의 시민이며, 그의 마음이 다른 육지에서 동떨어진 섬이 아니라 도리어 그것들에 접속되어 있는 대륙이라는 것을 나타내는 것이다.

만일 타인의 괴로움에 대해서 그가 동정한다면 그것은 그의 마음이 스스로 상처를 입어서 방향(芳香)이 있는 수지(樹脂)를 내는 고상한 교목(喬木)과 같은 것이라는 것을 보여 주는 것이다.

만일 그가 조그만 일에 대해서 감사한다면 그것은 그가 남의 마음을 무겁게 생각하며 사소한 물건은 문제삼지 않는다는 것을 보여 주는 것이다. 특히 만일 그가 성 바울의 완전성을 갖추고 있어 그의 동포의 구원을 위해서는 그리스도의 저주를 받기를 원한다면 그것은 신적인 성질이 많다는 것, 즉 그리스도와의 어떤 종류에서의 일치를 보여 주는 것이다.

14. 귀족에 관하여

우리는 먼저 국가의 일부분으로서의 귀족에 관하여 이야기하고 다음에 특수한 개인 신분으로서의 귀족에 관하여 이야기할 것이다. 귀족이 전연 없는 군주국가는 언제나 순전히 절대적인 전제 정치이며, 터키와 같은 나라가 그러하다. 왜냐하면 귀족은 군주제를 완화하여 인민의 눈이 왕통(王統)에로 집중하는 것을 어느 정도 다른 곳으로 돌리기 때문이다. 그러나 민주 정치에 있어서는.그것은 불필요하다. 민주 국민은 여러 귀족들의 가문이 있는 국민보다는 조용하고 반란을 일으킬 우려도 적다. 왜냐하면 사람들의 눈이 업무에 쏠려 있고 인물에 쏠린다 하더라도 그 사람이 업무에 가장 적합한가 않는가에 있는 것이지 문장(紋章)이라든가 계보(系譜)를 문제삼는 것은 아니기 때문이다.

우리는 스위스 사람들이 종교나 행정 구분이 잡다함에도 불구하고 국가를 잘 지속하고 있는 것을 본다. 왜냐하면 그들의 단결은 실리에 있으며 개인의 신분에 대한 존경에 있는 것이 아니기 때문이다.

폴란드의 정치는 매우 탁월하다. 왜냐하면 평등이 있는 곳에는 의결이 비교적 공평하며, 조세(租稅)의 의무가 비교적 유쾌하게 이루어질 수 있기 때문이다. 위대하고 유력한 귀족 계급은 군주정치에 위엄을 더해 주기는 하지만 군주의 권력은 감쇄(減殺)된다. 그리고 민중에게는 생명과 활력은 불어넣지만 그들의 행복을 압박한다. 귀족이 군주권이나 사법권에 대해서 지나치게 강대하지 않고 한편으로는 그것이 적당한 높은 지위가 유지되어서 하층 사람들의 오만이 국왕의 위엄에 부딪치지 않도록 할 때에는 좋은 것이다. 귀족이 너무나 많으면 나라에 빈곤과 불편의 원인이 된다. 왜냐하면 그것은 경비의 과잉 지출을 가져오기 때문이다. 한편 필연적으로 많은 귀족들은 시간이 흐름에 따라서 운세가 약해져서 명예와 자산과의 사이에 일종의 불균형이 생기기 때문이다.

특정한 개인으로서의 귀족에 관해 이야기하자. 옛날의 성이나 건물이 부서지지 않은 것을 보거나 훌륭한 재목이 될 수목이 건전하고 완전한 채로 서 있는 것을 본다는 것은 존경의 마음을 일으키게 하는데, 하물며 시간이라고 하는 파란과 풍우를 견디어 온 옛 귀족의 가문을 본다는 것은 더할 나위도 없는 것이다. 왜냐하면 새로운 귀족은 다만 권력의 산물에 지나지 않지만 옛부터의 귀족은 시간의 산물이기 때문이다. 처음으로 귀족으로 승격된 사람들은 보통 그 자손들보다는 훨씬 유능하기는 하지만 마음씨가 좋은 편은 못된다. 왜냐하면 선한 술책과 악한 술책을 혼합하지 않고서도 입신(立身)하기는 거의 드물기 때문이다. 그러나 그들의 공덕(功德)에 대한 기억은 후세에 남으며 그들의 결함은 그들의 죽음과 더불어 소멸하는 것은 당연하다.

출생이 고귀한 사람은 보통 근면함이 덜하다. 그리고 근면하지 못한 사람은 근면한 자를 질투한다. 게다가 고귀한 사람들은 그 이상으로 입신할 수 없으며, 또 타인은 승진하는데 자기만이 그 자리에 머물러 있게 되면 질투심이 움직이는 것은 불가피한 일이다.

한편 귀족은 타인으로부터의 질투를 소멸시킨다. 왜냐하면 확실히 귀족 가운데 유능한 사람을 가지고 있는 군주는 그들을 쓰기에 편리함을 알 것이며, 또 정무(政務)가 더욱 원활하게 진행됨을 알 것이다. 왜냐하면 인민들은 그들을 처음부터 어떤 종류의 지배자로서 태어난 것으로 생각하고 그들에게 자연적으로 복종하기 때문이다.

15. 반란과 소동에 관하여

목민자(牧民者)는 국가에 있어서의 폭풍우의 징조를 알 필요가 있다. 그것은 보통 백사(百事)가 평등해지고 있을 때 가장 맹렬한데, 그것은 마치 자연계의 폭풍우가 춘분과 추분 때에 가장 맹렬한 것과 흡사하다. 그리고 태풍이 일어나기 전에 어디서인지 모르게 회오리바람이 불어오고 남모르게 바다의 파도가 이는 것처럼 국가에 있어서도 그러한 것이 있다.

그것은 가끔 소동이 가까워지고 또 음모와 비밀리에 계획된 전쟁의 위험이 있다는 것을 경고한다.[1]

국가에 대한 비방이나 방자한 논의가 자주, 그리고 공공연히 행해질 때, 그리고 같은 종류의 것으로 허무맹랑한 풍설(風說)이 유포되어 국가를 불리하게 하는데도 그것을 곧 많은 사람들이 받아들일 때 이것들은 소동의 한두 가지 징조이다. 베르길리우스는 유언(流言)의 계보를 일컬어 '그녀는 거인의 누이'라고 하였다.

제신(諸神)의 분노에 대해서 성낸 어머니인 대지가 그녀를

---

1) 로마의 시인 베르길리우스의 시 중에서 인용.

낳았다. 그녀는 케우스와 엔켈라도스의 누이이다.2)

마치 풍문이 지나간 반란의 유물처럼 말하고 있다.
그러나 그에 못지않게 풍문은 장차 올 반란의 서곡이기
도 하다. 하여간 반란의 소동과 반란의 풍문은 형제와
자매, 남성과 여성의 차이밖에 없다고 한 시인의 말은
옳다. 만일 국가의 최선의 행위, 가장 칭찬받을 만한 행
위, 그리고 최대의 만족을 줄 것임에 틀림없는 행위가
나쁘게 해석되고 비방되는 경우에는 특히 그러하다. 왜
냐하면 그것은 가장 큰 질투를 나타내는 것이며 타키투
스가 말한 것처럼, "정부가 인기를 잃었을 때에는 좋은
행위나 나쁜 행위나 다같이 비난의 대상이 되기" 때문
이다. 그리고 이들 풍문이 폭동의 징조라고 해서 지나
치게 엄격하게 억압하는 것은 폭동의 방지책이 아니다.
왜냐하면 그것을 무시하는 것이 폭동을 제지하는 가장
좋은 대책일 때가 많으며, 그것을 저지하려고 애쓰는
것이 도리어 의혹을 오래 끌게 하는 수가 많기 때문이
다. 그리고 타키투스는, "그들은 임무에는 충실하지만,
상관의 명령을 받드는 것보다는 도리어 그것을 비평하
는 것을 좋아한다."고 말하고 있는데 이러한 종류의 복
종은 의문의 여지가 있다. 명령과 지시에 대해서 논쟁
하고 구실을 붙이고 빠져나갈 궁리를 하는 것은 구속을
뿌리치는 일이며 불복종을 꾀하는 일이다. 만일 이와

---

2) 베르길리우스의 시의 1절.

같은 논쟁에 있어서 명령을 지지하는 자가 두려워하며
부드럽게 말하고, 반대하는 자가 대담무쌍하게 말하는
경우에는 특히 그러하다. 마키아벨리도 갈파한 것처럼
만백성의 어버이여야 할 군주가 스스로 하나의 당파를
만들어 한쪽으로 기울어질 때에는 그것이야말로 한쪽으
로 치우친 짐 때문에 전복하는 배와 같은 것이다. 프랑
스의 앙리 3세 시대에 볼 수 있는 것과 마찬가지로. 왜
냐하면 왕은 먼저 신교도를 섬멸하기 위한 당파에 가담
하였다. 그러나 그후 바로 그 당파가 왕에게 반항하였
기 때문이다. 그 까닭은 왕의 권위가 어떤 목적을 위한
부속물처럼 취급되었고 군주권의 기반(羈絆)보다도 더
긴밀한 결속(結束)이 달리 있는 경우에는 국왕들은 거
의 권력을 빼앗기게 되기 때문이다.

불화・분쟁・당파 등이 공공연히 그리고 대담하게 행
해지고 있을 때 역시 정부의 위신이 땅에 떨어진 증거
이다. 왜냐하면 정부에 있는 높은 사람들의 움직임은
─옛 학설에 따른다면─제10천(第十天)3) 아래 있는
유성(遊星)의 움직임과 같아야 하기 때문이다. 즉, 여

---

3) BC 2세기경의 알렉산드리아의 천문학자인 프롤레마이오스의 학설에
   의하면, 지구를 에워싸고 있는 10개의 동심원구(同心圓球)가 있는데
   그 제일 바깥쪽에 있는 것이 제10천이다. 모든 항성은 그 층에 고착
   해 있으며 24시간마다 지구를 한 바퀴 돌며 그것이 모든 천체 운행의
   원동력이라고 생각하였다. 그러나 베이컨은 이미 코페르니쿠스의 새
   로운 천문학을 알고 있었기 때문에 이것을 옛 학설이라고 불렀을 것
   이다.

러 유성들은 각각 최고의 운동에 의해서 빠르게 공전하
면서 자기 자신의 운동은 완만한 것이다. 그러므로 높
은 사람들이 자기 자신의 개개의 움직임에 있어서는 격
렬하며 타키투스가 표현한 것처럼, '지배자에 대한 복종
을 넘어설 만큼 자유로워질' 때에는 그것은 궤도를 벗어
나고 있다는 증거이다. 왜냐하면 존경은—군주에 대한
— 하느님이 군주에게 요대(腰帶)를 두르게 하였기 때
문이다. 비록 하느님은, "열왕의 맨 것을 풀어 그들의
허리를 동이시며……"4)라고 경고하고는 있지만…….

그래서 정부의 네 가지 기둥(종교·사법·심의(審議)
·재정) 가운데 어느 것이라도 심하게 흔들리거나 약화
되었을 때에는 사람들은 무사하기를 기도할 필요가 있
다. 그러나 이러한 전조(前兆)에 대한 것으로부터 다른
문제로 옮아가자.(그러나 이것에 관해서는 다음에도 이
야기할 것이므로 더욱 분명해지리라고 믿는다.)

반란의 재료에 관하여, 이것은 신중히 생각할 문제이
다. 왜냐하면 반란을 예방하는 가장 확실한 방법은—만
일 시대가 그것을 허용한다면—그 원인을 제거하는 데
있기 때문이다. 연료가 준비되어 있는 곳에는 어디로부
터 불티가 날아와서 불을 지르게 될지 말하기는 어렵
다. 반란의 재료에는 두 가지 종류가 있다. 커다란 빈곤
과 커다란 불만이 그것이다. 도산자(倒産者)가 많을수

---

4) 욥기 12장 18절.

록 폭동을 찬성하는 사람도 많다는 것은 사실이다. 루칸5)은 "이처럼 탐욕적인 고리대금과 곧 갚아야 할 이자, 이리하여 신용은 흔들리고 전쟁은 많은 사람들에게 이익이 되었다"고 내란 전의 로마의 상태를 잘 지적하고 있다.

여기서 말하는 '많은 사람들에게 유리한 전쟁'은 국가가 반란과 소동에로 기울어지는 경향이 있다는 것을 나타내는 확실하고도 틀림없는 징조이다. 그리고 만일 비교적 상층 계급에 있어서의 이러한 빈곤과 도산이 하층 계급의 결핍과 곤궁과 결합한다면, 위험은 이미 절박해진 것이며 또 중대한 것이다. 왜냐하면 공복(空腹)에서 오는 반란은 최악의 것이기 때문이다. 불평에 관해서는 국가의 경우도 육체의 체액(體液)과 흡사한 것이어서 그것은 자칫하면 과도한 열을 내기도 하고 염증을 일으키기도 쉽다. 그러므로 군주는 이러한 불평이 정당한가, 정당하지 않은가를 가지고 그 위험을 촌탁(忖度)해서는 안 된다. 왜냐하면 그것은 민중을 지나치게 합리적인 것이라고 생각하기 때문이다. 민중은 가끔 자기 자신의 이익마저도 내던진다. 그리고 그들이 봉기(蜂起)하게 되는 원인이 된 불평이 사실상 큰가, 적은가를 가지고 촌탁해서도 안 된다. 왜냐하면 실제의 간난(艱難)보다는 장래에 대한 공포심이 더 클 때가 가장 위험

---

5) 로마의 시인. 39~65년.

한 불만이기 때문이다. "간난에는 한도가 있지만 공포
에는 한도가 없다."6) 한편 커다란 압제에 있어서는 인
내심을 자극하는 동일한 행위가 그들의 용기를 짓밟지
만 공포에 있어서는 그러하지 못하다. 군주나 국가는
불평에 관해서 그것들이 자주 일어나고 혹은 그것이 오
래 계속되었지만 아무런 위험이 나타나지 않았다는 까
닭으로 해서 안심해서는 안 된다. 왜냐하면 모든 증기
나 연기가 폭풍우가 되는 것이 아니라는 것은 사실이지
만, 그러나 몇 번이고 지나가 버리는 폭풍우도 마침내
는 습래(襲來)해 올 것이라는 것도 사실이기 때문이다.
그래서 스페인의 속담에는, '밧줄도 마지막에는 조금만
당겨도 끊어진다'고 말하고 있다.

반란의 원인과 동기에는 종교상의 혁신, 중세(重稅),
법률과 관습의 변경, 특권의 박탈, 일반적 압제, 무능력
자의 중용(重用), 타국인, 기근, 해산된 병사, 격화된
당쟁, 민중을 자극함으로써 그들로 하여금 공통의 목적
을 위해서 일치 단결케 하는 것 등이 있다.

그 대책에 관하여, 약간의 일반적인 예방책이 있을지
모르기 때문에 그것에 관해서 말하기로 하자. 적절한
치료에 관해서는 그것은 개개의 병폐에 대해서 처방이
나와야 한다. 따라서 규칙보다는 그때그때의 심의에 맡
겨야 한다.

---

6) 로마의 웅변가 플리니의 《서간집》에서.

첫째의 대책 또는 예방책은 앞에서 말한 반란의 원인이 되는 재료를 가능한 한 모든 수단을 써서 제거하는 일인데, 그것은 바로 국민의 궁핍과 빈곤이다. 이 목적을 위해서 도움이 되는 것은 무역의 자유와 균형, 산업의 장려, 나태의 근절, 근검법(勤儉法)에 의한 낭비와 사치의 금지, 토지의 개량과 개간, 매매품의 가격 조정, 과세 부과의 적정 등등이다. 일반적으로 왕국의 인구는 전쟁에 의해서 감소되지 않는 경우에는 특히 그들을 유지해야 할 왕국의 물자를 초과하지 않도록 유의해야 한다. 그리고 인구는 단지 숫자에 의해서만 계산되어서는 안 된다. 왜냐하면 소비가 많고 생산이 적은 소수인은, 생활의 정도가 낮고 많이 벌어들이는 다수인보다는 국가를 빨리 소모케 하기 때문이다. 그러므로 귀족, 기타 고위층의 증가가 일반민에 비례해서 과대한 경우에는 국가의 궁핍을 촉진한다. 그리고 승려 계급의 과다 역시 마찬가지다. 왜냐하면 그들 아무도 물자를 생산하지는 않기 때문이다. 또 관직으로 소화할 수 있는 이상으로 많은 학자들을 양성하는 것도 마찬가지다.

한 나라의 이익의 증대는 타국인을 희생시키지 않으면 안 되기 때문에—왜냐하면 어떤 장소에서 얻은 것은 다른 장소에서는 잃은 것이기 때문에—한 나라가 다른 나라에게 팔아야 할 것은 세 가지밖에 없다는 것을 또한 기억해 두어야 한다. 그것은 천연적 산물과 제품과 운수의 세 가지이다. 만일 이 세 개의 수레바퀴가 잘 운전된다면, 부는 큰 물결처럼 흘러들어올 것이다. 그리고 자주 일어나는 일이지만 '제품은 원료를 능가한다.' 즉 가공(加工)과 운수(運輸)는 원료보다도 가치 있는 것이다. 그리하여 더욱더 나라의 부를 증가한다. 폴란드 사람들에게서 가장 현저하게 보는 것처럼 그들은 이 세상에서 가장 좋은 지상(地上)의 광산을 가지고 있다.

무엇보다도 국가의 재보(財寶)와 금전이 소수의 손에 집중되지 않도록 좋은 정책이 베풀어져야만 한다. 그렇지 않으면 국가는 커다란 자원을 가지고 있으면서도 아사(餓死)하게 될지도 모르기 때문이다. 금전은 비료와 같은 것이어서 뿌리지 않으면 아무 소용이 없다. 이를 위해서도 주로 고리대금업자의 탐욕스러운 거래나 독점이나 광대한 목장, 기타의 것을 억제하거나 적어도 엄격하게 통제해야 한다.

불평의 제거에 관해 혹은 적어도 불평으로부터 일어나는 위험의 제거에 관해 말하자. 어느 나라에나(우리가 알고 있는 것처럼) 신민(臣民)에는 두 가지 부분이 있다. 즉 귀족과 평민이다. 그들 가운데 한쪽만이 불평을 품고 있을 때에는 위험은 크지 않다. 왜냐하면 평민은 상층 계급에 의해서 선동되지 않는다면 그 움직임이 완만하며, 그리고 상층 계급은 대중이 스스로 봉기하려는 마음과 준비가 없다면 그 힘이 미약하기 때문이다. 위험한 것은 상층 계급이 하층 계급 사이에서의 불만의 물결을 기다리고 그들 자신의 입장을 선언할 때이다.

시인들의 얘기에 의하면 주피터를 다른 신들이 포박(捕縛)하려고 모의하였지만 그것을 들은 주피터는 팔레스의 조언에 의해서 백 개의 손을 가진 부리아레우스를 자기를 돕도록 불러오게 했다고 한다. 이것은 의심할여지 없이 군주를 위해서는 대중의 호의를 확보하는 것이 얼마나 안전한가를 보여 주는 비유이다.

불평과 불만을 해소하기 위해서 적당한 자유를 부여하는 것은—지나치게 무례하고 불손하지 않는 한—안전한 방법이다. 왜냐하면 체액을 안으로 돌려서 상처에 내출혈을 일으키려고 하는 사람은 악성 종양(腫瘍)과 해독이 있는 화농(化膿)을 일으킬 위험이 있기 때문이다.

에피메테우스의 역할이 프로메테우스의 역할에도 알맞는 것은 불평의 경우이다[7]. 왜냐하면 그것들에 대해서는 그 이상으로 좋은 대책은 없기 때문이다. 에피메테우스는 판도라의 상자 속에서 여러 가지 비애와 재앙이 튀어나왔을 때 마침내 뚜껑을 닫았다. 그리하여 상자의 밑바닥에 희망을 남겨 두었던 것이다. 확실히 요령 있게 그리고 교묘하게 희망을 양성하고 장려하며 사람들로 하여금 희망으로부터 희망에로 나아가게 하는

---

7) 프로메테우스와 에피메테우스는 형제. 프로메테우스는 어느 날 하늘에 올라가 불을 훔쳐서 인간에게 주었다. 제우스 신은 이를 벌주기 위해서 판도라라고 하는 미녀를 시켜 하나의 상자를 보냈으나 이를 거들떠보지도 않았다. 그러나 동생 에피메테우스는 이를 받아들여 열어서는 안 될 상자를 열었다. 그랬더니 여러 가지 괴물, 비애, 불평, 불만 등이 튀어나왔다고 한다.

것은 불만이라고 하는 독물(毒物)에 대한 가장 좋은 해
독제(解毒劑)이다. 그리고 현명한 통치와 확실한 증거
는 그것이 사람들의 마음에 만족을 줄 수는 없지만 희
망을 가지고 사람의 마음을 매어 둘 수는 있는 경우이
다. 그리고 어떠한 재앙도 전연 희망의 빛을 인정할 수
없을 정도로 절대적인 것이 아니라고 생각하도록 사태
를 처리할 수 있을 때이다. 그렇게 하는 것은 어려운
것이 아니다. 왜냐하면 개인과 당파는 다같이 자부심이
있으며 적어도 그들이 믿지 않는 것도 믿는 체하기 때
문이다.

　그리고 선견(先見)이 있는 방지책으로서는 불만을 품
은 사람들이 규합(糾合)될 법한 적당한 두령(頭領)이
없도록 하는 일은 다 아는 것이지만, 그러나 각별히 주
의할 점이다. 나는 두목에 적합한 사람은 위대하고 명
성이 있는 사람이라고 생각한다. 즉, 불평을 가진 무리
들 사이에 신망이 있고 그들의 주시의 대상이며 또 그
인물 자신이 자기의 처지에 대해서 불만을 품고 있다고
생각되고 있는 사람을 의미한다. 이러한 종류의 인물은
빈틈없고 확실한 방법으로 국가쪽으로 끌어들여서 화해
를 시키든가, 그렇지 않으면 그 인물과 같은 당파에 속
하는 누군가를 이에 대립시켜 그에 대항하게 하고 그의
명성을 분열시키는 일이다. 일반적으로 국가에 적대하
는 모든 당파나 단체를 분열시키고 파괴하거나 또는 적
어도 그들 사이에 불신을 조장하는 것은 그리 나쁜 대

책은 아니다. 왜냐하면 만일 국가의 요로(要路)에 서서 정권을 잡고 있는 사람들이 불화와 당쟁을 일삼고 이에 반대하는 사람들이 일치 단결한다면 그것은 절망적인 경우이기 때문이다.

군주의 입에서 새어나온 어떤 기지 있고 신랄한 말이 폭도에 불을 당긴다는 것을 나는 이미 지적한 바 있다. 시저는, "실라는 글을 알지 못하기 때문에 어떻게 지휘하는가를 알지 못한다."는 말 때문에 자기 자신을 크게 해쳤다. 왜냐하면 그것은 시저가 언젠가는 독재자의 지위를 타인에게 양보할 것이라는 사람들의 희망을 전적으로 꺾어 버렸기 때문이다. 프로부스8)도 마찬가지로, "짐이 살고 있는 한 로마제국은 더 이상의 병사를 필요로 하지 않을 것이다."라는 말 때문에 자멸하였다. 그것은 병사들에게는 커다란 절망의 말이었다. 그 밖에도 흡사한 일이 많다. 확실히 군주는 미묘한 문제에나 신중을 요하는 시대에는 그 언사를 삼가할 필요가 있다. 특히 이와 같은 짧은 말은 주의해야 하며 그것은 화살처럼 날아가서 말한 사람들의 은밀한 의도에서 발사된 것이라고 생각된다. 왜냐하면 긴 말은 오히려 평범해서 사람들의 주목을 크게 끌지 못하기 때문이다.

---

8) 로마의 황제(276~282년 재위). 원래 군인이며 동방의 총독이었으나 병사들에게 추대되어 황제가 되었다. 명언을 잘해서 유명했으나, 평화 시대가 와서 군인이 필요없기를 바란다는 말이 병사들의 불만을 사서 살해되었다.

마지막으로 군주는 만일에 대비하여 반란을 초기에 진압하기 위해 한 사람 또는 그 이상의 훌륭한 인물 또는 용맹한 군인을 측근에 두어야 한다. 왜냐하면 그것이 없으면 소란이 일어난 초기에 궁정 내에서는 지나치게 당황하기 때문이다. 그리하여 국가는 타키투스가 말한 것처럼 위기에 빠지게 된다. 즉, "소수의 사람이 이러한 폭거(暴擧)를 감행하고, 더 많은 사람들은 그것을 좋아하고, 모든 사람이 그것을 묵인하는 상태이다." 그러나 이러한 무장(武將)은 충실하고 인망이 있는 사람이어야 하며, 당파심을 가지고 민중의 인기를 구하는 사람이어서는 안 된다. 그리고 국내의 다른 고위 인물들과 원만한 관계에 있는 사람이어야만 한다. 그렇지 않으면 대책이 도리어 질병보다 더 나쁜 것이 되고 만다.

16. 무신론에 관하여

나는 이 우주의 조직이 마음을 가지고 있지 않다고
생각하기보다는, 차라리 ≪성도전(聖徒傳)≫1)과 ≪탈
무드≫2)와 ≪코란≫ 속에 있는 얘기를 믿을 것이다.
고로, 신은 무신론을 설득하기 위해서 지금까지 기적을
행한 적은 한번도 없었다. 왜냐하면 신의 일상적인 업
무가 그것을 설복하기 때문이다. 천박한 철학이 사람의
마음을 무신론으로 기울게 하는 것은 사실이지만 심오
한 철학은 도리어 사람의 마음을 종교에로 이끌어간다.
왜냐하면 사람의 마음은 흩어진 제 2원인3)을 바라보고
있는 동안에는 가끔 그것들에 안주(安住)해서 그 이상
을 추구하지 않을지도 모르지만, 그러나 그것들을 연결
하고 상호간을 맺어 주는 쇠사슬을 생각하는 때에는 필
연적으로 '섭리'와 '신성(神性)'에로 비약하지 않을 수
없는 것이기 때문이다. 아니 가장 무신론적이라고 생각
되고 있는 학파라 할지라도 종교를 가장 많이 증명하고

---

1) 13세기경 이탈리아 제노아의 대승정(大僧正)인 야콥 드 포라지네
   (Jacobus de Voragine)에 의해서 씌어진 성도(聖徒)의 기적에 관
   한 전설.
2) 유대의 율법. 원문 Mishnah와 그 주석.
3) 스콜라 철학의 용어. 제1원인은 우주의 창조자, 제2원인은 이것으로
   부터 나온 우주의 삼라만상을 가리킨다. 동력인(動力因)이라고도 함.

있는 것이다. 즉, 레우키포스와 데모크리토스와 에피쿠로스의 학파가 그것이다. 왜냐하면 네 개의 가변적인 원소와 하나의 불변적인 제5의 원소가 적당하게 그리고 항구적으로 배열된 것은 구태여 신을 필요로 하지 않는다는 그들의 학설은, 아무런 배열을 갖지 않은 무한히 작은 부분 내지 입자(粒子)의 무리가 신의 섭리 없이 이 세계의 질서와 미를 만들어 낼 수 있었다는 학설보다도 천 배나 믿을 수 없기 때문이다.

성서에는, "어리석은 자는 신이 없다고 그의 마음속에 말하였다."고 적혀 있는데 그것은, "어리석은 자는 그의 마음속에 신이 없다고 생각하였다."고 말한 것은 아니다. 그러므로 어리석은 자는 충분히 그것을 믿을 수 있다든가 또는 납득하고 있다는 것보다는, 도리어 그것을 하고 싶어서 멋모르고 자기 자신에게 말하고 있는 것에 지나지 않는 것이다. 왜냐하면 신이 존재하지 않는 것이 자기의 이익이 되는 사람들을 제외하고는 아무도 신의 존재를 부정하는 사람은 없기 때문이다. 무신론은 사람의 마음속에 있는 것보다는 입술에 있다는 것이 무엇보다 가장 잘 나타나 있는 것으로는 다음과 같은 것이 있다. 즉, 무신론자들은 그와 같은 자기들의 의견에 대해서는 마음속으로는 자신이 없으며 타인의 찬성에 의해서 힘을 돋우게 되는 것을 기뻐하는 것처럼 항상 말하는 것이다. 아니, 나아가서 무신론자들이 다른 여러 종파에서 보는 것처럼 제자를 얻으려고 노력하는 것을 당신들은 볼 것이다. 더욱 놀랄 일은 당신은 무신론 때문에 수난을 당하고도 그 학설을 포기하려 들지 않는 사람이 있는 것도 볼 것이다. 그런데 그들이 만일 신과 같은 것은 없다고 진정으로 믿는다면 무엇 때문에 그처럼 수고할 필요가 있을까? 에피쿠로스가 신성한 제 성질이 있기는 하지만 그것은 세계의 지배에는 관심이 없으며 다만 자기 자신을 즐기는 것에 지나지 않다고 확언했을 때, 그것은 다만 그의 신용을 얻기 위해서 시치미를 떼고 있다는 비난을 받았다. 사람들은 그가 내심으로는 신이 없다고 생각하였지만 세상의 풍조에 따라갔다고 말하고 있다. 그러나 분명히 그는 비방당하고 있는 것이다. 왜냐하면 그의 말은 고귀하고 신묘(紳妙)하기 때문이다. "일반 민중이 믿는 신들을 부정하는 것이 모독이 아니라, 일반 민중의 견해를 신들에게 적용하는 것이 모독이다."라고 말하고 있다.

플라톤도 이 이상을 말할 수는 없었을 것이다. 에피쿠로스는 신의 지배를 부정하는 신념은 가지고 있었지만 신적인 성질을 부정하는 힘은 없었다. 서인도 사람들은 유일한 신에 대한 명칭은 가지고 있지 않지만, 그들에게 고유한 신들의 명칭은 가지고 있다―마치 이교도들이 주피터, 아폴로, 마스 등등의 명칭은 가지고 있었지만 데우스(신)에 해당하는 말은 가지고 있지 않은 것과 같다. 그것은 이와 같은 야만인들까지도 그 범위와 폭은 없지만 신이라는 관념을 가지고 있었다는 것을 보여 주는 것이다. 결국 야만인들까지도 가장 정묘한 철학자의 편에 서서 무신론에 반대하고 있는 것이다.

이론적인 무신론자는 드물다. 디아고라스, 비온, 아마 루키안과 같은 사람, 기타 소수에 지나지 않는다. 그러나 그들은 실제 이상으로 과장되어 있다. 왜냐하면 기성 종교나 미신을 배척하는 사람들은 모두 반대측으로부터 무신론자라는 낙인이 찍혔기 때문이다. 그러나 최대의 무신론자는 사실상 위선자였다. 그들은 항상 신성한 일을 다루고 있으면서도 신성한 감성은 가지고 있지 않다. 그러므로 결국 그러한 것에 대해서 마비되지 않을 수 없었다.

무신론의 원인에는 다음과 같은 것들이 있다. 첫째는 종교의 분열이 대개의 경우이다. 왜냐하면 다만 하나의 커다란 분열이 일어났을 때에는 도리어 양측에 열의를 더하지만 많은 분열은 무신론을 끌어들이기 때문이다. 둘째는 성직자의 추행(醜行)이다. "성직자는 세속인과 같다고 말할 수는 없다. 왜냐하면 세속인은 성직자들보다는 나쁘지 않기 때문이다."라고 성 베르나르드[4]가 말한 상태가 되는 경우이다. 셋째는 신성한 일에 대해서 조롱하는 불경스러운 풍습이다. 그것은 조금씩 조금씩 종교에 대한 존경심을 해치는 것이다. 그리고 마지막으로는 학문이 성행한 시대이며, 특히 평화와 번영의 시

---

4) 1091~1153의 프랑스인. 제2차 십자군을 일으키게 한 사람으로서 시폐(時弊)를 공격함에 있어서 가차가 없었다.

대이다. 왜냐하면 소란과 역경은 사람의 마음을 종교의 방향에로 기울어지게 하는 일이 많기 때문이다.

신을 부정하는 사람들은 인간의 고귀함을 파괴하는 자이다. 왜냐하면 확실히 인간은 육체에 있어서는 금수(禽獸)에 가까와서 만일 정신에 의해서 신에 가깝지 않다면 그는 열등하고 천한 동물에 지나지 않기 때문이다. 그것은 또한 아량과 인간성의 향상을 파괴한다. 이것에 관해서는 개의 예를 생각해 보라. 그리고 인간이 개에게는 신을 대신하는 것이며 '보다 우월한 성질'인 인간에 의해서 사육(飼育)되고 있다는 것을 자각할 때 얼마나 대범하고 용기 있는가를 알 것이다. 그러한 용기는 분명히 이 동물이 자기 자신보다도 훨씬 우월한 성질을 확신하지 않고서는 결코 도달할 수 없는 것이다. 그러므로 인간은 신의 보호와 은총에 안주하고 확신을 가질 때 인간성만으로서는 도달할 수 없는 힘과 신념을 얻게 된다. 그러므로 무신론은 모든 점에서 미워할 만한 것이지만 그것이 인간성으로부터 인간으로서의 취약(脆弱)함을 넘어서 스스로를 높이는 수단을 박탈한다는 점에서도 미워할 만하다. 개인에 있어서 그러한 것처럼 국가에 있어서도 그러하다. 로마 제국처럼 관대한 나라는 지금까지 없었다. 이 나라에 관해서는 키케로가 말한 것을 들어 보자.

"원로원 의원 제씨들이여. 우리 나라를 아무리 자랑한다 할지라도 우리는 수(數)에 있어서는 스페인에 미치지 못하며, 체력에 있어서는 가울 사람(gauls)에게 미치지 못하며, 지략(智略)에 있어서는 카르타고인에게, 예술에 있어서는 그리스인에게 미치지 못한다. 심지어 우리 국토의 이탈리아인이나 라틴인에게도 그 고유의 가정적이며 실무적인 생득적(生得的) 재질에는 미치지 못한다. 그러나 다만 경건과 종교에 있어서는, 그리고 모든 것은 불사(不死)의 신들의 섭리에 의해서 통치되며 지배되고 있다는 것을 안다는 이 유일한 지혜에 있어서는 우리들은 모든 나라와 국민보다 우월한 것이다."

17. 미신에 관하여

신의 이름을 더럽히는 의견을 갖는 것보다는 차라리 신에 대해서 전연 의견을 갖지 않는 것이 낫다. 왜냐하면 후자는 믿지 않는 것이지만 전자는 모독이기 때문이다. 그리고 미신은 확실히 신성(神聖)을 욕되게 하는 것이다. 일찍이 플루타르코스는 이러한 취지를 잘 표현한 바가 있다.

"확실히, 나는 많은 사람들이 자기의 자녀가 태어나자마자 잡아먹어 버리는 플루타르코스라는 사람이 있었다고 말하는 것보다는 플루타르코스라는 사람은 전연 없었다고 하는 편이 더 낫다."

시인이 사투르누스[1])에 관해서 말한 것처럼 플루타르코스는 말하고 있다. 그리고 신에 대한 모독이 크면 클수록 인간에 대한 위험도 더욱 커진다.

무신론은 사람으로 하여금 분별심과 철학과 천성(天性)의 경건한 마음과, 법률과 명성을 소중히 여기게 한다. 비록 종교가 없다고 하더라도 이러한 것들이 외면

---

1) 그리스 신화에 나오는 인물로서, 자기의 아들에게 왕위를 빼앗길 것을 염려한 나머지 아들을 낳자마자 잡아 먹었다고 한다. 마지막 제우스가 태어났을 때, 그의 아내인 레아가 아들 대신 돌을 먹게 함으로써 제우스를 살렸고, 사투르수스는 후에 제우스에게 추방을 당한다.

적 도덕을 지도하게 될 것이다. 그러나 미신은 이러한
모든 것들을 파괴하고 인간의 마음속에다 절대적 전제
군주 제도를 수립한다. 그러므로 무신론은 국가를 문란
케 한 일이 결코 없었다. 왜냐하면 그것은 사람들로 하
여금 이 세상 밖에 대해서는 눈을 돌리지 않게 함으로
써 그 자신을 삼가게 하기 때문이다. 우리는 무신론으
로 기울어진 시대는—아우구스투스, 시저의 시대처럼—
평온한 시대였다는 것을 알고 있다. 그러나 미신은 많
은 나라에 혼란을 가져왔으며, 그리하여 새로운 원동천
(原動天)2)을 이끌어 들임으로써 통치의 모든 영역을
교란시켰던 것이다.

　미신의 주인공은 민중이다. 그리고 모든 미신에 있어
서는 현명한 사람들이 어리석은 사람을 추종한다. 그리
고 정상적인 순서와는 거꾸로 먼저 실행이 있고 이론이
뒤에 적용된다. 트렌트 회의에서는 스콜라 학파의 교설
이 크게 위세를 떨쳤는데, 거기에서 몇 사람의 고위 성
직자들이 정중하게 다음과 같이 말하였다.

　"스콜라 철학자들은 천문학자와 흡사하다. 그들은 여
러 가지 현상을 설명하기 위해서 그들 자신들은 그러한
것이 없다는 것을 알고 있으면서도 이심권(離心圈)과
주전원(周轉圓)과 같은 궤도의 기관을 꾸며냈다."

　스콜라 철학자들은 그와 마찬가지 방법으로 교회가

---

2) 프롤레마이오스의 천문학에서 말하는 제십천(第十天). 이것이 모든
　천체를 둘러싸고 있으며, 천체운동의 원동력이 되고 있다고 한다.

하고 있는 일을 설명하기 위해서 여러 가지 교묘하고 복잡한 공리(公理)와 정리(定理)를 만들어 내었다.

미신의 원인을 열거하면 다음과 같다. 이목(耳目)을 즐겁게 하는 제례(祭禮)와 의식(儀式), 지나치게 외면적이고 위선적인 신성(神聖), 지나친 전통의 존중, 그것은 교회의 부담이 되지 않을 수 없는 것이다. 고위 성직자들의 그들 자신의 야심과 이득을 위한 계략(計略), 좋은 의도를 지나치게 장려함으로써 망상과 신기한 것에 대해 문을 열게 하는 것, 신의 문제를 인간의 문제를 가지고 상상하는 것, 이것들은 상상력이 혼합되지 않을 수 없는 것들이다. 그리고 마지막으로 야만 시대, 특히 재난과 불행을 동반하였을 때이다.

미신은 너울을 쓰지 않을 경우는 추한 것이다. 왜냐하면 원숭이가 사람을 매우 닮은 것이 그 추악함을 더하는 것처럼 미신은 종교와 매우 흡사하다는 것 때문에 더욱 추악하다. 그리고 정육(精肉)이 부패해서 작은 구더기가 되는 것처럼, 좋은 의식과 질서가 썩어서 많은 허례허식이 되는 것이다. 미신을 피하기 위해서 미신에 빠지는 예도 있다. 그것은 사람들이 이미 받아들인 미신으로부터 가장 멀리 떠나는 것이 가장 잘하는 짓이라고 생각하는 때이다. 그러므로 (설사약을 잘못 먹었을 때처럼) 좋은 것이 나쁜 것과 함께 제거되지 않도록 조심해야 한다. 그러한 일은 보통 민중이 개혁자가 되었을 때 일어나는 것이다.

18. 여행에 관하여

여행은 젊은 사람에게 있어서는 교육의 일부분이며 나이 많은 사람에게는 경험의 일부이다. 그 나라의 말을 미처 배우기도 전에 어떤 나라를 여행하는 것은 학교에 가는 것이지 여행하는 것은 아니다.

나는 젊은 사람들이 가정교사나 성실한 가복(家僕)의 보살핌 아래 여행하는 것을 권장하는 바이다. 다만 그 사람들이 그 나라 말을 알고 있고 또 이전에 그 나라에 있었던 사람들인 경우에 한한다. 그러면 그 사람들은 그들이 가려고 하는 나라에서 볼 만한 가치가 무엇이며 어떠한 친지를 찾을 것인가, 그리고 어떠한 수양(修養)과 훈련을 그 땅에서 얻을 수 있는가를 젊은이들에게 말해 줄 수 있을 것이다. 왜냐하면 그렇지 않으면 젊은이는 눈가리개를 하고 떠나는 것과 같으며 바깥 세상을 거의 보지 못할 것이기 때문이다.

사람들은 하늘과 바다밖에는 보지 못하는 항해에 있어서는 일기를 쓰면서도, 관찰할 만한 일이 그렇게 많이 있는 육지의 여행에 있어서는 대개의 경우 이를 게을리한다는 것은 기묘한 일이다. 우연한 일이 관찰의 결과보다도 기록하는 데 적합하다고 생각하고 있는 것일까? 그러므로 일기(日記)를 이용하도록 하는 것이 좋다. 구경하고 관찰할 만한 것으로는 왕후(王侯)의 궁정(宮廷), 특히 외국 사신을 알현(謁見)할 때의 궁정, 개정(開廷)되고 소송이 행해지고 있을 때의 법정, 그와 같은 경우의 종교 재판소, 교회와 수도원, 그리고 그 안에 보존되고 있는 기념물, 도시의 성벽과 성채(城砦), 항만, 고적과 폐허, 도서관·대학의 토론회나 강의가 있는 경우, 함선과 해군, 대도시 근처의 호화로운 저택·공원·병기창(兵器廠)·무기고(武器庫)·화약고·시장·거래소·창고·마술·검술·병졸의 훈련 등과 같은 것, 상류 사람들이 구경하는 희극, 보석과 의상을 진열한 곳, 옷장과 골동품, 구구한 말을 다 줄이고 그들이 방문하는 곳에서 기억할 수 있는 것은 무엇이든지…….

이러한 모든 것을 가정교사나 가복은 잘 연구해 두어야 한다. 개선식(凱旋式)·가면무도회·결혼식·장례식·사형과 같은 구경을 사람들은 일부러 주의할 필요는 없지만 그러나 무시할 것은 못 된다.

만일 젊은 사람에게 짧은 기간 동안에 여행을 시키고 짧은 시간 내에 많은 수확을 얻게 하려면 다음과 같이 하지 않으면 안 된다.

첫째로, 이미 이야기한 것처럼 그 젊은이는 출발에 앞서 그 나라의 말을 어느 정도 익혀야 한다. 다음에 이것도 이미 말한 것이지만, 그 나라를 잘 알고 있는 가복이나 가정교사를 거느리고 있어야 한다. 자기가 여행하려고 하는 나라에 관해서 서술해 놓은 지도나 책을

가지고 가는 것이 좋다. 그것은 그의 연구에 좋은 열쇠
가 될 것이다. 일기를 쓰는 것도 좋은 일이다. 같은 도
시에 오래 머물지 않는 것이 좋다. 장소에 따라서 오래
또는 잠시 머무는 것은 좋지만 오래 머물 것은 아니다.
한 도시에 머물 때에는 그 도시의 한 끝에서 다른 장소
에로 숙소를 옮기는 것이 좋다. 그것은 친지를 만드는
커다란 장소가 되는 것이다. 자기와 같은 나라의 사람
은 피하고 자기가 여행하고 있는 나라의 좋은 친구들이
있는 장소에서 식사를 하는 것이 좋다.

한 장소에서 다른 장소로 옮아가려고 할 때에는 자기
가 옮아가려고 하는 곳에 살고 있는 어떤 신분이 있는
사람 앞으로의 소개장을 얻어 두는 것이 좋다. 자기가
보고 싶어하고 알고 싶어하는 일에 대해서 도움이 되도
록 하기 위함이다. 그렇게 하면 그는 여행의 시간을 절
약하면서 이득을 얻을 수 있다.

여행중에 추구해야 할 교제에 관해서 말하면, 무엇보
다 유익한 것은 대사들의 비서나 보좌관들과 사귀어 두
는 일이다. 왜냐하면 그렇게 하면 한 나라를 여행하면
서 많은 나라의 경험을 흡수할 수 있기 때문이다.

해외에 명성을 떨치고 있는 여러 방면의 인사를 만나
고 방문하는 것도 좋다. 실제 어느 만큼 명성과 상부
(相符)하는가를 알 수 있게 하기 위해서이다.

싸움에 관해서는 조심성 있게, 분별심 있게 이를 피
해야 한다. 싸움은 보통 여자의 문제, 축배를 들 때, 좌

석의 문제, 실례되는 말 때문에 일어난다. 그리고 성내기 쉽고 싸움하기 좋아하는 사람과 접촉하는 것을 조심해야 한다. 왜냐하면 그들은 자기네들의 싸움에 그를 끌어 넣기 때문이다.

여행자가 귀국했을 때에는 자기가 여행한 나라들을 전적으로 내버려 두지 않도록 하는 것이 좋다. 가장 가치 있는 친지들과 서신 교환을 하는 것이 좋다. 그리고 자기의 여행을 의복이나 몸짓 따위로 나타내는 것보다는 담화로써 나타내는 것이 좋다. 그리고 담화에 있어서도 주착없이 이야기를 하는 것보다는 질문에 대해서 신중히 대답하는 것이 좋다. 그리고 자기가 자기의 나라의 풍습을 버리고 외국의 것을 취급하지 않았다는 것을 보이는 것이 좋고, 다만 외국에서 배운 약간의 정화(精華)를 자기 나라의 풍습 속에 심는 데 그친다는 태도를 표명하는 것이 좋다.

19. 통치에 관하여

  욕망의 대상은 적고 심려(心慮)의 대상이 많은 것은
비참한 심경이다. 그런데 그것은 보통 군주의 경우가
그러한 것이다. 그들은 최고위에 있으므로 욕망의 대상
이 없다. 이것이 그들의 마음을 더욱 시들게 하는 것이
다. 그리고 위험과 의구(疑懼)를 많이 환상하기 때문에
그들의 마음은 더욱 몽롱케 된다. 이것이 성경에서 말
하고 있는 "국왕의 마음은 촌탁(忖度)할 수 없다."는 결
과를 나타내는 한 가지 이유이다. 왜냐하면 무수한 질
투심에 둘러싸여 다른 모든 욕망을 통솔하고 정돈해야
할 어떤 뚜렷한 욕망이 없다면 어떤 사람의 마음을 알
거나 추측하기 어렵기 때문이다. 군주가 자주 스스로의
욕망을 만들어내어 장난감에 그들의 마음을 쏟는 것은
바로 이와 같은 이유 때문이다. 그들은 때로는 건축물
에, 어떤 때에는 특정 단체의 창설에, 어떤 때에는 일
개인의 승진에, 어떤 때에는 어떤 예술이나 손재주에서
탁월해지려고도 한다. 예컨대 네로는 하프를 연주하려
고 하였으며, 도미티안1)은 활의 명수가 되려고 하였으
며, 코모두스2)는 검술을 하려고 하였으며, 카라칼라3)

---

1) 로마의 황제(81~96년 재위). 활의 명수로서 자기 아들의 손가락을
   벌리게 하여, 화살이 그 손가락 사이를 통과할 수 있었다고 함.

는 전차를 몰았다.

이와 같은 예는, "사람의 마음은 위대한 일에 머물고 안주하는 것보다는 보잘것없는 일에 정진하는 것에 더욱 즐겁고 고무된다."는 원리를 모르는 사람들에게는 믿어지지 않는 것처럼 보인다. 우리는 또한 처음의 몇 년 동안에는 행운의 정복자였던 군주들이 계속해서 무한히 뻗어갈 수는 없고 그들의 운세에 어떤 장애 또는 막다른 길이 있게 마련이기 때문에 만년(晩年)에 이르러서는 미신에 빠지고 우울해지는 것을 본다. 예컨대 알렉산더 대왕, 디오클레시안4), 그리고 우리의 기억 속에 있는 샤를르 5세, 그 밖의 사람들이 있다. 왜냐하면 한결같이 뻗어가기만 하던 사람이 막다른 길을 깨달았을 때에는 자신을 잃어 예전과는 다른 사람이 되기 때문이다.

이제 참으로 좋은 제국의 상태에 관해서 말하자. 그것은 드문 일이며 또 계속되기도 어려운 일이다. 왜냐하면 좋은 상태나 나쁜 상태나 다같이 정반대되는 것으로 이루어지고 있기 때문이다. 그러나 반대되는 것들을 혼합하는 일과 교환하는 일은 전연 다르다. 베스파시아누스5)에 대한 아폴로니우스6)의 대답은 훌륭한 교훈으

2) 로마의 황제(180~192년 재위). 검술을 잘하였다고 함.
3) 로마의 황제(211~217년 재위). 동생을 살해하고 그 마음을 사냥과 전차 경기로 달랬다 함.
4) 로마의 황제(284~305년 재위). 만년에 이르러 퇴위하여 스페인 서부에 있는 승원에 들어감.

로 가득 차 있다. 베스파시아누스는 그에게, "네로의 실
각은 무엇인가?" 하고 물었다. 그는 다음과 같이 대답
하였다. "네로는 하프를 잘 타기는 했지만 정사에 있어
서는 때로는 줄을 지나치게 팽팽하게 감거나 때로는 지
나치게 늘어지게 하였다."고. 참으로 어떤 때는 지나치
게 강하게 압박하고 어떤 때는 지나치게 풀어 주는 불
규칙적이고 시의(時宜)를 얻지 못한 강권의 교체처럼
권위를 해치는 것도 없다.

근세의 군주의 정사에 있어서는 모든 지혜는 위험과
재해가 다가오지 않도록 확고하고 근본적인 정책을 쓰
기보다는 도리어 그것들이 다가온 다음에 회피하고 미
봉(彌縫)하는 것이 사실이다. 그러나 이것은 시운(時
運)과 승패를 다투는 것에 지나지 않는 것이다. 우리는
소란의 재료가 준비되고 있는 것을 간과하거나 등한히
하지 않도록 조심해야 한다. 왜냐하면 우리는 불티가
날아오지 않도록 하거나 어디서부터 그것이 날아오는지
를 아무도 모르기 때문이다. 군주의 업무의 곤란은 많
고도 큰 것이다. 그러나 최대의 곤란은 그 자신의 심중
에 있는 수가 많다. 왜냐하면—타키투스가 말한 것처럼
—군주는 서로 모순되는 것을 의욕하는 것이 보통이기

---

5) 로마의 황제. 70~79년 재위.
6) 1세기 무렵의 그리스의 네오 피타고라스 학파의 철학자. 기적을 행하
   는 능력이 있었다고 함. 베스파시아누스는 반란을 일으키기 직전에 알
   렉산드리아로 그를 찾아가서 가르침을 받았다고 함.

때문이다. "대체로 말해서 군주들의 욕망은 강렬하고 서로 모순되어 있다."고 그는 말하였다. 왜냐하면 목적을 달성하려고 생각하면서도 수단은 돌보지 않는 것이 권력자의 통폐(通弊)이기 때문이다.

군주는 인국(隣國)·처자·고위 성직자, 또는 일반 성직자·귀족·하급 귀족, 또는 신사 계급·상인·평민·군인들을 다루어야 한다. 만일 주의깊게 신중히 다루지 않는다면 이들 모두로부터 위험이 발생하는 것이다. 먼저 외국에 관해서 말하면—여러 가지 경우가 있기 때문에—일반적인 법칙은 세울 수 없으나 오직 하나, 즉 언제나 통용되는 원칙이 있다. 그것은 군주들은, 이웃 나라들이—영토의 확대라든가 무역의 독점이라든가 과도한 접근 등에 의해—지나치게 강대해져서 종전보다 더 자기 나라를 괴롭힐 수 있는 나라가 없도록 적당한 감시를 두어야 한다는 것이다. 그러한 위험을 예견하고 막는 것은 일반적으로 상임 고문관(常任顧問官)들의 임무이다. 저 영국의 헨리 8세, 프랑스의 프란시스 1세, 황제 샤를르 5세의 삼두정치(三頭政治)의 시대에는 상호간에 감시가 이루어져서 세 사람 가운데서 어느 한 사람이 한치의 땅을 얻으면 다른 두 사람은 동맹을 맺거나 필요하다면 전쟁에 호소해서라도 곧 균형을 회복하려고 하였다. 그리하여 어떠한 일이 있더라도 일시적인 평화를 가지고 후환을 남기지 않으려고 하였다. 그와 같은 일은 나폴리 왕 페르디난도, 그리고 로렌치우

스 메디체스와 루도비쿠스 스포르차의—전자는 플로렌
스의 주권자이며, 후자는 밀라노의 주권자이다—세 사
람 사이의 연맹에 의해서도 이루어졌다—귀치아르디
네7)는 이것을 이탈리아의 안전보장이라고 말하였다.
전쟁은 이에 선행하는 가해나 도발이 없이 일으키는 것
은 정당화될 수 없다고 말한 스콜라 학파의 어떤 사람
들의 의견은 받아들일 수가 없다. 왜냐하면 절박한 위
험의 공포가 있을 때에는 비록 아무런 가격이 없더라도
전쟁의 합법적인 원인이 될 수 있다는 것은 의심의 여
지가 없는 것이기 때문이다.

아내에 관해서 말하면 이에 관한 잔혹한 실례들이 있
다. 리비아8)는 그녀의 남편을 독살한 까닭으로 악명이
높다. 솔리만의 아내 록살라나9)는 유명한 설탄 무스타
파 황태자를 살해함으로써 왕가와 그 계승권을 흔들어
놓았다. 영국의 에드워드 2세의 왕비는 그녀의 남편의
폐위와 암살에 관여한 주모자였다. 이런 따위의 위험은
주로 아내가 자기 자신의 자식을 왕위에 앉히려는 음모
를 가지고 있을 때, 또는 그녀들이 음탕한 여자일 경우

---

7) 이탈리아의 역사가이며 정치가. 1483~1504.
8) 리비아(Livia, BC 58~AD 29). 처음에는 티베리우스 클라우디우
   스의 아내였으나 뒤에 로마의 초대 황제인 아우구스투스와 결혼하였
   다. 전남편과의 사이에서 태어난 아들을 황제의 자리에 앉히기 위해서
   아우구스투스를 독살하였다고 전해지고 있다.
9) 록살라나(Roxalana). 1520년에 터키 왕이 된 솔리만(Solyman)의
   후처가 되어 왕의 전처 소생인 무스타파를 살해하고 자기의 아들로
   하여금 왕위를 계승케 하도록 꾀했다.

에 일어나는 것이다.

자녀에 관해서 말하면, 그들로부터 말미암은 위험과 같은 비극도 많이 있다. 그리고 일반적으로 아버지가 그 아들을 의심하게 된다면 언제나 불행하게 되는 것이다. 무스타파의 살해—그 이름은 앞에서 말하였다—는 솔리만의 가계에 대해서는 치명적인 것이었으며, 솔리만으로부터 오늘에 이르기까지의 터키의 왕위 계승은 정통이 아닌 것이며, 다른 혈통이라고 의심되고 있다. 왜냐하면 셀리무스 2세는 가짜라고 생각되고 있기 때문이다. 드물게 보는 효자인 젊은 왕자인 크리스프스가 그의 아버지인 콘스탄티누스 대제에 의해서 살해된 것은 역시 그의 황실에는 치명적인 것이었다. 즉, 황제의 아들인 콘스탄티누스10)와 콘스탄스 두 사람은 다같이 비명(非命)의 죽음을 당했으며 황제의 또 다른 아들인 콘스탄티우스도 역시 마찬가지였다. 그는 병사(病死)한 것이 사실이지만 줄리아누스가 그에 대하여서 반기를 든 다음이었다. 마케도니아 왕 필립 2세의 아들인 데메트리우스의 살해는 아버지인 필립 2세로 하여금 후회에 견디지 못하여 죽게 하였다. 그밖에 그와 같은 예는 많다. 그러나 이와 같은 불신에 의해서 아버지가 이익을 얻는 일은 거의 없거나 전연 없다. 다만 자식이 아버지

---

10) 콘스탄티누스 황제의 둘째 아들 프라비우스 크라우디우스 콘스탄티누스는 황제가 죽은 후 영토를 분할하였으나, 동생인 콘스탄스와 영토 문제로 전쟁을 하여 살해당했다.

에 대해서 공공연히 적대 행위를 하는 경우에는 별개의 문제이다. 예컨대 셀리무스 1세가 바자제트11)에게 대항하였을 때와, 영국 왕 헨리 2세의 세 아들의 경우와 같다.

고위 성직자에 관해서 말하면 그들이 교만하고 위대해질 때 역시 위험이 생겨난다. 예컨대 캔터베리의 대주교 안셀무스와 토마스 베케트의 시대가 그러하였다. 그들은 그들의 승장(僧杖)을 가지고 국왕의 검(劍)과 거의 맞서려고 하였다. 그러나 그들은 윌리엄 루푸스, 헨리 1세, 헨리 2세와 같은 완강하고 오만한 군주들을 상대로 하지 않으면 안 되었던 것이다. 이러한 위험은 고위 성직자 계급에서 나타나는 것이 아니라, 그것이 외국의 권력에 의존하는 경우나 또는 성직자들이 군주나 특정의 성직자 추천권을 가진 사람들에 의해서 임명되지 않고 인민에 의해서 선임되었을 경우에 나타나는 것이다.

귀족에 관해서 말하면, 그들을 조금 멀리하는 것은 잘못이 아니다. 그러나 그들을 압박하는 것은 국왕을 절대적인 것으로는 할지도 모르나 더욱 불안전하게 하는 것이다. 그리하여 자기가 원하는 바를 더욱 수행할 수 없게 한다. 나는 ≪영국 왕 헨리 7세의 역사≫ 속에서 지적한 바가 있다. 왕은 귀족을 압박하였다. 그 때

---

11) 터키 왕(1481~1512년 재위). 그의 아들 셀리무스에게 살해되어 왕위를 빼앗김.

문에 그 시대에는 여러 가지 곤란과 어려운 문제가 끊일 사이 없었던 것이다. 왜냐하면 귀족들은 왕에 대해서는 계속해서 충성을 하였지만 국정에는 협력하지 않았기 때문이다. 그래서 결국 모든 일을 국왕 자신이 감수(甘受)해야 했던 것이다.

준귀족(准貴族)에 관해서 말하면, 그들은 전국에 산재(散在)해 있기 때문에 커다란 위험은 없다. 그들은 때때로 호언장담을 하기는 하지만 해는 덜 끼친다. 한편 그들은 귀족이 지나치게 강력해지는 것을 견제하는 데 도움이 된다. 그리고 끝으로 그들은 일반 민중에 대해서는 가장 직접적인 권위를 가지고 있기 때문에 민중의 동요를 완화하는 데 가장 유력하다.

상인에 관해서 말하면, 그들은 혈맥(血脈, vena porta)이다. 만일 그들이 번영하지 못하면 왕국은 좋은 사지(四肢)를 가지고 있더라도 혈맥은 비어서 영양 부족이 될 것이다. 그들에게 세금과 관세를 부과하는 것이 국왕의 수입을 위해서 이익이 되는 일은 드물다. 왜냐하면 그는 개개의 촌락에서는 얻는 바가 있지만 주군(州郡)에서는 도리어 잃는 것이 많기 때문이다. 즉, 개개의 과세는 늘지만 무역의 총액은 오히려 줄어드는 것이다.

서민에 관해서 말하면 그들로부터 위험이 나타나는 일은 드물다. 다만 위대하고 강력한 수령(首領)이 있는 경우라든가, 또는 종교·풍속·생계 등에 간섭을 받는 경우는 예외이다.

군인에 관해서 말하면, 그들이 단체를 형성하여 생활하고 또 그들이 증여(贈與)를 받는 일에 익숙해 있을 때에는 위험한 상태이다. 그 예는 터키의 근위병이나 로마의 친위대에서 볼 수 있다. 그러므로 병사의 훈련과 무장을 각각 다른 장소와 지휘관 아래서 받도록 하고 증여가 없도록 해두는 것이 방어의 수단이며 위험을 없애는 일이다.

군주는 천체(天體)와도 같은 것이다. 그것은 좋은 시대나 나쁜 시대의 원인이 되는 것이다.

그는 많은 존경은 받지만 안식의 날이 없다. 군주에 대한 모든 교훈은 필경 다음과 같은 두 개의 격언 속에 요약되어 있다. 즉, "기억하라, 너는 인간이라는 것을. 그리고 기억하라, 너는 신 또는 신의 대리자라는 것을." 전자는 자기의 권력을 견제하며, 후자는 의지를 견제하기 위한 말이다.

20. 충고에 관하여

사람과 사람과의 사이의 최대의 신뢰는 충고를 주는 신뢰이다. 왜냐하면 다른 신탁(信託)에 있어서는 사람들은 생활의 일부분을 위탁한다. 즉, 토지라든가 재화라든가 자녀라든가 어떤 특정한 문제들을 위탁하지만 자기의 충고자로 삼는 사람에게는 모든 것을 맡기기 때문이다. 그러므로 충고자는 어디까지나 신의와 정직을 견지해야 한다. 아무리 현명한 군주라 할지라도 충고에 의존하는 것은 자기의 위대성이 감소한다든가 자기의 능력을 손상시킨다고 생각할 필요는 없다. 신 자신도 이것을 가지고 있으며, 그것을 그의 축복된 아들의 위대한 이름의 하나로 삼았던 것이다. 즉 그리스도를 충고자1)라고 부르고 있는 것이다. 솔로몬은, "충고 속에 안정이 있다."고 선언하였다. 일에는 첫번째 또는 두번째의 동요가 있을 것이다. 만약에 일들이 충고의 논의에 던져지지 않는다면 그것은 운명의 물결에 던져져서 술취한 사람이 비틀거리는 것처럼, 하기도 하고 안 하기도 함으로써 모순투성이가 될 것이다. 솔로몬의 아들은 그의 아버지가 충고의 필요성을 인정한 것처럼 충고

---

1) 《이사야서》 9장 6절에 그리스도의 출현을 예언하고 그 속에 그리스도의 이름의 하나로서 충고자(the counsellor)라고 쓰여 있다.

의 힘을 깨달았다. 왜냐하면 신의 사랑을 받은 왕국이
나쁜 충고에 의해서 처음으로 분열하였기 때문이다. 그
나쁜 충고에서 나쁜 충고를 언제든지 가장 잘 식별하는
데 도움이 되는 두 가지 특정이 밝혀졌으며 교훈이 되
었다. 즉, 인간에 관해서 말하면 젊은 사람의 충고이며,
내용에 관해서 말하면 난폭한 충고이다.

　고대인은 국왕과 충고의 일체화(一體化) 내지 불가분
적 결합과, 군주에 의해서 충고가 현명하고 분별 있게
사용될 것을 말하고 있다. 하나는 주피터가 충고를 뜻하
는 메티스[2]와 결혼하였다는 이야긴데, 이것은 군주가
충고와 결혼한 뜻을 나타내고 있다. 다른 하나는 이것에
계속되는 이야기에 나타나 있는 것인데 다음과 같이 말
하고 있다. 주피터가 메티스에게 장가든 후에 메티스는
아이를 뱄다. 그러나 주피터는 그녀가 분만할 때까지 두
지 않고 그녀를 잡아먹어 버렸다. 그래서 주피터 자신이
아이를 배고 무장한 팔레스를 그의 머리로부터 분만하
였다. 이 괴기한 이야기는 국왕이 어떻게 국정의 심의회
를 이용해야 할 것인가 하는 통치의 비결을 내포하고 있
다. 국왕은 먼저 문제를 심의회에 자문(諮問)해야 한다.
이것은 첫번째 수태이다. 그러나 문제가 심의회의 태중
(胎中)에서 형체가 주어지고 수족(手足)이 갖추어져 출
산할 만큼 성숙하는 시기가 된다. 그때에는 국왕은 심의

---

[2] 주피터의 첫번째 아내.

회로 하여금 그들이 만든 것으로서 그 문제에 관한 결의
나 명령을 하지 못하도록 하여 그 문제를 일단 자기의
수중에 넣어 그것에 관한 칙령(勅令)이나 최후의 지시
는—그것은 숙려(熟廬)와 권력을 가지고 나타나기 때문
에 무장한 팔레스에 비유된다—국왕 자신으로부터 나온
것처럼 세상에 보이게 한다. 그리고 국왕의 권위로부터
나올 뿐만 아니라—자기 자신의 명성을 더욱 높이기 위
해서—국왕 자신의 두뇌와 의향에서 나온 것처럼 하는
것이다.

이제 충고에 따르는 불편과 그 대책에 관해서 이야기
하자. 충고를 구하고 그것을 이용할 때에 지금까지 인
정되고 있는 불편은 세 가지가 있다. 첫째는 문제를 노
정(露呈)하는 것이다. 그 때문에 비밀이 어느 정도 적
어진다. 둘째는 군주의 권위의 약화이다. 마치 혼자의
능력으로서는 부족한 것처럼 보이기 때문이다. 셋째는
충고가 불성실해져서 충고를 받는 사람보다는 충고를
주는 사람이 이익을 도모할 위험이 있다. 이러한 불편
에 관해서 이탈리아의 어떤 학설에는 비밀각의(秘密閣
議)가 도입되었고 프랑스의 어떤 왕조에서는 그것이 실
시되었다. 대책으로서는 그 폐해(弊害)보다도 더욱 나
빴다.

비밀에 관해서는 군주는 모든 문제를 모든 고문관들
에게 통고할 필요가 없다. 그 일부를 빼고 선택하는 것
이 좋다. 어떻게 하는 것이 좋을까를 상의하는 사람은

자기가 하고자 하는 것을 공언할 필요가 없다. 그러나
국왕은 자신에 의해서 비밀이 누설되지 않도록 조심해
야 한다. 그리고 비밀각의에 관해서는, "허점(虛點)투성
이다."라는 말을 모토로 삼는 것이 좋을 것이다. 지껄이
기 좋아하는 한 사람의 쓸모없는 사람은 비밀을 지키는
것을 의무로 알고 있는 여러 사람들보다 해를 더 끼친
다. 실제로 어떤 문제는 극단적인 비밀을 요구하며 국
왕 이외에는 한 사람 또는 두 사람 이상으로 퍼져서는
안 되는 것도 있다. 이러한 충고로 일이 잘 되어가지
않는 것도 아니다. 왜냐하면 이렇게 하면 비밀이 유지
될 뿐만 아니라 그 충고는 아무런 혼란없이 한 가지 정
신의 방향으로 나아가기 때문이다. 그러나 그 경우는
신중한 국왕이어서 자기의 문제를 자신이 처리할 수 있
어야 한다. 그리고 그 심복(心腹)의 고문관들로는 현명
한 사람들을 필요로 하며, 특히 국왕의 목적에 충실하
며 신뢰할 수 있는 사람이어야 한다. 영국의 헨리 7세
는 가장 중대한 정무(政務)에 관해서는 모턴3)과 폭
스4) 이외에는 아무에게도 자기의 마음을 털어놓지 않
았다.

권위의 약화(弱化)에 관해서는 앞에서 말한 신화(神

---

3) 모턴(Morton, 1420~1500)은 1486~1500년까지 캔터베리의 대
   주교로. 1487년에는 대법관을 지냄.
4) 폭스(Fox, 1448~1528). 원체스터의 주교이며 헨리 7세의 국새상
   서고문(國璽尙書顧問).

話)가 그 대책을 보여 주고 있다. 아니 국왕의 위엄은 고문회의에 임석하였을 때 감소하기보다는 도리어 높아진다. 고래로 고문회의에 의해서 자신에 대한 충성을 상실한 군주는 없었다. 다만 한 사람의 고문관이 지나치게 위대하다든가 또는 몇 사람의 고문관이 지나치게 긴밀하게 결합하는 경우는 예외이다. 그러나 그러한 일은 곧 발각된다.

마지막으로 불편에 관해서, 즉 사람들이 자기 자신의 이익을 안중에 두고 충고를 할 것이라는 것에 관해서, 확실히 "주님은 이 땅 위에 믿음을 보지 못할 것이다." 라고 하는 것은 그 시대의 일반적 풍조를 말한 것은 아니다. 세상에는 믿음직하고 성실하고 분명하고 솔직한 성질도 있고 술책을 쓰지 않고 표리가 없는 사람도 있다. 군주는 무엇보다도 이와 같은 성질을 가진 사람들을 끌어들이는 것이 좋다. 한편 고문관들은 보통 그렇게 단결하지는 않으며 도리어 서로 남을 경계하고 있다. 그러므로 누구든지 당파나 사적인 목적을 위해서 충언을 하는 사람이 있으면 대개 그것이 국왕의 귀에 들어간다. 그러나 가장 좋은 대책은 그 고문관들이 그들의 군주를 알고 있는 것과 마찬가지로 군주도 그의 고문관을 알아 두는 일이다.

"지배자의 최고의 덕성은 그 신하들을 아는 일이다." 한편 고문관들은 군주의 사람됨에 관해 너무 파헤쳐서는 안 된다. 고문관의 참된 자질은 주군(主君)의 성질을 아는 것보다는 주군의 업무에 익숙해지는 데 있다.
왜냐하면 그렇게 하면 그는 충언을 주려고는 하지만 비
위를 맞추려고는 하지 않기 때문이다. 군주들에게 특히
유용한 것은 그 고문회의의 의견을 따로따로 듣는 동시
에 또 함께 듣는 일이다. 왜냐하면 사적인 의견은 비교
적 자유로우나 타인 앞에서의 의견은 비교적 신중하기
때문이다. 개개인의 경우에는 사람들은 자기의 기분을
나타내는 데 대담하지만 합동의 경우에는 다른 사람들
의 기분에 좌우되기 쉽다. 그러므로 두 가지 방법을 모
두 취하는 것이 좋다. 하급자들로부터는 그들의 자유를
보존하도록 개별적인 충언을 듣는 것이 좋고, 상급자들
로부터는 신중을 기하도록 합동해서 충고를 받는 것이
좋다.

　군주가 여러가지 문제에 관해서 충고를 받아들인다
하더라도 그와 마찬가지로 인물에 관한 충고를 받아들
이지 않는다면 헛된 짓이다. 왜냐하면 모든 문제는 죽
은 영상(影像)과 같은 것이기 때문이다. 그리고 문제를
실행함에 있어 생명이라고 할 수 있는 것은 인물을 잘
선택하는 데 있다. 그리고 인물에 관한 자문(諮問)은
개념적으로 또는 수학적인 설명처럼 어떤 종류의 어떤
성격이 마땅하다는 것을 '총괄적으로' 논의하는 것만으
로는 충분치 못하다. 왜냐하면 가장 커다란 과오를 범
하는 것도, 그리고 가장 좋은 판단이 나타나는 것도 개
인을 선택하는 데 있기 때문이다. "최선의 충고자는 죽

은 자들이다."라고 진실을 말한 것이 있다. 책은 충고자
들이 꺼려하는 것까지도 솔직히 말해 주고 있다. 그러
므로 책과 친해지는 것은 좋다. 특히 자기 자신의 무대
위에서 주역(主役)을 한 일이 있었던 그러한 사람들의
책이 좋다.

오늘날 고문관회의는 대개 어디에 있어서나 간담회에
지나지 않으며, 거기에서는 문제가 토의된다기보다는
이야기되는 것에 지나지 않는다. 그리하여 지나치게 빨
리 고문관회의의 법령이나 결의로 되어 버린다. 중요한
문제에 있어서는 의제가 그날에 제안되면 다음 날까지
이에 관해서 토의하지 않는 것이 좋을 것이다. "밤에 자
면서 숙고하라."는 속담이 있다. 잉글랜드와 스코틀랜드
의 합병을 심의하는 위원회에서는 그렇게 하였다. 그것
은 신중하고 질서 있는 회의였다. 나는 청원(請願)을
위해서는 일정한 날짜를 설정할 것을 권장한다. 왜냐하
면 그렇게 하면 청원자로 하여금 비교적 확실히 출석할
수 있게 하며, 그리고 이와 함께 국무(國務)를 다루는
회의를 지장이 없게 진행할 수 있게 되어 '당면 문제'를
처리할 수 있기 때문이다.

고문관회의를 위해서 위안(慰安)을 준비하는 위원의
선정에 있어서는 양파 가운데 당색이 강한 사람을 끌어
들여서 균형을 잡게 하는 것보다는 처음부터 중립적인
사람을 선정하는 것이 좋다.

나는 또한 상임위원회를 권장하는 바이다. 예컨대 통

상을 위해서, 전쟁을 위해서, 소송을 위해서, 기타 여러
가지 부문의 문제를 위해서이다. 왜냐하면 여러 가지
개개의 고문회의가 있고 하나의 국가회의밖에 없는(스
페인의 경우처럼) 경우에는 그것들은 결국 상임위원회
에 지나지 않고, 다만 그것들이 비교적 큰 권한을 가지
고 있을 뿐이다.

특수한 직업(법률가·선원·화폐주조자, 기타)에서
고문회의에 정보를 제공하는 사람들에 관해서는 먼저
위원회 앞에서 의견을 청취하고 그런 다음에 기회를 보
아서 고문회의에서 청취하도록 하라. 그리고 그들로 하
여금 무리를 짓고 거친 태도로 들어오지 못하도록 하
라. 왜냐하면 그것은 정보를 제공하기보다는 오히려 고
문회의를 소란케 하기 때문이다. 긴 탁자라든가 네모진
탁자라든가 벽 둘레에 있는 좌석들은 단순히 형식처럼
보일지 모르나 실질적인 문제이다. 왜냐하면 긴 탁자의
경우에는 상석(上席)에 앉은 소수자가 사실상 모든 일
을 지배하기 때문이다. 그러나 다른 형식의 경우에는
말석(末席)에 앉아 있는 고문관들의 의견이 더 많이 이
용된다.

국왕이 고문관 회의를 주재(主宰)할 때에는 자기가
제안한 문제에 대해서 자기 자신의 의견을 너무 많이 드
러내지 않도록 조심해야 한다. 그렇지 않으면 고문관들
은 다만 그의 의향(意向)에 영합해서 기탄없는 충언대
신 '뜻대로 하시기를'이라는 노래를 부르기 때문이다.

21. 지연에 관하여

행운은 시장과 흡사하다. 거기에서는 조금만 기다린다면 대개 가격이 떨어질 것이다. 그것은 가끔 시빌라의 제공품[1]과 흡사하다. 처음에는 물건의 전부를 제공하고, 다음에는 차례로 그 일부분을 없애고 그러면서도 처음의 가격을 유지한다. 왜냐하면 기회라는 것은(통속적인 시구(詩句)에도 있는 것처럼), "앞머리를 하고 있어서 아무도 그것을 붙잡지 않으면 곧 벗어진 뒷머리를 돌리고 도망쳐 버리기 때문이다." 그렇지 않으면 적어도 처음에는 병(瓶) 목을 내밀어 잡히도록 하지만 다음에는 잡기 어려운 병의 허리통을 내민다.

확실히 일의 시초와 착수의 시기를 잘 맞추는 것 이상으로 좋은 지혜는 없다. 위험이란 한번 가볍게 보여질 때에는 이미 가벼운 것이 아니다. 그것은 사람을 강압하는 것보다는 속이는 수가 더 많다. 아니 어떤 위험은, 가까이 오지 않더라도 도중에서 그것을 맞이하는

---

1) 시빌라(Sibylla)는 고대의 무녀(巫女). 로마 왕 타퀸(Tarquin)에게 시빌라가 찾아와서 그녀의 예언을 적은 9권의 책을 살 것을 권했다. 왕이 거절하자 3권을 불태우고 6권을 같은 값으로 사기를 청했다. 왕이 또 거절하자 또 3권을 태우고 나머지 3권을 처음과 같은 값으로 사기를 권했다. 마침내 왕은 그렇게 했다고 한다. 왕은 로마의 위기에 이 책을 참고하였다고 한다. 희소가치를 Sibyline price라고 한다.

것이 그것들이 접근해 오는 것을 너무 오랫동안 감시하
는 것보다 나을 때가 있다. 왜냐하면 만일에 너무나 오
래 바라보게 되면 잠들어 버릴 수도 있기 때문이다. 한
편 너무나 긴 그림자에 속아서—마치 달이 낮게 적의
배후에 비쳤을 때 어떤 사람들이 속은 것처럼—때가 오
기 전에 활을 쏘아 버리거나 또는 너무나 일찍 착수해
서 위험을 불러들이는 것은 또 다른 극단이다.

　기회가 성숙했는가 안 했는가는—이미 말한 것처럼—
언제나 충분히 계량해 봐야 한다. 일반적으로 모든 중
대한 행동의 시작은 백 개의 눈을 가진 아르고스2)에
게, 그리고 그 마무리는 백 개의 손을 가진 브리아레우
스3)에게 맡기는 것이 좋다. 먼저 잘 살피고 난 다음에
서두르는 것이다. 왜냐하면 플루토4)의 투구는 정치가
로 하여금 눈에 띄지 않게 하는 것인데, 모의(謀議)에
있어서의 비밀과 실행에 있어서의 민첩함을 말하는 것
이다. 왜냐하면 일이 일단 실행되었을 때에는 민첩에
비할 만한 비결은 없기 때문이다. 공중을 나는 탄환의
운동처럼 그것은 눈이 따라갈 수 없을 만큼 너무나 빨
리 날아가는 것이다.

---

2) 그리스 신화에 나오는 경계(警戒)의 신으로서 백 개의 눈을 가지고
　있었는데, 잠잘 때에는 두 개의 눈만 감으며 나머지 98개의 눈은 항
　상 깨어 있어 경계를 게을리하지 않는다.
3) 그리스 신화에 나오는 신으로서 백 개의 손을 가지고 있다.
4) 그리스 신화에 나오는 염라대왕. 쓰면 보이지 않는 투구를 가졌다고
　한다.

22. 교활에 관하여

우리는 교활을 음흉하고 비뚤어진 지혜라고 보고 있다. 확실히 교활한 사람과 현명한 사람과의 사이에는 커다란 차이가 있다. 정직한 점에 있어서 뿐만 아니라 능력이라는 점에 있어서도 그러하다. 세상에는 화투장을 잘 꾸리기는 하지만 화투놀이를 잘할 수 없는 사람도 있다. 마찬가지로 유세(遊說)나 당쟁(黨爭)에는 유능하지만 다른 면에 있어서는 무능한 사람도 있다. 또 사람을 이해하는 일과 사물을 이해하는 일은 다르다. 왜냐하면 사람의 희로(喜怒)에 대해서는 십분 통달하고 있으면서도 현실적인 실무(實務)에 있어서는 그다지 능력이 없는 사람이 많기 때문이다. 그것은 책보다는 인간을 연구하는 사람에게 흔히 있는 경향이다. 이와 같이 사람들은 모의(謀議)보다는 실무에 더욱 적합하다. 그들은 다만 자기의 좋은 무대에서만 잘할 뿐이다. 그들을 처음 보는 사람에게 응대(應對)시키면 그들은 조준(照準)을 잃고 만다. 그래서 어리석은 자와 현명한 자를 판별하는 옛날의 방식, 곧 "두 사람을 벌거숭이로 해서 낯모르는 사람에게로 보내라. 그러면 당신은 알 수 있을 것이다."라는 것은 그러한 사람에게는 거의 통용되지 않는다. 그리고 이들 교활한 사람들은 마치 조그마한 상품을 파는 잡화상과 흡사하므로 그 상점을 들추어 보는 것도 나쁘지는 않을 것이다.

교활의 한 가지로 들 수 있는 것은 대담(對談)하고 있는 상대방을 자기의 눈으로 뚫어지게 바라보는 것이다. 제수이트 교도들이 그것을 교훈으로 삼고 있는 것처럼……. 왜냐하면 현명한 사람이라 할지라도 가슴속의 비밀을 얼굴에는 뚜렷이 나타내는 사람들이 많기 때문이다. 때로는 자기의 눈을 시치미를 떼고 아래로 내려감는 척해야 한다. 제주이트 교도들이 흔히 그렇게 잘한다.

다른 하나는 당신이 지금 빨리 서둘러야 할 어떤 일이 있을 때, 상대방을 어떤 다른 이야기를 가지고 농락하는 일이다. 그것은 상대방이 이의를 제시하지 않도록 상대방의 눈을 홀리게 하는 것이다. 나는 어떤 고문관 겸 대신이 영국의 엘리자베스 여왕에게 서명을 받기 위해서 법안을 가지고 갈 때에는 반드시 먼저 여왕을 국사(國事)에 관한 어떤 이야기로 끌어들임으로써 그만큼 법안에 대해서는 마음을 적게 쓰도록 한 사나이를 알고 있다.

비슷한 기습(奇襲)은 상대방이 급히 서두르고 있어서 제안된 문제를 차분히 생각할 수 없는 때를 잘 보아서 제안하는 것이다.

만일 어떤 사람이 다른 누군가가 훌륭하게 그리고 효과적으로 제안할지도 모르는 일을 방해하고자 한다면

겉으로는 그것이 잘되기를 바라는 것처럼 하면서 그것
이 좌절되도록 스스로 그것을 제안하는 것이 좋다. 이
야기하고 있는 중도에서 마치 말문이 막힌 것처럼 중단
하면 상대방에게 알고 싶어하는 호기심을 더욱 불러일
으키게 한다.

무엇이든 자진해서 제언(提言)하는 것보다는 상대방
의 질문을 받고 그제서야 알아차리는 것처럼 보이게 하
는 것이 더욱 효과적이기 때문에, 평소와는 다른 표정
과 안색을 나타내 보임으로써 상대방의 질문을 유도하
는 것도 한가지 방법이다. 상대방으로 하여금 평소와
달라진 것이 무슨 까닭이냐고 묻게 하는 기회를 주려는
목적을 위해서이다. 마치 느헤미야[1]가 왕 앞에서 "나는
지금까지 국왕 앞에서 슬픈 표정을 지은 적이 없었다."
고 말한 것처럼…….

신중을 요하고 또 불쾌한 일에 대해서는 누군가 그의
말을 대단치 않게 생각하는 사람으로 하여금 이야기를
끄집어내게 하고, 그의 말을 귀담아 들을 만한 사람의
말은 우연히 나온 것처럼 보이게 하기 위해서 보류해
둠으로써 다른 사람의 말에 대해 질문을 하게 하는 것
이 더 좋다. 마치 나르키수스[2]가 클라우디우스에게 메

---

1) 유태인 예언자. 동포와 함께 바빌로니아에 포로로 잡혀가 아닥사스다
왕의 궁정에 유폐되어 있었는데, 어느 날 대왕에게 수심에 잠긴 얼굴
을 보임으로써 마침내 왕의 질문을 유도하고 그 기회에 귀향(歸鄕)의
뜻을 표명함으로써 유태 재흥(再興)의 대망을 달성했다고 한다.
2) 원래 노예였는데 로마의 황제 클라우디우스의 총애를 받게 되었고,

살리나3)와 실리우스의 결혼을 이야기할 때처럼.

자기 자신을 그렇게 보이고 싶지 않은 일에 대해서는 세상의 이름을 빌리는 것이 교활한 한 가지 요점이다. 마치 '세상에서는 그렇게 말하고 있다'든가, '이러이러한 이야기가 퍼지고 있다'고 말하는 것과 같다.

내가 알고 있는 한 사람은 편지를 쓸 때, 가장 중요한 용건을 추신(追伸)에다 적고 마치 그것이 대수롭지 않은 일처럼 보이게 했다.

내가 알고 있는 또 한 사람은 이야기를 하게 될 때, 그는 가장 말하고 싶어하는 문제는 슬쩍 넘겨 두고 이야기를 진행하다가 되돌아와서 마치 그것을 거의 잊었다는 듯이 말하는 것이었다.

어떤 사람들은 자신들이 농락(籠絡)하려고 하는 상대방이 갑자기 자기에게 찾아온 그러한 때에 깜짝 놀라는 것처럼 꾸미기 위해서 그 자신의 손에 편지를 쥐고 있거나 또는 평소에 하지 않던 어떤 짓을 한다. 그것은 자기가 말하고 싶어하는 일을 그들이 질문하도록 그들의 앞에다 갖다 놓는 것이다.

자기의 이름으로 어떤 말을 터뜨려 놓고 그것을 다른 사람이 익히고 사용하도록 함으로써 역이용하는 것도

황제에게 고자질하여 많은 사람들을 죽게 하였다.
3) 로마의 황제 클라우디우스의 황후로서 매우 방탕하였으며, 황제가 없는 틈을 타서 귀족 실리우스와 간통하였다. 나르키수스는 한 궁녀로 하여금 이 사실을 발설케 하고, 다음에는 다른 궁녀로 하여금 보증케 함으로써 실리우스를 처형케 하였다.

교활의 한 가지 방법이다. 내가 알고 있는 두 사람은 엘리자베스 여왕 시대에 국무대신의 자리를 서로 다투고 있었는데, 두 사람의 사이는 좋았고 또 일에 대해서도 서로 의논하였다. 그들 가운데 한 사람은, '쇠퇴기에 있는 왕조(王朝)'에 국무대신이 되는 것은 불안한 일이며 자기로서는 그것을 원치 않는다고 하였다. 다른 한 사람은 곧 이 말을 받아들여 그의 각계 각층 친구들과 이야기하면서, '쇠퇴기에 있는 왕조'에 그가 국무대신을 원할 이유가 없다고 하였다.

먼저 사람은 그 말을 잡아서 여왕의 귀에 들어가도록 하는 수단을 발견하였다. 여왕은 '쇠퇴기에 있는 왕조'라는 말을 듣고 매우 불쾌하게 생각했으며, 그 다음부터는 다른 한 사람의 청원(請願)은 전혀 들으려고도 하지 않았다.

우리 영국에는 '프라이 팬 속에서 고양이를 뒤집는다'라고 하는 일종의 교활이 있다. 이것은 어떤 사람이 타인에게 말한 것을 타인이 자기에게 말한 것처럼 보이게 하는 것이다. 그리하여 사실을 말하면, 그와 같은 문제가 두 사람 사이에 있었을 때 그들 가운데 누구로부터 먼저 시작하였는가를 밝히는 것은 수월한 일이 아니다.

'나는 이러한 것은 하지 않는다'고 말하는 것처럼 부정(否定)을 함으로써 자신을 정당화하고 따라서 타인을 암암리에 헐뜯는 사람들이 있다. 마치 티겔리누스[4]가 브루투스에 대해서 한 것처럼, "황제의 안전만을 바라

는 이외에 두 가지 목적은 나에게는 없다."고 그는 말하
였다.

어떤 사람들은 많은 화제와 이야기를 준비하고 있어
서 무엇인가 엇비슷하게 말하려고 할 때에는 반드시 그
것을 이야기로써 덮어씌운다. 이것은 그들 자신을 더욱
안전한 위치에 둘 뿐만 아니라 타인으로 하여금 그것을
더욱 유쾌한 마음으로 전파(傳播)하도록 한다.

어떤 사람이 자기가 바라는 대답을 자기의 언사(言
辭)로 만드는 것도 교활의 한 가지 좋은 점이다. 왜냐하
면 그것은 상대방으로 하여금 덜 주저케 하기 때문이다.

어떤 사람들이 말하고자 하는 것을 이야기하기 위해
서 얼마나 오랫동안 기다리며 또 얼마나 멀리 우회(迂
廻)를 하며 또 그 목적에 접근하기까지 얼마나 많은 다
른 이야기를 해야 하는가는 기묘한 일이다. 이것은 많
은 참을성을 필요로 하는 일이지만 그러나 매우 쓸모가
있다.

갑작스럽고 대담한 의외의 질문은, 대개의 경우 사람
을 놀라게 하며 그 사람의 진심을 토로(吐露)하게 한
다. 변명(變名)을 사용하고 있는 어떤 사람이 성 바울
사원을 걷고 있을 때, 다른 사람이 갑자기 그의 등뒤에
와서 그의 진짜 이름을 불렀을 때 곧 뒤를 돌아보았다

---

4) 네로 황제의 신하. 그는 황제의 총애를 받고 친위대장이 되었는데,
   황제의 총애를 받고 있는 신하 브루투스의 독살에 관련되었다고 하며,
   후에 자살하였다.

는 것이다.

그러나 이러한 조그마하고 보잘것없는 교활은 무한히
있다. 그것들의 목적을 만들어 놓는 것도 좋을 것이다.
왜냐하면 교활한 사람들이 마치 현명한 사람들인듯 지
내는 것처럼 나라에 해로운 일이 없기 때문이다.

그러나 확실히 세상에는 일의 시말(始末)은 알고 있
지만 일의 골자(骨子)에는 파고들어가지 못하는 사람들
이 있다. 흡사 편리한 계단과 출입구는 있지만 훌륭한
방이 없는 집과도 같다. 그러므로 그러한 사람들의 변
론에 있어서는 교묘한 탈출로(脫出路)를 찾아내지만 문
제를 검토하거나 논의할 수 없다는 것을 우리는 알게
될 것이다. 그러나 보통 그들은 자기의 무능력을 이용
해서 지도적인 재간이 있는 사람처럼 생각되기를 바란
다. 어떤 사람은 자기의 견실(堅實)한 행동에 의해서가
아니라 도리어 남을 속여서—지금 우리가 말하고 있는
것처럼—그 사람들이 계략(計略)에 걸리도록 꾀한다.
그러나 솔로몬은, "어리석은 자는 온갖 말을 믿으나 슬
기로운 자는 그 행동을 삼가느니라."[5]고 말하였다.

---

5) 잠언 14장 15절.

23. 자기 자신을 위한 지혜에 관하여

　개미는 그 자체를 위해서는 슬기로운 생물이지만 과수원이나 정원에 있어서는 해로운 것이다. 그리고 확실히 자기 자신을 대단히 사랑하는 사람은 사회를 거칠게 한다. 이성을 가지고 자애(自愛)와 사회를 구분하라. 그리하여 자기 자신에 충실하면서 남에게 잘못됨이 없도록 하라. 특히 자기의 국왕과 나라에 대해서는 더욱 그러하다. '자기 자신'을 행동의 중심으로 삼는 것은 부끄러운 일이다. 그것은 마치 지구와 같다. 왜냐하면 지구는 자기 자신의 중심 위에 확고히 서 있기 때문이다. 이에 반해서 천체와 관계 있는 모든 것은 다른 것을 중심으로 해서 움직이며 그것을 이롭게 한다.

　모든 것을 자기 본위로 생각하는 것은 주권을 가진 군주에게는 비교적 용납할 수 있는 일이다. 왜냐하면 그들은 그들 자신뿐만 아니라 그들의 선악은 공공의 운명의 안위(安危)에 관계되기 때문이다. 그러나 그것은 군주에 대한 신하라든가 공화국에 있어서의 시민의 경우에는 굉장한 해가 되는 것이다. 왜냐하면 어떠한 일이든지 이와 같은 사람들의 손을 거칠 때에는 그들은 자기 자신의 목적에 맞도록 굽혀 버리고 말기 때문이다. 그것은 그 주인과 국가의 이익과 가끔 배치되지 않

을 수 없는 것이다. 그러므로 군주나 국가는 이러한 특
색을 갖지 않은 신하를 선택해야 한다. 단지 그 사람들
에게 종속적인 일을 시킬 때에는 별문제이다. 그 결과
로 하여금 더욱 해롭게 하는 일은 모든 균형을 잃었을
경우이다.

  신하의 이익을 군주의 커다란 이익보다 앞세우는 것
은 십분 균형을 잃은 것이다. 그러나 신하의 적은 이익
이 군주의 커다란 이익을 배제하고 모든 일이 운행될
때에는 더욱 극단적인 경우이다. 그리고 이것은 나쁜
관리·재무관·대사·장군, 기타 거짓되고 부패한 신하
들의 경우이다. 그들은 그들의 군주의 중대한 일을 뒤
집어 엎기 위해서 그들 자신의 사소한 목적이나 선망에
다 볼링[木球]이 비스듬히 가도록 힘을 넣는다. 그리고
대개는 그러한 신하들이 얻는 이익은 그들 자신의 분수
에 맞는 것이지만 그러한 이익을 위해서 그들이 팔아
넘기는 손실은 그들의 군주의 분수에 상응할 만큼 크
다. 그리고 단지 자기의 달걀을 굽기 위해서 집에 불을
지르는 것 같은 확실히 극단적인 이기주의의 특성이다.
그리고 이러한 사람들이 그들의 군주의 신임을 받을 때
가 많다. 왜냐하면 그들은 주인을 기쁘게 해놓고 자기
자신의 이익을 도모할 것만을 연구하기 때문이다. 여하
튼 그들은 주인의 사업의 이익 따위는 안중에 없는 것
이다.

  자기 자신을 위한 지혜는 여러 가지 면에 있어서 비

열한 일이다. 그것은 집이 넘어가기 조금 전에 반드시
떠나 버리고 마는 쥐새끼의 지혜이다. 자기를 위해서 땅
을 파서 빵을 만든 오소리를 내쫓는 여우의 지혜이다.
그것은 먹이를 잡아먹으면서 눈물을 흘리는 악어의 지
혜이다. 그러나 특별히 주의해야 할 일은 '천하무비(天
下無比)의 자애가(自愛家)들'은—키케로가 폼페이를 평
해서 말한 것처럼—대개의 경우 불행하다는 사실이다.

그들은 평생 동안 자신을 위해서 희생해 왔지만 마침
내 그들 자신이 변덕이 심한 운명의 제물이 되고 만다.
그들은 그들 자신의 지혜를 가지고 운명의 여신의 날개
를 묶어 두었다고 생각하였었겠지만…….

24. 혁신에 관하여

생물이 처음에 태어났을 때는 그 모양이 꼴불견인 것
처럼 시대의 산물인 모든 혁신도 처음에는 꼴불견이었
다. 그럼에도 불구하고 일가의 명예를 처음 세운 사람
들은 보통 뒤따르는 대개의 후손들보다 큰 가치를 가지
는 것처럼, 최초의 전례(前例)는―만일 그것이 좋은 것
이라면―쉽사리 후세가 모방할 수 있는 것은 아니다.
왜냐하면 악은 인간의 본질에 대해서는 옳은 길에서 벗
어나게 하는 것이지만 자연적인 동향(動向)이며 시간의
경과에 따라서 그 힘이 가장 강해진다. 그러나 선은 노
력에 의한 동향으로서 최초에 있어 가장 강력하기 때문
이다.

확실히 의약(醫藥)은 모두 혁신한 것이다. 그리고 새
로운 치료법을 적용하지 않는 자는 새로운 병해(病害)
를 각오해야 한다. 왜냐하면 시간은 최대의 혁신자이기
때문이다. 세월의 흐름은 모든 사물을 더욱 나쁘게 변
화시키는데, 만일 예지와 충고가 그것을 좋은 방향으로
돌리려고 하지 않는다면 그 결말은 어떻게 될 것인가?
관습에 의해서 결정된 것은 비록 그것이 좋은 것이 아
니라 할지라도 적어도 그것이 적합하다는 것은 사실이
다. 그리고 오랫동안 함께 걸어온 것은 서로 제휴할 수

있는 것이다. 그러나 새로운 사물은 잘 결합되지 않는
다. 그들은 유용하다는 점에선 도움을 주나 부조화란
점에서는 문제가 생긴다. 그리고 그것은 낯선 사람과
흡사하다. 감탄을 사는 일은 많지만 호의를 사는 일은
적다.

위에서 말한 것은 만일 시간이 정지해 있는 것이라면
모두 참된 것이다. 그러나 반대로 시간은 돌고 도는 것
이기 때문에 관습을 완고하게 지키려고 하는 것은 혁신
못지 않게 파란을 야기한다. 지나치게 옛것을 숭상하는
사람은 새 시대의 조소를 받는다. 그러므로 사람들이
혁신을 하려고 할 때에는 시간 자체의 예에 따르는 것
이 좋다. 시간은 크게 혁신은 하지만 조용해서 거의 눈
에 띄지 않을 정도로 서서히 이루어진다. 왜냐하면 그
렇지 않으면 새로운 것은 아무것도 희망하지 않게 되기
때문이다. 그리고 무엇인가를 고치면 무엇인가를 반드
시 손상케 한다. 그리고 득을 본 사람은 운이 좋다고
생각하여 시간에 감사하지만 손해를 본 사람은 그것을
나쁘다고 생각하며 실행자를 원망한다. 그리고 국가에
있어서는 긴급한 필요가 있을 경우, 또는 효과가 명백
한 경우를 제외하고는 실험을 시도하지 않는 것이 좋
다. 그리고 개혁의 필요가 변화를 가져오는 것이지, 변
혁을 바라는 마음이 개혁을 구실로 삼는 일이 없도록
주의해야 한다.

마지막으로 신기한 것은, 비록 그것이 배척되지 않는

다 하더라도 의문의 여지가 있는 것이라고 보아야 한
다. 그리고 성경에서 말한 것처럼, "우리는 옛길 위에
서서 주위를 두루 살펴서 곧고 바른 길을 찾아서 그 길
을 갈지니라."라고.

25. 사무의 신속에 관하여

　지나치게 신속한 것을 바라는 것은 일에 대해서 가장
위험한 것 중의 하나이다. 그것은 의사들이 소화불량,
즉 급속소화(急速消化)라고 부르는 것과 같은 것이어서
그것은 반드시 거친 물결과 숨은 병의 씨를 신체에다
가득 채우는 것과 흡사하다. 그러므로 신속은 그 일에
소요된 시간에 의해서 측정될 것이 아니라 일의 진척
정도에 따라서 측정되어야 한다. 경주에 있어서 큰 걸
음으로 뛰거나 높이 뛰는 것이 속력을 내는 것이 아닌
것처럼, 일에 있어서도 그것에 전념(專念)하고, 한꺼번
에 많은 일에 종사하지 않는 것이 신속을 기하는 일이
다. 어떤 사람은 자기가 신속한 사람인 것처럼 보이기
위해서 단시간 내에 급속히 일을 끝내든가 또는 일에다
거짓된 매듭을 짓는 것만을 생각한다. 그러나 요점을
잡음으로써 시간을 절약하는 일과 일부분을 잘라 버림
으로써 시간을 절약하는 것은 전연 다르다. 그와 같이
해서 여러 번에 걸친 회합 끝에 처리된 일은 대개 불안
정된 상태로, 전진했다가도 후퇴한다. 내가 알고 있는
어떤 현명한 사람은 사람들이 일의 결말을 서두는 것을
보았을 때는 "조금 기다려라. 그러면 우리는 더욱 빨리
일을 끝낼 수 있을 것이다."라고 입버릇처럼 말하였다.

한편 참된 신속은 훌륭한 일이다. 왜냐하면 금전이 물품의 척도(尺度)인 것처럼 시간은 일의 척도이기 때문이다. 그리고 일에 있어 신속하지 못한 곳에서는 그 일은 높은 값을 치르게 된다. 스파르타인과 스페인인은 느린 것으로 유명하다. "나의 죽음은 스페인으로부터 오게 하라." 왜냐하면 그러면 죽음이 오는데도 오랜 시간이 걸리는 것이 확실하기 때문이다. 일에 있어서 최초의 보고를 하는 자의 말에 귀를 기울이는 것이 좋다. 그들의 말을 도중에서 가로막는 것보다는 처음부터 적당한 지시를 주는 것이 좋다. 왜냐하면 자기 자신의 순서가 흐트러진 사람은 도리어 이야기가 앞으로 갔다, 뒤로 갔다 하므로 갈피를 잡지 못하여 필경 자기 이야기의 순서를 따라서 말을 하는 사람들보다 자기의 기억을 더듬는 동안에 더욱 느릿느릿해지기 때문이다. 그러나 때로는 보고하는 사람보다는 듣는 사람이 더 성가신 사람처럼 보이기도 한다.

반복은 보통 시간의 손실이다. 그러나 문제의 요점을 가끔 되풀이하는 것은 시간을 절약하게 된다. 왜냐하면 그것은 많은 쓸데없는 말을 쫓아 버리기 때문이다. 길고도 신기한 이야기가 일의 신속에 적합하지 않다는 것은 마치 긴 소매의 의복이나 외투가 경주에 적합하지 않는 것과 흡사하다. 머리말이나 인증이나 변명이나 기타 자기 일신의 문제에 관한 이야기는 많은 시간을 낭비한다. 그것은 겸손에서 나온 것처럼 보이지만 사실은 허영이다. 그러나 사람들의 의지 가운데 어떤 지장이나 방해가 있을 때에는 지나치게 노골적이 되지 않도록 조심해야 한다. 왜냐하면 편견을 갖는 마음에 대해서는 언제나 머리말이 필요하기 때문이다. 그것은 마치 고약(膏藥)을 삼투(滲透)시키기 위해서 찜질을 하는 것과 흡사하다.

무엇보다도 질서와 배분(配分)과 여러 부분을 분할하는 것이 신속의 생명이다. 그러나 배분은 지나치게 번거롭지 않도록 해야 한다. 왜냐하면 구분을 하지 않는 사람은 결코 일을 잘 해낼 수 없으며 그리고 일을 지나치게 세분하는 사람도 일을 깨끗이 해낼 수 없을 것이기 때문이다. 시기를 선택하는 것은 시간을 절약하는 것이다. 시의(時宜)를 얻지 못한 활동은 헛수고에 지나지 않다.

일에는 세 가지 부분이 있다. 준비와 토의, 즉 검토와 완성이다. 만일 신속을 기하려고 한다면 둘째 부분, 즉 토의만을 여러 사람들의 업무로 삼을 것이며, 첫째 것과 마지막 것은 소수의 업무로 삼는 것이 좋다. 일의 대강을 적어 두고 그것을 토대로 해서 진행하는 것은 대개의 경우 신속하다. 왜냐하면 비록 그것이 전적으로 거부된다고 하더라도 그 부정(否定)은 불명확한 것보다는 나가야 할 방향을 더 많이 암시하기 때문이다. 그것은 마치 타버린 재가 먼지보다 더 비옥(肥沃)한 것과 흡사하다.

26. 현명하게 보이는 것에 관하여

프랑스 사람은 보기보다는 현명하고 스페인 사람은 실제보다 현명하게 보인다는 것이 일반의 의견이다. 나라와 나라 사이에서는 어떤지 모르지만 사람과 사람 사이에서는 확실히 그러하다. 왜냐하면 사도 바울이 경건(敬虔)에 대해서, "경건처럼 보이기는 하지만 실은 경건의 덕을 거부하고 있다."고 말한 것처럼 확실히 지혜와 재능 면에서 아무것도 아닌 것이나 또는 사소한 것을 매우 거창하게 하는 사람이 있다. 즉, '쓸데없는 일을 엄숙하게 하는 것이다.' 이들 형식주의자들이 어떤 핑계를 가지고 있는가, 그리고 어떠한 마법의 거울을 가지고 '피상(皮相)적인 것'을 깊이와 두께가 있는 물건처럼 보이게 하는가를 아는 일은 매우 우스꽝스러운 일이며, 비판력이 있는 사람에게는 한 가지 풍자(諷刺)에 꼭 알맞다.

어떤 사람은 과묵(寡默)하고 자제적(自制的)이어서 자기의 물건은 어두컴컴한 곳이 아니면 보이려고 하지 않는다. 그리고 항상 무엇인가를 숨기고 있는 것처럼 보인다. 그리고 그가 잘 알지 못하는 것을 이야기하고 있다고 마음속으로 느끼고 있으면서도 타인에게는 자기가 알고는 있지만 말을 잘 할 수 없는 것처럼 보이려고 한다. 어떤 사람은 얼굴 표정이나 몸짓의 도움으로 현명하게 보이려고 한다. 예컨대 키케로가 피소[1]에 관해서, "그는 나에게 대답할 때 한쪽 눈썹은 이마 쪽으로 치켜올리고 다른 한쪽은 턱 쪽으로 내렸다."고 말한 것처럼, 즉 키케로는 "자네는 한쪽 눈썹은 이마까지 치켜올리고 한쪽은 턱까지 끌어내리고서, 나에게 잔혹(殘酷)은 마음에 맞지 않아라고 말하고 있군." 하고 말했다.

어떤 사람은 호언장담을 하고 또 단호한 태도를 취함으로써 자기의 뜻을 밀고나가려고 생각하고, 나아가서는 그들이 이행할 수 없는 것까지도 당연한 것으로 해버린다. 어떤 사람은 자기가 도달할 수 없는 것은 무엇이든지 적절하지 않다든가 기괴한 것이라 하여 경멸하든가 대수롭게 여기지 않는 것처럼 보이게 함으로써 그 자신의 무식을 옳은 판단인 것처럼 보이려고 한다. 어떤 사람은 항상 어떤 차이점을 생각해 내어 보통 세세한 구별을 함으로써 사람을 즐겁게 하고 문제를 흐려버린다. 이러한 사람에 대해서 A.겔리우스[2]는, '교묘한 언사로 문제의 중대성을 손상케 하는 어리석은 사람'이라고 말하였다. 그러한 종류의 사람에 관해서는, 플라톤 역시 그의 대화편 〈프로타고라스〉에서 프로디코스[3]를 조롱으로 끌어내어 처음부터 끝까지 구별하는 말만

---

1) BC 2세기 무렵의 로마의 집정관. 키케로와 반대 입장에 서 있는 클라우디우스를 지지하였기 때문에 키케로의 비난을 받았다.
2) 2세기경의 로마 문법학자.
3) BC 5세기경의 그리스의 궤변가.

하도록 하였다. 일반적으로 이러한 사람들은 모든 논의에 있어서 부정적인 입장에 서는 것이 마음 편하다고 생각한다. 그리하여 이의(異議)를 제기하고 곤란한 점을 미리 지적함으로써 신임을 얻으려고 한다. 왜냐하면 제안이 부결되면 그것으로 끝나 버리지만 그러나 만일에 채택이 된다면 새로운 일이 생겨나기 때문이다. 이러한 그릇된 지혜는 일을 해치는 것이다.

결론적으로 이들 텅빈 사람들이 그들의 재능에 대한 신임을 유지하려고 하는 것처럼, 그들이 부자라는 신임을 유지하기 위해서 여러 가지 간계(奸計)를 쓰는 기울어져 가는 상인이나 거지는 없다. 현명한 것처럼 보이려고 하는 사람들은 좋은 평판을 얻으려고 가지가지 수단을 다 쓴다.

그러나 그러한 사람은, 고용하기 위해서 선택하지 않는 것이 좋다. 왜냐하면 확실히 일을 위해서는 지나치게 형식적인 사람보다는 어느 정도 우둔한 사람을 쓰는 것이 더 좋기 때문이다.

27. 우정에 관하여

"무릇 고독을 즐기는 자는 야수가 아니면 신이다."라
는 말을 한 철인이 있는데, 이것보다 짧은 말 속에 진
리와 오류를 한꺼번에 담기는 어려웠을 것이다. 왜냐하
면 어떤 사람이 사회에 대하여 생래적(生來的)으로 마
음속 깊이 혐오하고 기피하는 것은 어느 정도 야수적인
데가 있다고 하는 것은 전적으로 진실이라고 할 수 있
으나, 그것이 신적인 성질을 어느 정도 지니고 있다고
생각하는 것은 전적으로 진실이 아니다. 고독을 즐겨서
가 아니라, 고상한 영교(靈交)를 위해서 자기 자신을
은둔(隱遁)케 하는 것을 사랑하고 원망(願望)하는 마음
에서 그렇게 하는 경우는 다르다. 예컨대 약간의 이교
도, 즉 칸디아의 에피메니테스[1], 로마의 누마[2], 시실
리의 엠페도클레스[3], 티아나의 아폴로니우스[4]와 같은

---

1) 칸디아 섬(크레타 섬)에서 태어난 BC 7세기경의 철학자. 57년간이
   나 동굴 속에서 살았으며, 그 동안에 여러 가지 지식을 터득했다고 전
   해짐.
2) 로마의 2대왕으로서, 오랫동안 산림에 숨어 살면서 귀신과 영통하였
   다고 함.
3) 시실리 섬에서 출생한 고대 철학자이며 시인. 자기가 신과 같은 존재
   라는 것을 사람들에게 믿게 하기 위해서 에도나 산의 분화구(噴火口)
   에 투신하였다고 함.
4) 서부 아시아 카파도시아(Cappadocia)에 있는 티아나(Tyana) 출신

사람들이 그러했다고 잘못 전해지고 있는데, 몇 사람의
고대의 은자(隱者)와 기독 교회의 신성한 교부(敎父)들
은 실지로 그러했다.

그러나 고독이란 어떠한 것이며, 그 한계가 어디까지
인가에 대해서는 사람들은 거의 알지 못하고 있다. 왜
냐하면 군집(群集)은 반려(伴侶)가 아니며 여러 얼굴들
은 다만 초상화의 진열에 지나지 않으며, 그리고 애정
이 없는 곳에서의 대화는 심벌즈(Cymbals)가 울리는
소리에 지나지 않기 때문이다. '대도시는 커다란 고독의
땅'이라고 한 로마의 속담에서 그것은 어느 정도 잘 나
타나 있다. 왜냐하면 대도시에서는 친구가 산재(散在)
해 있기 때문에 대개의 경우 비교적 협소한 이웃에 있
어서와 같은 친밀한 교제는 없기 때문이다. 그러나 우
리는 한 걸음 더 나아가 진실한 친구가 없다는 것은 참
으로 고독하며 또 가련한 고독이라고 단언하더라도 대
체로 옳다고 할 수 있을 것이다. 그것이 없는 세상은
황야에 지나지 않는다. 이런 의미에 있어서마저도 그
천성과 감정에 있어서 교우에 적합하지 못한 사람은 모
두 야수로부터 그것을 얻은 것이지 인류으로부터 얻은
것은 아니다.

교우의 주요한 효과는 모든 종류의 감정이 원인이 되
어 야기된 마음의 충만과 팽창을 가볍게 하고 발산하는

의 철인. 기술(奇術)로써 유명함.

데 있다. 우리는 폐색(閉塞)과 질식의 병이 신체에 있
어서 가장 위험하다는 것을 알고 있듯이 정신에 있어서
도 크게 다를 바가 없다. 간장을 트이게 하기 위해서는
사르사(중앙 아메리카산의 약초)를 쓰는 것이 좋고, 비
장을 열기 위해서는 철제(鐵劑)를, 폐에는 유황화(硫黃
華)를, 뇌를 위해서는 해리향(海狸香)을 쓰는 것이 좋
다. 그러나 마음을 여는 처방은 진정한 친구 외에는 없
다. 사람은 진정한 친구에게만 슬픔과 기쁨과 두려움과
희망과 의심과 충고와 그리고 마음을 무겁게 하는 것은
무엇이든지, 세속적인 고해(苦海)라고나 할까, 고백을
할 수 있는 것이다. 이러한 우정의 효용에 관해서 위대
한 제왕이나 군주들이 얼마나 높은 가치를 인정하고 있
었는가를 살펴보면 이상할 정도이다. 심하게는, 그들은
그들 자신의 안전과 위대함을 희생시키면서까지 그것을
취득하는 일이 자주 있었다. 왜냐하면 군주는 자기의
신분과 신하의 신분 사이의 거리 때문에 이 과일을 따
기 위해서는—다만 그들 자신들이 그것을 할 수 있게
하기 위해서는—누군가를 끌어올려서, 말하자면 동료처
럼 거의 자기와 대등하게 해야 하지만, 그렇게 하는 것
이 불편할 때가 많다. 이러한 사람들에 대해서 근대어
는 총신(寵臣) 또는 심복이라는 이름을 붙이고 있다.
마치 그것이 은총이나 교제의 문제처럼. 그러나 로마의
명칭은 그것의 참된 효용과 원인을 나타내고 있다. 즉,
'근심을 함께 하는 자'라고 부르고 있다. 왜냐하면 그것

이 관계를 밀접하게 하는 것이기 때문이다. 그리고 이
것은 다만 약하고 감정적인 군주뿐만 아니라 고래로 천
하에 군림한 가장 총명하고 가장 술책에 능한 군주도
역시 그러했다는 것을 우리들은 분명히 알고 있다. 그
들은 때때로 자기의 신하를 가까이 하여 보통 사람들
사이에서 주고 받는 말을 사용함으로써 자기들 스스로
가 그를 친구라고 부르고 또 상대방에게도 그와 같이
부르도록 허용하였던 것이다.

L. 실라5)는 로마를 지배할 때, 폼페이6)—후에 '위대
한 폼페이'라고 불려졌다—를 높은 지위로 끌어올렸기
때문에 폼페이는 스스로 실라를 능가한다고 호언장담하
였다. 왜냐하면 그가 실라의 후보 운동에 반대해서 자
기의 친구에게 집정관의 자리를 주었을 때, 실라가 조
금 분개해서 큰소리로 말을 하기 시작하자 폼페이는 그
를 되돌아보면서 사실상 입을 닥치라고 명령하는 말을
하였다. 즉, "지는 해보다는 솟아오르는 해를 더 숭배하
기 때문이다."라고.

줄리어스 시저의 경우, 테키무수 브루투스가 세력을
가지고 있어서 시저는 그의 유서 가운데에 브루투스가
자기의 조카 다음에 제위(帝位)를 계승할 것을 인정할
정도였다. 그런데 바로 이 사람이야말로 시저의 죽음을

---

5) 로마의 장군이며 집정관, BC 78년 사망.
6) 로마의 장군이며 3집정관의 한 사람으로서 시저의 경쟁자. BC
   106-48.

불러올 만큼의 세력을 지니고 있었던 것이다. 왜냐하면
시저가 여러 가지 불길한 전조, 특히 그의 아내 칼푸르
니아의 꿈 때문에 원로원을 해산하려고 마음먹었을 때,
이 사람은 당신의 아내가 더 좋은 꿈을 꿀 때까지 원로
원을 해산하지 말 것을 희망한다는 말을 하면서 시저의
팔을 잡고 살며시 의자에서 일으켜 세웠던 것이다. 그
래서 그가 받은 은총은 매우 컸던 것처럼 보였고, 안토
니우스가 키케로의 필리픽스(philippics)라는 책에서
그대로 인용하고 있는 편지에 의하면, 그를 마술사라고
부르고 있다. 마치 그가 시저에게 마술을 건 것과 흡사
했던 것이다.

아우구스투스는 아그리파7)를—미천한 출생임에도 불
구하고— 지나치게 높은 지위에로 끌어올렸기 때문에
황제가 자기의 딸 줄리아의 결혼에 관해서 메세나스8)
에게 상의하였을 때 메세나스는, "폐하께서는 황녀(皇
女)를 아그리파와 결혼시키든지 그렇지 않으면 아그리
파를 죽이든지 두 가지 길밖에 없으며 제3의 방법은 없
습니다. 폐하께서는 아그리파를 그처럼 위대하게 만들
었습니다."라고 기탄없이 진언(進言)하였던 것이다.

티베리우스 시저에 대해서는, 세자누스9)가 지나치게

---

7) BC 62~AD 12년. 로마의 장군이며 정치가.
8) 아우구스투스 황제의 대재상(大宰相.) 문학자(文學者)를 보호함으로
    써 유명해짐.
9) 로마의 정치가. 처음에는 근위대장이었으나 황제의 자리를 노리다가
    처형당함.

높은 자리에 오름으로써 두 사람은 한 쌍의 친구라고
불려졌으며 또 그렇게 간주되었다. 티베리우스는 세자
누스에게 보낸 편지 가운데서, "우정 때문에 나는 너에
게 이러한 일들을 숨기지 않았노라."고 말하고 있다. 그
리하여 원로원 역시 두 사람 사이의 우애가 두터운 것
을 느끼고 마치 여신에 대해서 하는 것처럼 우정에 대
해서 하나의 제단을 바쳤다.

이것과 흡사한 또는 이것보다도 심한 일이 세프티미
우스 시베루스10) 황제와 플라우티아누스와의 사이에
있었다. 왜냐하면 황제는 그의 큰아들에게 플라우티아
누스의 딸과 결혼하도록 강요하였고, 또 가끔 플라우티
아누스가 황태자에게 불손한 짓을 하는 것을 지지하면
서 나아가서는 원로원에 보내는 편지 가운데서 다음과
같은 말을 쓰고 있다. "짐은 그를 매우 사랑하기 때문에
그가 짐보다도 오래 살기를 바라노라."고.

그런데 만일 이들 군주들이 트라얀 황제나 마카스 아
우렐리우스 황제와 같은 사람이었다면 이것은 풍부하고
선량한 성질에서 나온 것이라고 생각해도 좋을 것이다.
그러나 이들 황제들은 모두 매우 현명하고 강인(强靭)
하며 준엄한 마음의 소유자이며 극단적으로 이기적인

---

10) 로마의 황제(193 - 211년 재위). 큰아들 카라칼라는 플라우티아누
   스의 딸과 결혼하였다. 플라우티아누스는 친위대장으로서 세베루스
   황제의 신임이 두터웠다. 그러나 후에 황제 부자의 암살을 꾀하려다
   203년 처형되었다.

인물들이었기 때문에, 그들이 자기 자신의 행복을—그
것은 유한한 인간에게 일어날 수 있는 최대의 것임에도
불구하고—반조각으로밖에 보지 않았으며 그것을 완전
한 것으로 만들기 위해서는 친구를 가져야 한다고 생각
했던 것은 분명하다. 뿐만 아니라, 그들은 처자나 조카
를 거느린 군주들이었다. 그러나 이 모든 것도 우정과
같은 위안을 제공해 줄 수는 없었던 것이다.

코미네우스[11]가 그의 최초의 군주인 용맹한 샤를르
공에 관해서 말한 것을 잊어서는 안 된다. 즉, 공은 자
기의 비밀을 누구에게도 말하는 것을 원치 않았다. 그
리고 특히 자기를 가장 괴롭히는 비밀에 관해서는 더욱
그러했다. 만년(晚年)에 그는 그것에 관해서 더욱 계속
해서 말하기를, "그러한 비밀주의는 공의 이해력을 해
치고 조금 감소시켰다."고 했다. 확실히 코미네우스가
만일 그러한 의사만 있었다면, 그의 제2의 군주인 루이
11세에 대해서도 동일한 판단을 내릴 수 있었을 것이
다. 그 역시 비밀주의가 그를 괴롭혔던 것이다.

피타고라스의 비유는 막연하기는 하지만 진실하다.
그는 "마음을 먹지 말지어다."라고 말하고 있다. 확실히
혹독한 말로 표현한다면, 자기의 흉금을 털어놓을 친구
가 없는 사람들은 자기 자신의 마음을 잡아먹는 식인종
이라는 것이다.

---

11) 프랑스 역사가, 1446~1509년.

그러나 가장 놀랄 만한 한 가지 일이 있다. (이것을 가지고 나는 우정의 첫째 효용에 관한 결론으로 삼으려고 한다, 즉, 자기 자신을 친구에게 전달하는 것은 두 가지 상반된 결과를 낳는다는 것이다. 왜냐하면 그것은 기쁨을 두 배로 하며 슬픔을 절반으로 하기 때문이다. 즉, 누구든지 나의 기쁨을 친구에게 전하여 그 기쁨이 더하지 않는 바가 없고 또 자기의 슬픔을 친구에게 전하여서 덜하지 않는 바가 없기 때문이다. 그러므로 사람의 마음에 미치는 작용에 관해서는 참으로 연금술사(錬金術師)들이 흔히 그 시금석(試金石)이 인간의 육체에 대해서 가지고 있다고 말했던 것과 흡사한 효력을 가지고 있다. 즉, 그것은 전적으로 상반된 효과를 나타내지만 항상 자연에 대해서는 좋고 유익하다는 것이다. 그러나 연금술사들의 도움을 청하지 않더라도 일상의 자연과정 속에는 이 관계를 분명히 나타내는 현상이 있다. 왜냐하면 물체에 있어서는 결합이라는 것이 어떤 자연적인 활동을 강화하고 조장시키기도 하지만 한편으론 어떤 격렬한 감명(感銘)을 약화시키고 둔화시키기 때문이다. 사람의 마음에 관해서도 그와 흡사한 것이 있다.

우정의 제2의 효용은, 그 첫째의 것이 감정에 대해서 그러한 것처럼, 오성(悟性)을 위해서 건강하며 그보다 더 이상의 유익한 것이 없다는 것이다. 왜냐하면 우정은 감정 속을 폭풍우로부터도 맑은 날씨로 만들어 내지만 오성 속에서는 사고의 암흑과 혼란으로부터 백주(白晝)의 빛을 만들어 내기 때문이다. 이것은 사람이 그의 친구로부터 받아들이는 믿을 만한 충고에 대해서만 하는 이야기가 아니다. 그러나 거기에 이르기 전에 누구든지 그의 마음에 많은 사상이 충만되어 있다면 다른 사람과 교제하고 담론함으로써 그의 지력과 이해력이 명석해지고 계발(啓發)된다는 것은 확실한 일이다. 그렇게 하면 사람은 자기의 사상을 더욱 자유롭게 취급할 수 있으며 그것을 더욱 정연하게 운용할 수 있게 되어 그것이 말로 표현되었을 때에는 어떻게 보이는가를 알게 된다. 결국 그는 이전의 자기 자신보다도 더 현명해진다. 그것은 하루의 명상보다도 한 시간의 대화가 더욱 그러하게 한다. 테미스토클레스[12]는 페르시아 왕에게 다음과 같은 말을 하였다. 즉, "말이라고 하는 것은 아라스(Arras) 천의 비단을 편 것과 흡사하여서 펴놓으면 모양이 뚜렷하게 나타난다. 그러나 단지 생각 속에서만 있는 경우에는 마치 그것은 포장되어 있는 것과 흡사하다." 이 우정의 제2의 효용은 지력을 개발한다는 점에서 충고를 줄 수 있는 친구에 의해서만이 얻어지는 것이 아니라—사실상 그러한 친구가 가장 좋은 친구이지만—그러한 일이 없다고 하더라도 사람은 자기 자신

---

12) 아테네의 정치가이며 장군. BC 471년에 수회죄(收賄罪)로 아테네에서 추방되어 페르시아로 도망하였는데, 페르시아 왕은 그에게 아테네의 내정(內情)을 물었다고 함.

을 알고, 자기 자신의 생각을 분명히 표현하고 자기의
재치를, 그 자체는 끊어지지 않는 숫돌에다 가는 것과
흡사한 것이다. 요컨대 사람은 자기의 사상을 질식시키
는 것보다는 조각이나 그림을 향해서 털어놓는 것이 더
낫다. 이제 우정의 이 둘째 효용을 완전한 것으로 하기
위해서 더욱 명백하고 보통 사람의 눈에 띄는 다른 점
을 부연하기로 한다. 그것은 친구의 마음으로부터의 충
고이다. 헤라클레이토스는 그의 수수께끼 같은 말의 하
나에서, "건조한 빛이 언제나 가장 좋다."고 멋있게 말
하였다. 확실히 남의 충고로부터 받는 빛은 그 자신의
이해력과 판단력에서 오는 빛보다는 건조하며 순수하
다. 그 자신의 이해력과 판단력에서 오는 빛은 항상 그
의 감정과 습관에 물들어 있는 것이다. 그러므로 친구
가 주는 충고와 자기가 자기 자신에게 주는 충고와의
사이는 친구의 충고와 아첨꾼의 그것과의 차이와 흡사
하다. 왜냐하면 세상에는 자기 자신처럼 아첨하는 사람
은 없으며, 자기 자신의 아첨에 대한 처방으로서는 친
구의 솔직한 충고 이상으로 묘약이 없기 때문이다.

충고에는 두 가지 종류가 있다. 하나는 거동에 관한
것이며 다른 하나는 업무에 관한 것이다. 첫째 것에 관
해서 말하면, 마음을 건전한 상태로 유지하기 위한 가
장 좋은 예방약은 친구의 솔직한 권고이다. 자기 자신
을 엄격하게 견책(譴責)하는 것은 약이 되기는 하지만,
때로는 지나치게 자극이 심하며 부식적(腐蝕的)이다.

좋은 도덕서를 읽는 것은 좀 맥빠지고 활기가 없다. 자기의 과오를 타인 속에서 관찰하는 것은 때로는 자신에게는 부적당할 수도 있다. 그러나 가장 좋은 처방은—효능에 있어서나 복용(服用)에 있어서나 나는 이것이 최선이라고 말하는데—바로 친구의 권고이다. 많은 사람들—특히 훌륭한 사람들—이 그것을 가르쳐 주는 친구가 없는 탓으로 얼마나 큰 과오와 극단적으로 어이없는 짓을 저질러 그들의 명예와 운명에 큰 손상을 입는가를 보면 이상할 정도이다. 왜냐하면 성 야곱이 말한 것처럼 그들은 '가끔 거울을 들여다보지만 곧 자기 모습과 얼굴을 잊어버리고 마는' 사람들과 흡사하기 때문이다.

업무에 관해서 말하면, 사람이 만일 하고자 한다면 두 개의 눈은 하나의 눈보다 더 잘 보이지 않는다고 생각해도 좋다. 혹은 경기를 하고 있는 사람이 구경꾼들보다 항상 잘 보인다든가, 성난 사람이 알파벳의 24자를 되풀이해서 외는 침착한 사람보다 현명하다든가, 총은 팔로 받치고 쏘아도 받침대 위에 올려놓고 쏘는 것처럼 잘 쏘고, 그와 같은 다른 바보스러운 짓과 엄청난 상상을 하여 자기 자신을 가장 훌륭하다고 생각해도 좋다. 그러나 결국 좋은 충고의 도움은 업무를 성공시키는 데 있다. 그리고 만일 어떤 사람이 충고를 받기는 하지만 한 가지 업무에 대해서는 한 사람의 충고를, 다른 일에 대해서는 다른 사람의 충고를 받는 식으로 분할적으로 충고를 받는다면 그것도 좋은 일이다. (말하자면 전연 충고를 받지 않는 것보다는 낫다) 그러나 그러한 사람은 두 가지의 위험을 범하게 된다. 첫째는 그는 성실한 충고는 받을 수 없을 것이라는 것이다. 왜냐하면 완전하고 정직한 친구로부터 받은 충고를 제외하고는, 충고하는 사람이 갖고 있는 어떤 목적에 맞도록 구부려서 충고를 하는 일이 가끔 있기 때문이다.

또 하나의 충고는 충고를 준다고 하더라도—비록 선의에서 한 것이라도—해롭고 불안전하며 이해(利害)가 상반(相半)되는 충고이다. 그것은 마치 당신의 병을 잘 치료한다고는 생각하지만, 당신의 체질에 대해선 잘 모르는 의사를 부르는 것과 흡사하다. 그는 당신을 당장에는 치료할지는 모르나 어떤 다른 점에 있어서 결국 당신의 건강을 해쳐 병은 치료하지만 환자는 죽이게 될지도 모른다. 그러나 자기의 사정을 전적으로 알고 있는 친구는 지금 당장의 업무를 추진함으로써 다른 불편에 부딪치지 않도록 조심할 것이다. 그러므로 이것저것 다른 충고에 의존해서는 안 된다. 그것들은 일을 정돈하고 지시하기보다는 도리어 교란하고 오도(誤導)할 것이다.

이들 우정의 두 가지 고귀한 효과—감정의 평화와 판단력의 도움—다음에 마지막 효과가 뒤따른다. 그것은 석류(石榴)처럼 많은 씨알로 가득 차 있다. 즉, 나는 모든 행동과 경우에 있어서의 도움과 참여를 의미하는 것이다. 이 점에 관한 우정의 다방면의 효용을 뚜렷이 나

타내는 최선의 방법은 세상에는 자기 혼자서는 할 수
없는 일이 얼마나 많은가를 헤아려 볼 일이다.

그러면 "친구란 또 한 사람의 자기 자신이다."라고 말
한 것은 옛사람들의 인색한 말이라는 것을 알게 될 것
이다. 왜냐하면 친구라는 것은 자기 이상의 것이기 때
문이다. 사람의 생명은 한정되어 있으며 주로 마음먹은
바를 바라면서도 죽는 수가 많다. 즉, 자녀의 결혼이라
든가 사업의 완성과 같은 것들이다. 만일 진정한 친구
가 있다면 그러한 일에 대한 걱정이 자기가 죽은 다음
에도 계속될 것이라는 것은 거의 확실히 기대할 수 있
을 것이다.

그러므로 사람은 자기의 희망에 있어서는 두 개의 생
명을 가지고 있는 것과 다를 바 없다. 사람은 하나의
육체를 가지고 있으며 그 육체는 또한 하나의 장소에
한정되어 있다. 그러나 우정이 있는 곳에서의 인생의
모든 용무는 그와 그의 대리자에게 그것이 허용되어 있
다고 할 수 있다. 왜냐하면 그는 친구에 의해서 그것들
을 처리할 수 있기 때문이다. 세상에는 얼굴이나 체면
만 가지고 스스로 말하고 행동할 수 없는 사람이 얼마
나 많은가? 사람은 겸허(謙虛)의 덕을 가지고서는 자기
의 공적을 거의 주장할 수가 없다. 하물며 그것을 찬양
하는 것은 더욱 불가능하다. 사람은 때때로 간청하거나
구걸하는 일이 참을 수 없는 경우도 있으며 그와 흡사
한 일이 많이 있다. 그러나 이러한 모든 일은 자신의

입으로 말하면 얼굴이 붉어질 일이지만 친구의 입을 통하면 점잖은 일이다. 그리고 또 개인에게는 여러 가지 특정 관계가 있기 때문에 함부로 이를 무시할 수가 없는 것이다. 어떤 사람이 자식에게 말할 때에는 아버지로서 말할 수밖에 없으며, 아내에게 말할 때에는 남편으로서 적에게 대해서는 조건부로 말하지 않을 수 없는 것이다. 그러나 친구에게는 경우에 따라서 필요한 말을 할 수가 있다. 반드시 그 사람의 신분에 맞출 필요는 없는 것이다. 그러나 이러한 일을 헤아리자면 끝이 없다. 나는 이미 사람이 스스로 적당하게 자기 자신의 역할을 할 수 없는 경우의 규칙을 제기한 바 있다. 만일 이러한 경우에 친구가 없다면 무대를 떠나는 것이 좋을 것이다.

28. 지출에 관하여

부(富)는 쓰기 위해 있는 것이며, 돈을 쓰는 목적은 명예와 선행을 위함이다. 그러므로 과용은 경우의 경중(輕重)에 따라서는 제한되어야 한다. 왜냐하면 자진해서 자기의 부를 희생하는 것은 하늘 나라를 위하는 것과 마찬가지로 자기 자신의 나라를 위하는 것이기 때문이다. 그러나 평상시의 지출은 그 사람의 분수에 맞도록 제한되어야 하며, 그것이 자기 재산의 범위를 넘지 않도록 주의해서 운영되어야 하며, 노비(奴婢)들이 사기나 남용에 걸리지 않도록 조심해야 하며, 백사(百事)를 절약해서 실제의 경비가 예산보다 적게 들도록 해야 한다. 만일 사람들이 수입과 지출이 맞도록 생활하려고 생각한다면 확실히 보통의 지출은 수입의 반으로 줄여야 한다. 그리고 만일 부자가 되려고 생각한다면 지출은 3분의 1로 줄여야 한다. 아무리 신분이 높은 사람이라 할지라도 굽혀서 자기의 재산을 조사하는 일은 결코 야비한 짓이 아니다. 어떤 사람들은 단지 태만 때문이 아니라, 자기가 파산 상태에 있는 것을 알게 될 때에는 그 때문에 우울하게 되지나 않을까 하는 걱정에서 그것을 하지 않는다. 그러나 상처를 검사하지 않고 치료할 수 있는 방법은 없는 것이다.

　자기의 재산을 전연 조사할 수 없는 사람은 고용인을 잘 선택해야 하며 또 자주 그들을 바꿀 필요가 있다. 왜냐하면 새 사람은 비교적 겁이 많으며 또 덜 교활하기 때문이다. 자기의 재산을 가끔 조사할 수 있는 사람은 모든 예산을 일정하게 해두는 것이 좋다. 만일 어떤 사람이 어떤 종류의 지출에 있어서 과다하다면 그는 어떤 다른 지출에 있어서는 그만큼 절약해야 한다. 예컨대 음식에 과용을 한다면 의복에서 절약해야 하며, 방을 위해서 많은 비용을 쓴다면 마구간을 위해선 절약해야 하는 것과 같다. 왜냐하면 모든 종류의 지출에 있어 과용을 하는 사람은 거의 파산을 모면할 수가 없기 때문이다.

　자기의 재산을 처분함에 있어서 너무나 급히 서둔다는 것은 지나치게 오래 방치해 두는 것과 마찬가지로 해를 입는 수가 있다. 왜냐하면 급히 서둘러서 팔면 보통 이자를 치르는 것과 마찬가지로 손해이기 때문이다. 뿐만 아니라 일단 부채를 청산한 사람은 다시 나쁜 길로 빠지게 되는 것이다. 왜냐하면 자기가 궁지를 벗어났다는 것을 알면 또다시 이전의 습관으로 되돌아갈 것이기 때문이다. 그러나 서서히 정리하는 사람은 절약의 습관을 기르게 되고 재산상으로나 정신상으로나 다같이 이익을 가져온다. 확실히 자기의 재산을 회복하고자 하는 사람은 작은 일을 가벼이 해서는 안 된다. 그리고 보통 조그만 경비를 절약하는 것은 조그만 이익을 위해서 몸을 굽히는 것보다는 덜 치욕적이다. 일단 시작하면 계속되도록 지출에 유의(留意)해야 하지만 그러나 다시 되돌아올 수 없는 일들에 대해서는 비교적 호화스럽게 하는 것도 무방하다.

29. 왕국과 국가의 참된 위대성에 관하여

아테네 사람 테미스토클레스[1]의 말은 오만불손하기 짝이 없으나 널리 다른 사람들에게 적용하면 중대하고도 현명한 관찰이며, 의견인 것이다. 즉, 그는 어떤 연회석상에서 루트(lute)를 연주하도록 간청받았을 때, "나는 탄금(彈琴)과 같은 하찮은 일은 하지 못하지만 작은 도시를 큰 도시로 만들 수는 있다."고 말하였다. 이와 같은 말은─비유의 도움을 조금 받는다면─국가(國家)를 다루고 있는 사람들 가운데서 발견되는 두 가지 다른 재능을 표현할 수가 있을 것이다. 왜냐하면 만일 고문관들이나 위정자들을 잘 관찰한다면 그들 가운데는 ─드물기는 하지만─작은 나라를 크게 할 수는 있지만 탄금과 같은 하찮은 일은 할 수 없는 사람들도 없지 않으며, 한편 탄금과 같은 하찮은 일은 매우 잘하지만 작은 나라를 크게 할 수 있는 일은 생각조차 할 수 없는, 즉 그들의 재능이 도리어 반대 방향으로 향하여 위대하고 번영된 나라를 쇠망케 하는 사람들이 많이 있다는 것을 알 것이다. 참으로 권모술수를 가지고 군주의 총애를 받고 민중의 인기를 얻는 많은 고문관이나

---

1) 아테네의 정치가이며 장군. BC 5세기경 사람.

총독들은 고작해야 탄금과 같은 하찮은 일을 하는 사람들의 값어치밖에 없는 것이다. 그러한 것은 그들이 봉사하는 국가의 복리나 발전에 공헌하는 것이 아니라 다만 임시적인 쾌락이며 그들 자신에게만 훌륭한 것이라고 생각될 뿐인 것이다.

세상에는(확실히)유능한, 즉 '사무에 능란'하다고 볼 수 있는 고문관들과 총독들이 있어서 그들은 사무를 처리하여 그것의 위험을 피하고 명백한 해는 막을 수 있으나, 그럼에도 불구하고 국가의 부강과 융성을 증대할 수 있는 재간에는 미치지 못한다. 그러나 일에 종사하고 있는 사람들은 제쳐놓고 일 자체에 대해서 말해 보려고 한다. 즉, 왕국과 국가의 참된 위대성과 그 수단을 논하기로 한다. 이것은 위대하고 강력한 군주들이 생각하지 않을 수 없는 문제인 것이다. 그 목적은 그들이 자신의 힘을 과대하게 평가해서 무익한 기도를 함으로써 자신을 망치거나, 또는 반대로 자신의 힘을 과소 평가함으로써 무서워하고 겁많은 정책으로 빠지지 않게 하기 위함이다.

한 나라의 위대성은 면적과 영토로써 계량할 수 있으며, 재정과 세입(歲入)의 위대성도 계산할 수가 있다. 인구는 조사에 의해서 명백해질 것이며, 도시의 수와 크기는 도표와 지도에 의해서 명백해질 것이다. 그러나 정치적인 일 가운데서 한 나라의 부강에 관해서 평가와 판단을 내리는 것만큼 오류를 범할 수 있는 일은 없다.

천국은 어떤 커다란 씨앗이나 열매에 비유되지 않고 겨
자씨에 비유되고 있다.[2] 그것은 가장 작은 것이지만
그 속에는 빨리 자라고 무성해지는 특질과 정신이 갖추
어져 있는 것이다. 그러므로 영토는 광대하지만 확장하
거나 지배하지 못하는 나라들이 있는가 하면, 어떤 나
라는 줄기의 규모는 작지만 대제국의 기초가 될 수 있
는 나라도 있다.

성벽을 두른 도시, 충실(充實)한 조병창(造兵廠)과
무기고, 훌륭한 마필(馬匹)・전차(戰車)・코끼리・군수
품・대포 등은 국민의 소질과 정신이 용감하고 전투적
이 아니라면 모두 사자의 껍질을 쓴 양과 같은 것에 지
나지 않다. 아니 군대의 수(그 자체)는 국민에게 용기
가 없는 곳에서는 그다지 중요한 것이 아니다. 왜냐하
면(버질이 말한 것처럼), "양이 아무리 많이 있다고 하
더라도 늑대는 조금도 두려워하지 않기" 때문이다. 아
르벨라(arbela) 평원(平原)에서 페르시아의 군세(軍
勢)가 인해(人海)를 이루었기 때문에 알렉산더 대왕의
장군들은 약간 놀랐고, 그들은 대왕 앞에 나아가서 밤
을 기다려 공격할 것을 희망하였다. 그러나 대왕은 대
답하기를, "나는 승리를 도적질하고 싶지는 않다."고 하
였다. 과연 적을 패배시키는 것은 쉬운 일이었다.

---

2) 마태복음 13장 31절. "또 다른 비유를 들어 그들에게 말씀하셨습니
　다. 하늘 나라는 마치 겨자씨와 같다. 어떤 사람이 그것을 가져다가
　자기 밭에 뿌렸다."

아르메니아의 왕 티그라네스(Tigranes)가 40만의 군졸을 거느리고 어떤 언덕 위에 진을 치고 있었을 때, 겨우 1만 4천에 지나지 않는 로마의 군대가 자기를 향해서 진격해 오는 것을 보고 가소로운 나머지 다음과 같이 말하였다. "저쪽에 오는 사람들은 화해를 청하는 사절단(使節團)으로서는 너무나 많으며, 전투를 위해서는 너무나 적다."

그러나 미처 해가 지기도 전에 그는 이 적은 수의 군대가 막대한 살상을 가하면서 자기들을 추격하기에 충분하다는 것을 깨달았다. 병력 수와 용기와의 차이에 관한 실례는 얼마든지 있다. 그러므로 우리는 어떠한 나라에 있어서나 그것을 위대케 하는 주요한 요소는 군인 계급을 갖는 데 있다는 단정을 정당하게 내릴 수가 있는 것이다. 금전도, 비열하고 나약한 국민에게서 볼 수 있는 것같이 병사의 팔의 근골(筋骨)이 위축되어 있는 곳에서는 군자금(軍資金)—함부로 그렇게 말하고 있지만—이 될 수는 없는 것이다. 왜냐하면 솔론은 크로에수스[3]가 자기의 금은재보를 자랑하였을 때, "폐하, 만일 누군가 폐하의 것보다도 나은 철갑(鐵甲)을 가진 사람이 쳐들어온다면 이들 재보는 모두 그 사람의 것이 될 것입니다."라는 유명한 말을 하였다. 그러므로 어떠

---

3) 소아시아에 있는 리디아(Lydia)의 마지막 왕(BC 560~546년 재위). 광대한 토지를 가졌으며 부유하였다. 현인들을 모아 놓고 이야기 듣기를 좋아했다고 함. 솔론도 거기에 모인 현인의 한 사람.

한 군주나 국가도 그 군대가 훌륭하고 용감한 병사들로 이루어져 있지 않은 경우에는 자기의 병력을 대단한 것으로 보아서는 안 된다. 이와는 반대로 상무(尙武)의 기상을 지닌 인민을 거느린 군주들은 스스로의 힘을 믿어도 좋다.

단, 이들 인민들이 다른 점에서 마땅하지 않을 때에는 별개의 문제이다.

용병(傭兵)에 관해서는, (이러한 경우에 도움이 되지만) 이것에 의존하는 것은 어떠한 나라나 군주도, "그자는 일시적으로는 자기의 날개를 펼 수는 있으나 곧 그 날개가 빠져 버릴 것이라."는 것을 많은 실례가 보여 주고 있는 것이다.

유다와 이삭의 축복4)은 결코 일치하지는 않을 것이다. 즉, "같은 민족이나 국민이 사자 새끼인 동시에 짐진 노새일 수는 없는 것이다." 그와 마찬가지로 중세(重稅)에 허덕이는 국민이 용감하고 상무적일 수는 없는 것이다. 국민의 동의를 얻어서 징수되는 세금은 그들의 용기를 꺾는 일이 적다는 것은 사실이다. 그것은 폴란드의 물품세에서 현저하게 볼 수 있으며 영국의 조세에

---

4) 유다와 이삭은 야곱의 열두 아들 가운데 두 아들로서, 후에 그들은 12파로 나누어져서 팔레스타인에 12개국을 세웠다. 야곱이 죽을 즈음 아들들을 모아 축복을 하였는데, 유다에게는, "유다는 사자와 같다"고 말하고, 이삭에게는, "이삭은 두 개의 무거운 짐 사이에서 쉬고 있는 노새와 같다"고 하였다. 즉, 유다는 용감해서 군주가 되며, 이삭은 나약해서 신하가 될 것이라는 예언이다.

서도 어느 정도 나타나 있다. 여기서 우리가 주의해야 할 점은 우리들이 지금 문제삼고 있는 것은 마음의 문제이지 돈주머니의 문제가 아니라는 점이다. 그러므로 같은 공납(貢納)이나 세금이라도 국민의 동의에 의해서건 강요에 의해서건 돈주머니에 대해서는 전적으로 같지만 국민의 용기에 대해서는 달리 작용한다. 그러므로 "어떠한 국민이라도 과중한 조세가 부과된 국민은 제국에는 적합하지 않다."고 결론을 내릴 수 있다.

무릇 위대해지려는 뜻을 가진 나라는 귀족 계급과 신사 계급이 지나치게 빨리 증가하지 않도록 조심해야 한다. 왜냐하면 그렇게 되면 일반 백성은 비굴한 시골 농부나 미천한 노복이 되어 결국 신사 계급의 노역자가 되고 말기 때문이다. 그것은 잡목림(雜木林) 속에서 볼 수 있는 것과 마찬가지로 만일 큰 나무를 너무나 무성하게 해두면 작은 나무들은 자라지 않으며 다만 관목(灌木)과 덤불이 될 뿐이다. 국가의 경우에 있어서도 마찬가지로 만일 신사 계급이 너무나 많으면 평민들은 미천해질 것이다. 그리하여 결국은 백 사람 가운데 한 사람도 투구를 쓰는 데 적합하지 않게 되며, 특히 군의 중추인 보병이 될 수는 더욱더 없는 것이다. 그렇게 되면 인구는 많아도 국력은 약해지는 것이다.

지금까지 내가 말하고 있는 것은 프랑스와 영국을 비교하면 가장 잘 나타난다. 이 두 나라 가운데서 영국은 영토와 인구에 있어서는 훨씬 작지만—그럼에도 불구하고—항상 우세를 유지해 왔다. 이것은 영국의 중류 계급은 좋은 병사가 되는 데 반해서 프랑스의 백성은 그렇지가 못한 때문인 것이다. 이 점에 있어서는 헨리 7세—그에 관해서 나는 그의 생애의 역사 속에서 충분히 설명하였다—의 계획은 원대하고 감탄할 만한 것이었다. 그는 농장 내지 농가를 일정한 표준을 세워서 유지케 하였다. 즉, 어느 정도의 토지를 주어서 유지케 함으로써 인민이 노예 상태에 떨어지지 않고 불편 없는 유복한 생활을 하게 하고 자기 자신을 위하여 경작케 하고 결코 고용주를 위해서 일하지 않도록 하였다. 이와 같이 함으로써 버질이 고대 이탈리아에서 인정한 특질인 '무력은 강하고 국토는 풍요(豊饒)한 나라'에 도달할 수가 있을 것이다.

다음에 또 하나의 계급—이것은 내가 알고 있는 바로는 거의 영국 특유의 것이며, 아마 폴란드를 제외하고는 세계 어느 곳에서도 볼 수 없는 것이라고 생각된다— 역시 간과해서는 안 된다. 그것은 귀족 계급과 신사 계급에 종속하는 자유 노복(自由奴僕)과 시종(侍從) 계급들이다. 그들은 군사에 관해서는 자영농민 계급(yeomanry)에 결코 뒤지지 않는다. 그러므로 의심의 여지도 없이 관습화되어 있는 귀족 계급과 신사 계급의 화려함과 호화로움과 성대한 수행(隨行)과 환대(歡待)는 군사적인 위대성을 낳는 데 크게 이바지한다. 그러나 반대로 귀족 계급과 신사 계급의 검소하고 인색한 생활은 군사력의 빈약을 초래하는 원인이 되는 것이다.

느부갓네살[5] 왕이 꿈에서 보았다고 한 왕국의 나무 줄기는 큰 가지, 작은 가지를 지탱할 만큼 충분히 강하도록 계획할 필요가 있다. 즉, 국왕과 국가의 본래의 신민(臣民)이 그들이 지배하는 이민족의 신민에 대해서 충분한 비례를 유지하고 있어야 한다는 것이다. 그러므로 이민족에 대해서 귀화를 허용함에 있어서 관대한 나라는 모두 제국이 되는 데 적합하다. 얼마 안 되는 국민으로도 세계 최대의 용기와 정책이 있다면 지나치게 광대한 영토라도 유지할 수 있을 것이라고 생각할 수도 있다. 그러나 그것은 일시적으로는 가능할지 모르나 결국은 실패하고 말 것이다. 스파르타 사람들은 귀화를 쉽사리 허용하지 않은 국민이었는데 그 때문에 그 한도를 지키는 동안에는 튼튼하였으나, 그들의 영토가 확장되어서 그들의 가지가 그들의 나무 줄기에 비해서 지나치게 커지게 되자 지탱할 수 없어 갑자기 바람에 쓰러지는 나무처럼 몰락해 버렸다.

이 점에서는 어느 나라도 로마인들처럼 외국인을 자기의 사회에 받아들인 민족은 없었다. 그러므로 그들은 그 결과로 최대의 제국으로 발전할 수 있었던 것이다.

---

5) 바빌로니아 왕. 그는 거목이 베어지고 그 줄기만이 남는 꿈을 꾸었다. 예언자 다니엘은 이것을 그가 발광해서 이성을 잃을 것이라고 해몽하였다. 그리하여 그는 7년간이나 발광하였다고 한다. 이 고사(故事)는 구약 다니엘서 4장에 보인다.

그들의 방법은 귀화(그것을 그들은 시민권이라고 불렀다)를 허용하였을 뿐만 아니라 모든 권한을 최대한도로 허용하였다. 즉, 영업권과 결혼권과 상속권뿐만 아니라, 투표권과 임관권(任官權)까지 부여하였다. 그리고 이것을 개인에게만 부여한 것이 아니라 전 가족에게, 아니 도시에게, 때로는 전체 국민에게도 부여하였다. 귀화법 이외에도 식민지에 식민을 하는 관습도 있었다. 그것에 의해서 로마의 초목은 다른 나라의 땅에 있게 되었던 것이다. 이 두 가지의 제도를 병용한 것을 보고 당신들은 로마인이 세계로 퍼진 것이 아니라 세계가 로마인에게 퍼졌다고 말하고 싶을 것이다. 이것이야말로 위대하게 되는 확실한 방법이었던 것이다.

나는 가끔 스페인이 그처럼 적은 본래의 스페인인을 가지고 어떻게 그처럼 광대한 영토를 지배했는가에 대해서 이상하게 생각해 왔다. 그러나 스페인은 당초에는 로마와 스파르타보다도 훨씬 강대한 나무였다는 것을 잊어서는 안 된다. 그뿐만 아니라 그들에게는 귀화를 자유롭게 허락하는 관습은 없었지만 이에 따를 만한 것을 가지고 있었다. 즉, 거의 무차별적으로 모든 나라의 사람들을 그들 군대의 일반 병사로 채용한다는 것이었다. 아니 때로는 최고 사령관으로도 임명하는 수가 있었다. 사실 그들은 본국인의 부족을 깨달은 것 같고 그것은 최근에 발표된 칙령(勅令)6)에 의해서 잘 나타나 있다.

확실히 앉아서 하는 일과 집 안에서 하는 공예(工藝), 그리고 섬세한 수공업—팔보다도 손가락을 필요로 하는 것이다—은 군사적인 성격에는 맞지 않는다. 그리고 일반적으로 호전적인 사람은 거의 약간 게으름뱅이이며 일하는 것보다는 모험을 좋아한다. 그래서 그들의 활동력을 유지케 하기 위해서는 지나치게 그러한 기상을 저해하지 말아야 한다. 그러므로 스파르타, 아테네, 로마, 기타의 고대 국가가 매우 유리했던 것은 그러한 나라에서는 노예를 사용하였고 노예들이 보통 그와 같은 수공업을 처리하였던 것이다. 그러나 그것은 대부분 기독교도의 법률에 의해서 폐지되었다. 이 구제도에 가장 가까운 것은 이러한 기예를 주로 외국인에게 맡기는 것이다. (외국인은 그러한 목적을 위해서 더욱 쉽게 받아들여져야 한다) 그리고 하층의 본국인의 대부분을 다음의 세 가지 종류로 한정하는 일이다. 즉, 토지 경작자·자유로운 노비·대장장이·석공·목수 등과 같은 힘차고 남성적인 기공(技工) 등이다. 직업적인 군인은 계산에 넣지 않는다.

그러나 특히 대제국이 되고 위대해지기 위해서는 국민이 무술을 닦아 그것을 주요한 명예로 삼고 또한 직업으로도 생각하는 것이 가장 중요하다. 왜냐하면 우리

---

6) 1622년 필립 4세는 왕위에 오르자 칙령을 발표하여 기혼자를 우대하고 또 6인 이상의 자녀를 가진 자에게는 많은 특권을 주었다. 이것은 인구 증식책의 하나였다.

가 앞에서 말한 여러 가지 일들은 군사에 대한 자격에
지나지 않는 것이다. 그런데 의도와 실행이 따르지 않
는다면 자격이 무슨 소용이 있는가? 로물루스[7]는 그가
죽은 다음에(전하는 말이나 꾸민 말에 의하면) 로마인
에게 무엇보다도 군사에 힘쓸 것이며, 그렇게 하면 세
계 최대의 제국이 될 것이라는 말을 남겼다고 한다. 스
파르타 국가의 조직은—현명하다고는 할 수 없지만—전
적으로 그러한 목적에 따라서 조직되고 구성되어 있었
다. 페르시아인과 마케도니아인은 잠시 동안 그것을 가
지고 있었고, 갈리아인, 게르마니아인, 고트인, 색슨인,
노르만인, 기타들도 얼마 동안 그것을 지니고 있었다.
터키인 역시 크게 쇠퇴하긴 했지만 지금도 그것을 가지
고 있다. 유럽의 기독교 국가로서는 결국 스페인만이
그러할 뿐이다. 그러나 "모든 사람은 자기가 가장 많이
의도하고 있는 점에서 뛰어난다."는 것은 극히 명백하
기 때문에 이 점에 관해서는 여러 말을 할 필요가 없
다. 다만 어떠한 국민이라도 군사에 전념(專念)하지 않
으면 위대함을 기대할 수 없다는 것을 지적해 두기만
하면 충분할 것이다. 한편 이 일에 오랫동안 예의 노력
하는 국가가 —로마인이나 터키인이 주로 그러했던 것
처럼—놀랄 만한 일을 성취한다는 것은 가장 확실한 역

---

7) 로마의 전설적인 창건자이며, 죽은 다음에 율리우스 프로쿠르스라는
   원로원 의원 앞에 나타나서 로마인에게 무술을 연마하도록 당부하였
   다고 전해짐.

사의 교훈이다. 그리고 다만 한 시대 동안만 군사를 연마한 나라도 그것만으로써 대개 그 시대에 있어서 위대했으며, 그 위대성은 그 나라의 군사의 연마가 쇠퇴한 다음에도 오래 지속되는 것이다.

이 점에 부수(附隨)하는 것으로서 어떤 국가가 가지고 있는 법률이나 관습이 전쟁을 위한 정당한 이유——구실이 될 수 있는——를 제공해 줄 수 있을지도 모른다는 것이다. 왜냐하면 사람의 본성 속에는 적어도 그럴 듯한 근거나 이유가 없이는 전쟁을 시작하지 않는다는——거기에는 많은 불행이 따르기 때문에——정의감이 새겨져 있기 때문이다. 터키인은 항상 전쟁의 이유로서 그들의 율법과 종교의 전파를 들고 있고, 이것은 그들이 언제나 제기할 수 있는 것이다. 로마인은 그 제국의 판도의 확대를 그것을 이룩한 장군들의 커다란 명예로 평가하였지만, 그러나 그것만을 이유로 해서 전쟁을 시작한 것은 아니었다. 그러므로 위대해지려고 하는 나라들은 첫째로 다음과 같은 것을 명심해야 한다. 즉, 변방(邊方)의 주민이나 상인이나 외교 사절들에게 가해진 부당한 손해 또는 모욕에 대해서는 민감해야 하며, 이와 같은 도발에 대해서는 오랫동안 주저하지 말아야 할 것이다.

둘째로, 동맹국에 대해서는 언제든지 원조와 구원을 베풀 수 있는 용의와 준비가 되어 있어야 한다. 마치 로마인이 항상 그러했던 것처럼. 로마인은 여러 다른 나라들과 방어동맹을 맺고 그 나라가 침략을 받아서 동맹국들의 원조를 청하면, 언제나 제일 먼저 응하고 달려오기 때문에 다른 어느 나라에도 그 명예를 양보하지 않았던 것이다. 옛날에 하나의 당파를 위해서 또는 암암리에 같은 정체라는 이유에서 일으킨 전쟁에 관해서는 나는 이것을 어떻게 해서 정당화할 수 있는지를 알지 못한다. 예컨대 로마인이 그리스의 자유를 위해서 일으킨 전쟁이나, 스파르타인과 아테네인이 민주정치와 과두정치를 세우거나 타도하기 위해서 한 전쟁이나, 혹은 그 나라의 인민을 폭정과 압제로부터 구원하기 위해서 정의 또는 보호라는 구실 아래 타국이 일으키는 전쟁 등이 이에 속한다. 요컨대 여기서는 무기를 들어야할 이유가 있을 때에 궐기하지 않는 나라는 도저히 위대해질 가망이 없다는 것을 말하는 것으로 충분하다.

어떠한 신체도 운동을 하지 않고서는 건강할 수가 없는 것처럼, 국가의 정체 역시 인간의 신체와 마찬가지다. 그리고 확실히 왕국이나 국가에게 있어서 정당하고 명예로운 전쟁은 참된 운동인 것이다. 내란은 실제로 열병(熱病)의 열과 같은 것이다. 그러나 외국과의 전쟁은 운동에 따르는 열과 같아서 신체의 건강을 유지하는 데 도움이 된다. 왜냐하면 게으른 평화에는, 용기는 유약(柔弱)해지며 도덕은 퇴폐하기 때문이다. 그러나 항상 대체로 군비를 갖추는 것은 행복을 위해서는 어떨지 모르나 국가를 위대하게 하기 위해서는 필요한 것이라는 것은 의심의 여지가 없다. 그리고 노련한 군대의 힘

을—그것은 비용이 드는 일이기는 하지만—항상 갖추고
있다는 것은 보통 이웃 나라 사이에서 지배적인 입장에
서는 것이며, 혹은 적어도 명성을 떨치게 되는 것이다.
그 현저한 예는 스페인이며, 이 나라는 지금에 이르기
까지 120년 동안이나 노련한 군대를 거의 끊임없이 여
러 곳에 두어 왔던 것이다.

바다를 지배하는 것이 요컨대 천하의 패권을 잡는 것
이다. 키케로는 아티쿠스[8])에게 보내는 편지 가운데서
폼페이의 시저에 대한 작전 계획을 평가해서 말하기를,
"폼페이의 전략은 테미스토클레스의 그것과 같은 것이
다. 그는 바다를 지배하는 자는 천하를 잡는 것이라고
생각하고 있다."고 하였다. 그리하여 만일 폼페이가 헛
된 자신에 사로잡혀서 그러한 전략을 버리지 않았더라
면 틀림없이 그는 시저를 지쳐 버리게 하였을 것이다.
우리는 해전의 결과가 얼마나 큰가를 알고 있다. 악티
움[9])의 해전은 세계의 패권을 결정하였다. 레판토[10])의
해전은 터키의 위대함을 좌절시켰다. 해전이 전쟁의 종
지부를 찍게 한 예는 많다. 그러나 이것은 군주나 국가

---

8) 로마의 무장.
9) 악티움(Actium)은 그리스 근처에 있는 바다. BC 31년에 안토니우
   스와 이집트의 클레오파트라의 연합 해군을 아우구스투스의 해군이
   격파함으로써, 옥타비아누스(후에 아우구스투스)는 로마 제국의 초대
   황제가 되었다.
10) 1571년 10월 그리스 서부에 있는 레판토(Lepanto)에서 터키 군
    과 이탈리아·스페인의 해군이 싸워서 터키가 패함으로써, 터키는 다
    시는 유럽을 위협할 수 없게 되었다.

가 그 전투에 모든 것을 걸었을 경우이다. 그러나 다음
과 같은 것만은 확실하다. 즉, 바다를 지배하는 자는 매
우 자유로우며 전쟁을 길게 하든 짧게 하든 마음대로
할 수가 있는 것이다. 그런데 육지에서 가장 강한 자는
왕왕 고경(苦境)에 빠지는 일이 있다. 확실히 오늘날에
는 우리들 유럽의 나라들에게는 바다에 있어서 우세하
다는 이점은―이것은 대영제국의 주요한 천혜(天惠)의
자산의 하나이지만―매우 크다. 왜냐하면 대개의 유럽
의 왕국들은 전면적으로 육지가 아니라 그 영토의 대부
분이 바다로 둘러싸여 있기 때문이다. 그리고 동서 양
인도(兩印度)의 부(富)는 대부분 해상 지배의 부산물에
지나지 않기 때문이다.

근세의 전쟁은, 고대의 전쟁이 사람들 위에 비친 영
광과 명예에 비해 흡사 암흑 속에서 하는 것 같은 느낌
이 있다. 지금도 무용을 장려하기 위해서 기사(騎士)에
속하는 약간의 위계(位階)와 훈작(勳爵)이 있다. 그럼
에도 불구하고 그것은 군인이든 군인이 아니든 무차별
적으로 주어지고 있다. 그리고 아마 기념의 문장(紋章)
도 있을지 모르며 또 상이군인을 위한 병원도 몇 개 있
고 기타 그와 같은 것이 약간은 있다. 그러나 고대에는
승리의 장소에 세워지는 전승기념비가 있었으며, 전사
한 사람들을 위한 송사(頌詞)와 기념비와, 개인에게 주
어지는 관과 화환, 그리고 후세에 세계의 위대한 국왕
들이 빌려서 사용한 총지휘자(Emperor)11)라는 칭호

가 있으며, 장군들의 귀국 때에는 개선 행렬이 군대를
해산할 때에는 막대한 하사금과 증여품이 있어서, 이것
들은 모든 사람들의 용기를 고무하는 데 충분한 것이었
다. 특히 로마인 사이에서 행해진 개선 행렬은 단순한
행렬이나 장식이 아니라 고래로 가장 현명하고 숭고한
제도의 하나였던 것이다. 왜냐하면 그것에는 세 가지가
포함되어 있기 때문이다. 즉, 장군에 대한 명예와 전리
품에 의한 국고의 충만과 군대에 대한 하사품이 그것이
다. 그러나 이러한 명예는 군주 자신이나 황태자가 누
리는 경우를 제외하고는 군주국에는 어쩌면 부적합할지
도 모른다. 마치 로마 제정 시대에 일어난 것처럼 황제
와 황태자들은 스스로 얻은 전승에 대해서 실제의 개선
행렬을 독점하였으며, 신하에 의해서 쟁취된 전승에 대
해서는 단지 장군에게 개선복(凱旋服)과 휘장을 허용할
뿐이었던 것이다.

　결론을 말하면, 사람은 아무도 인간의 신체라고 하는
이 작은 모형에 있어서는—성경에서 말하는 것처럼—
"노심초사(勞心焦思)한다고 해서 그 키를 한 치도 더할
수는 없는 것이다." 그러나 왕국이나 공화국과 같은 커
다란 조직에 있어서는 군주라든가 국가의 힘에 의하여
그 넓이와 위대함을 더할 수가 있는 것이다. 왜냐하면

---

11) imperator(emperor)는 원래 대호령자 또는 총지휘자란 뜻이었는
　데, 후세의 군주들이 이를 차용하여 스스로 황제(emperor)라고 부르
　게 되었다.

우리가 이제 막 살핀 바 있는 법령이라든가 조직이라든 가 관습을 도입함으로써 그 후손과 계승자에게 위대함을 파종할 수가 있기 때문이다. 그러나 이러한 일은 보통 주목을 끌지 못하며, 다만 되어가는 대로 방치되어지는 실정이다.

30. 건강법에 관하여

건강법에는 의학의 법칙을 초월한 한 가지 지혜가 있다. 즉, 그것은 자기 자신에 대한 관찰이며, 무엇이 좋고 무엇이 해로운가를 아는 것은 건강 유지를 위한 최선의 의학이다. 그러나 '이것은 나의 몸에 잘 맞지 않기 때문에 중지해야겠다'라고 말하는 결론보다는, '이것은 해가 되지 않기 때문에 써도 괜찮을 것이다'라고 말하는 결론이 더욱 안전하다. 왜냐하면 젊을 때의 왕성한 혈기는 많은 과도(過度)함을 마음에 두지 않으나 늙으면서는 부채가 되어서 남는 것이기 때문이다. 세월의 흐름을 깨달아서 언제까지나 같은 일을 하지 않도록 하라. 왜냐하면 나이는 무시할 수 없기 때문이다. 음식의 어떤 중요한 점에서 갑작스런 변화를 경계하라. 만일 그것이 불가피하다면 나머지 것도 그것에 맞도록 하라. 왜냐하면 한 가지만을 변화시키는 것보다는 많은 것을 한꺼번에 변화시키는 것이 보다 안전하다는 것은 자연에 있어서나 국가에 있어서나 다같은 비결이기 때문이다. 당신들의 식사·수면·운동·의복, 기타와 같은 것을 반성해 보라. 그리고 해로운 것이라고 생각되는 점이 있으면 조금씩 그것을 고치도록 시도해 보라. 그러나 변화에 의해서 어떤 불편이 발견된다면 다시 되돌아가도록 하라. 왜냐하면 일반적으로 좋고 건강적이라고 하는 것과, 특정한 경우에만 좋고 따라서 자기의 몸에 맞는다는 것과를 구별하는 것은 어려운 일이기 때문이다.

식사와 수면과 그리고 운동 시간에 마음이 자유롭고 기분이 유쾌하다는 것은 장수(長壽)를 위한 가장 좋은 교훈이다. 감정과 수심(修心)에 관해서 말하면 질투, 불안한 공포, 속을 태우는 분노, 어렵고 까다로운 천착(穿鑿), 과도한 기쁨과 즐거움, 남모르는 슬픔 따위를 피하라. 희망을 품어야 한다. 기쁨보다는 유쾌한 기분을, 과도한 즐거움보다는 변화 있는 즐거움을, 경이(驚異)와 감탄, 따라서 신기한 것, 역사라든가 이야기라든가 자연의 관찰과 같은 마음을 훌륭하고 진기(珍奇)한 대상으로 충만시키는 연구를 하라.

만일 당신이 건강할 때에 의학을 멀리 한다면 그것을 필요로 할 때에 당신의 신체를 위해서는 너무나 소원(疏遠)해질 것이다. 또 만일 당신이 그것을 지나치게 친근히 한다면 막상 병에 걸렸을 때에는 특별한 효과를 나타내지 않을 것이다. 나는 습관이 된 경우를 제외하고는 의약을 사용하는 것보다는 계절에 알맞는 어떤 식사를 할 것을 권고하는 바이다. 왜냐하면 그러한 식사는 체질의 개선에 더욱 유효하며 부작용이 적기 때문이다. 당신의 신체 속에 일어난 새로운 징후(徵候)를 가볍게 여기지 말고 의사의 의견을 묻도록 하라. 질병에 걸렸을 때에는 건강에 주로 유의하라. 그리고 건강할

때에는 주로 운동을 하라. 왜냐하면 건강할 때에 신체
의 저항력을 단련해 두는 사람은 대개의 병이 그것이
심하지 않다면 음식과 간호만으로도 나을 것이기 때문
이다.

켈수스[1]는, 사람은 변덕이 심해서 반대되는 것을 번
갈아 하는데, 비교적 안락한 데로 더 기울어진다고 하
였다. 즉, 단식과 포식(飽食)을 할 때에는 포식 쪽으로
더 기울어지고 불면과 수면을 할 때는 수면 쪽으로, 앉
아서 쉬는 일과 운동을 할 때는 운동하는 쪽에 더 기울
어진다고 하였다. 그와 같이 해서 육체가 애호되고 또
저항력이 주어지는 것을 건강과 장수의 중요한 원칙의
하나로 들고 있는데 이는 단순한 의사로서는 결코 말할
수 없는 것으로, 그가 동시에 현명한 사람이었기 때문
에 말할 수 있었던 것이다.

의사들 가운데는, 환자의 기분을 맞추기 위하여 환자
를 즐겁게 하고 부드럽게 대 질병에 대한 참된 치료법
을 등한히 하는 사람이 있으며, 또는 병에 대해서 너무
나 꼼꼼해서 의술이 지시하는 대로만 곧이곧대로 나아
감으로써 환자의 상태에 대해서는 충분히 주의를 기울
이지 않는 의사도 있다. 이 양극단의 중용을 얻은 의사
를 선택하는 것이 좋다. 만일 한 사람 가운데 그러한
것을 발견하지 못한다면 양쪽 종류에서 두 사람을 쓰는

---

1) BC 1세기경의 로마의 의학자

것이 좋다. 그리고 의술에 있어서 가장 이름난 사람인
동시에 당신의 신체를 가장 잘 알고 있는 사람을 불러
올 것을 잊어서는 안 된다.

31. 시의심에 관하여

　인간의 상념(想念) 가운데서 시의심은 마치 새들 중의 박쥐와도 같다. 그것은 항상 어두워질 때에 날아다닌다. 확실히 그것들은 억제되든가 아니면 적어도 충분히 경계되어야 한다. 왜냐하면 그것은 마음을 흐리게 하며, 친구를 잃게 하며, 일을 방해함으로써 일이 원활하게 계속 운행될 수 없게 하기 때문이다. 그것은 국왕을 폭정에로, 남편을 질투에로, 현명한 사람을 우유부단하고 우울한 데로 기울어지게 한다. 이런 것들은 용기의 부족보다는 두뇌의 결함에 있다. 왜냐하면 영국의 헨리 7세의 예에서처럼 가장 용맹한 성격에도 일어나기 때문이다. 그 이상으로 시의심이 강한 사람도 없었지만 그 이상으로 용맹한 사람도 없었다. 그리고 이런 성질에서는 시의심은 해를 덜 끼친다. 왜냐하면 보통 이런 사람들은 시샘할 만한 근거가 있는가 없는가를 검토하지 않고서는 그러한 마음을 받아들이지 않기 때문이다. 그러나 겁쟁이에 있어서는 시의심은 재빨리 자리를 잡는다.

　무엇보다 아는 것이 적다는 사실은 시샘이 많은 사람을 만든다. 그러므로 시의심을 교정하기 위해서는 많은 것을 아는 데 힘써야 하며, 그 시의심을 마음속에 담아 두지 않아야 한다. 사람들은 무엇을 원하고 있는가? 그들은 그들이 부리고 상종하고 있는 사람들이 성도(聖徒)라고 생각하는가? 그들은 그들 자신의 목적을 달성하기 위해서 저들보다 자기 자신에게 더 충실하려고는 생각지 않는가? 그러므로 시의심을 완화시키기 위해서는 이와 같은 시의심을 사실이라고 생각하고, 한편 그것은 거짓된 것으로서 이를 억제하는 것이 최선의 방법이다. 왜냐하면 우리는 시샘하는 것이 사실인 것처럼 준비는 하지만 그것 때문에 아무런 해를 입지 않도록 시의심을 이용해야 하기 때문이다. 마음이 끌어모은 시의심은 단지 벌의 윙윙거리는 소리에 불과하나, 인위적으로 배양된 시샘이나 타인에 의한 풍문이나 속삭임에 의해 우리의 머릿속에 들어온 시샘에는 가시가 있다.

확실히 이와 같은 숲속에다 길을 여는 최선의 방법은 그를 시샘하는 상대와 솔직하게 대화하는 일이다. 왜냐하면 그렇게 함으로써 시샘의 정체에 대해서 이전보다 더 잘 알게 될 것이며, 또 상대방에 대해서는 이 이상의 시샘의 원인을 만들지 않도록 근신케 하기 때문이다. 그러나 이것도 비열한 성질을 가진 사람에게는 해서는 안 된다. 왜냐하면 그들은 만일 자기들이 시샘하고 있다는 것을 일단 알게 되면 결코 진실해지지 않을 것이기 때문이다. 이탈리아 사람은 "시샘은 신의(信義)를 허가한다."고 말하고 있다. 마치 시샘은 신의에게 패스포트를 주는 것과 같다. 그러나 실은 도리어 신의를 발휘해서 스스로의 결백을 분명히 해야 할 것이다.

32. 담화에 관하여

어떤 사람들은 그들의 담화에 있어서 참된 것을 판별(判別)한다는 점에서 판단력을 가지고 있다고 칭찬받는 것보다는 오히려 모든 의론을 할 수 있다는 점에서 재치가 있다고 칭찬받기를 원하고 있다. 마치 무엇을 생각해야 하는가보다는 무엇을 말해야 하는가를 알고 있는 것이 칭찬받는 것과 같다. 사람들 가운데는 어떤 상투적인 화제를 가지고 있어 그러한 화제에는 풍부하지만 다른 점에 있어서는 전연 변화가 없는 사람이 있다. 그러한 종류의 빈곤은 대개의 경우 지루한 것이며, 그리고 일단 그것이 간파되었을 때에는 가소로운 것이 된다.

담화의 가장 훌륭한 부분은 말하는 기회를 제공해 주는 데 있다. 그리고 이야기를 조절해서 다른 화제로 넘기는 데 있다. 왜냐하면, 그렇게 하면 그 사람이 이야기를 리드하게 되기 때문이다. 담화와 회화에 있어서는 당면의 문제를 의론하고, 우화를 말하되 합리성이 있고, 질문을 하되 의견을 개진하면서, 농담을 하되 진담을 섞어 가면서 변화 있게 하는 것이 좋다. 왜냐하면 사람을 지치게 하는 것은, 그리고 오늘날 말하는 것처럼 지나치게 오래 끄는 것은 싫증나게 하는 일이기 때문이다.

농담에 있어서는 그것으로부터 제외하지 않으면 안 되는 몇 가지가 있다. 즉, 종교·국사, 높은 지위에 있는 인물, 누군가의 현재의 중요 문제, 그리고 동정해야 할 문제들이다. 그러나 어떤 사람들은 다부지고 신랄한 말을 하지 않으면 자기들의 재치를 잠재우고 있는 것처럼 생각한다. 그것은 억제되어야 할 버릇이다.

"소년이여, 박차를 삼가라. 그리고 말고삐를 힘차게 당겨라."1)

그리고 일반적으로 사람들은 짠맛과 쓴맛을 구별해야 한다. 확실히 풍자적인 기질이 있는 사람은 타인으로 하여금 자기의 기지를 두려워하게 하는 동시에 자기도 타인이 기억하고 있다는 것을 두려워할 필요가 있다.

많은 것을 질문하는 사람은 많은 것을 배울 것이며, 또한 많은 삶들을 만족시킬 것이다. 다만 특히 자기가 질문하는 사람의 능력에 적합한 질문을 하였을 경우가 그렇다. 왜냐하면 그는 응답자에게 말을 하게 함으로써 만족을 느끼는 기회를 주는 것이 되며, 그리고 자기 역시 끊임없이 지식을 얻게 되기 때문이다. 그러나 질문은 성가시게 하는 것이어서는 안 된다. 왜냐하면 그것은 시험관(試驗管)에게 적합한 것이기 때문이다. 그리고 다른 사람들에게도 말할 기회를 주도록 해야 한다. 아니 나아가서는 만일 누군가가 좌석을 지배하여 모든

---

1) 로마의 시인 오비디우스의 ≪변신≫에 나오는 말

시간을 독점하려는 사람이 있다면 그런 사람을 물리치고 다른 사람을 끌어들이도록 해야 한다. 마치 악사(樂士)들이 너무나 오랫동안 갈리아드 춤2)을 추는 사람에게 그렇게 하는 것처럼 말이다.

만일 가끔 당신이 알고 있다고 남이 생각하는 일을 전연 모른 척한다면, 다른 경우에는 당신이 모르는 것까지도 그는 당신이 알고 있다고 생각하게 될 것이다. 자기 자신에 관한 이야기는 적게 해야 하며 잘 선택해서 해야 한다. 내가 알고 있는 어떤 사람은, "저 사람은 자기의 이야기만을 하기 때문에 틀림없이 현명한 사람일 것이다."라고 경멸해서 말한다. 사람이 자찬을 할 때 남이 싫어하는 빛을 보이지 않는 것은 오직 한 가지 경우뿐이다. 그것이 다른 사람의 미덕을 칭찬하는 것이며 특히 그것을 자기 자신도 지니고 있다고 생각되는 미덕인 경우이다. 타인에게 관계가 있는 이야기는 가급적 피하는 것이 좋다. 왜냐하면 담화는 광장과 같은 것이어서 누구의 집과도 관계없이 거닐 수 있기 때문이다.

영국의 서부에 내가 알고 있는 두 사람의 귀족이 있었다. 한 사람은 남을 조소하는 버릇이 있었는데 그러나 그는 자주 집으로 사람을 초대해서 환대하였다. 다른 한 사람의 귀족은 거기에 초대받은 손님들에게 다음과 같은 질문을 하는 것이었다. "사실대로 말해 주시오.

---

2) 경쾌한 3박자의 춤으로서 16세기에 프랑스에서 영국으로 전파되었다.

모욕이나 조롱을 당한 일은 없었는지?" 이에 대해서 손님들은, "이러이러한 일이 있었습니다."라고 대답하는 것이었다. 그러면 그 주인은 "나는 그 사람이 좋은 음식을 망쳐 놓을 것이라고 생각하였다."라고 말하는 것이었다.

분별 있는 담화는 웅변 이상의 것이다. 그리고 우리가 상대방의 마음에 들도록 말을 하는 것은 달콤한 말이나 순서 있게 말하는 것보다 낫다. 좋은 이야기도 오래 계속되어 좋은 대구(對句)가 없으면 자기의 둔감함을 보여 줄 뿐이다. 그리고 좋은 대답을 하거나 맞장구를 치더라도 이야기가 잘 정돈되어 있지 않으면 자기의 천박함과 박약함을 드러내는 것이다. 마치 우리들이 짐승들에게서 보는 것처럼. 즉 달리는 데는 가장 약한 것들이 방향을 바꾸는 데 있어서는 가장 재빠른 그레이하운드 사냥개와 토끼와의 관계와 흡사하다.

이야기의 본론에 들어가기 전에 장황하게 늘어놓는 것은 지루한 일이지만 전연 늘어놓지 않는 것도 퉁명스러운 일이다.

33. 식민에 관하여

　식민은 고대의 원시적이며 영웅적인 사업의 하나이다. 세계가 젊었을 때에는 많은 아이들을 낳았다. 그러나 지금은 늙어서 조금밖에 낳지 않는다. 왜냐하면 새로운 식민지는 이전 왕국의 자녀라고 보아도 좋은 것이기 때문이다. 나는 처녀지에 식민하는 것을 좋아한다. 즉, 식민을 하기 위해서 그 땅의 백성이 배제되지 않는 식민이다. 왜냐하면 그렇지 않으면 식민이 아니라 구민(舊民)을 뿌리뽑는 것이기 때문이다. 나라의 식민은 나무를 심는 것과 흡사하다. 왜냐하면 거의 20년 동안은 이득을 잃을 것을 각오하고 보수는 그 뒤에 기대해야 하기 때문이다. 종래, 식민에 있어 실패를 가져온 주요한 원인은 비열하고 성급하게도 처음 수년 안에 이득을 얻으려고 서둔 데 있었다. 물론 조급한 이득도 식민의 이익과 일치하는 한 등한히 할 것은 아니지만, 그러나 그 이상을 넘어서는 안 된다.

　인간 말짜나 흉악한 범죄인을 식민하는 것은 수치스럽고 불행한 일이다. 뿐만 아니라 식민지를 망쳐 버리고 마는 것이다. 왜냐하면 그들은 여전히 무뢰한(無賴漢)의 생활을 계속할 것이며, 일을 하지 않고 게으름을 피우며, 나쁜 짓을 하며, 식료품을 낭비하여 곧 그 생활에 권태를 느껴 마침내 식민지의 신용을 떨어뜨리는 비방(誹謗)을 본국에 알리게 되기 때문이다. 식민을 해야 할 사람들은 원예가・농부・노무자・대장장이・목수・소목장이・어부・포수 그리고 약간의 약제사・의사・요리사・빵 제조인들이다.

식민하는 나라에 대해서는 먼저 그 땅이 어떠한 종류의 식료품을 산출하는가를 살펴보아야 한다. 예컨대 밤・호두・파인애플・올리브・대추・야자・서양오얏・버찌・야생의 벌꿀 등과 같은 것들이다. 그리고 그것들을 이용하는 일이다. 다음에는 어떠한 식료품이 재빨리 1년내에 성장할 수 있으며 또 어떠한 식료품이 먹을 수 있는 것인가를 생각하는 일이다. 예컨대 방풍(防風)・당근・순무・양파・무・소계・옥수수와 같은 것들이다. 밀・보리・귀리 등은 노동력을 지나치게 많이 소요하기 때문에 완두나 콩부터 시작하는 것이 좋을 것이다. 이 두 가지는 노력도 적게 들고 또 빵과 식료가 되기 때문이다. 그리고 쌀 역시 매우 수확이 많은 것으로서 이 또한 식품의 일종이다. 무엇보다도 빵을 만들 수 있을 때까지는 비스킷・오트밀・밀가루・옥수수가루 등을 다량으로 들여와야 한다. 가축이나 가금(家禽)은 가장 병에 걸리지 않는 것, 그리고 가장 번식이 빠른 것을 선택해야 한다. 예컨대 돼지・산양・수탉・암탉・칠면조・거위・비둘기와 같은 것들이다. 식민지에 있어서의 식료품은 포위되어 있는 도시에서 하는 것처럼 소비되어야 한다. 즉, 일정한 분량만을 지급해야 한다. 채소나 곡류를 위해서 사용되는 토지의 주요한 부분은 공유 재산으로 하는 것이 좋다. 그리고 그것을 거두어 들여 저장하고 난 다음에 일정한 양을 배급하는 것이 좋다. 이것과는 별도로 약간의 토지를 남겨 두어 개인으로 하여금 사용을 위해서 경작케 하는 것이 좋다.

마찬가지로 식민지의 토지가 어떠한 천연적 물산을 낳는가를 살펴보아야 한다. 이것에 의해서 식민지의 경비 지출에 어느 정도의 도움을 얻을 것이다.(이미 말한 바와 같이 그것이 때를 얻지 못하여서 주요한 일을 해치지 않도록 해야 한다) 예컨대 버지니아에 있어서의 담배의 경우가 그와 같은 것이었다. 수목은 보통 풍부하게 있기 때문에 목재는 물산의 하나로 적합하다. 만일 철강이 있고 수차(水車)를 설치하는 데 적합한 냇물이 있으면 철은 삼림(森林)이 풍부한 곳에서는 훌륭한 물산이다. 만일 기후가 적합하다면 천일염(天日鹽)을 시험해 봐야 한다. 만일 식물견(植物絹)[1]도 있다면 좋은 물산이다. 전나무와 소나무가 많이 있는 곳이라면 피치와 타르가 반드시 나올 것이다. 약초나 예장나무가 있는 곳에서는 커다란 이익을 얻을 수 있을 것이다. 그리고 비누 재료의 재(灰)도 마찬가지이며, 기타의 물산

---

1) 남아메리카에는 견면수(Silk-Cotton Tree)라는 것이 있어서 명주와 같은 실이 나온다고 함. 식물견(growing silk)이란 식물로서 땅에서 생장하는 명주라는 뜻이다.

도 생각할 수 있다. 그러나 지하의 물산을 찾고자 지나치게 일해서는 안 된다. 왜냐하면 광산에 대한 희망은 매우 불확실하며 식민자들로 하여금 다른 일들을 게으르게 하는 것이 일쑤이기 때문이다.

통치에 관해서 말하면, 한 사람의 손에 맡기고 약간 명의 참사관으로 하여금 보좌케 하는 것이 좋다. 그리고 그들에게 약간의 제한을 가한 군법을 실시할 수 있는 직권을 부여하는 것이 좋다. 무엇보다도 사람들로 하여금 산야(山野)에 있어서의 이익을 누리게 하는 것이 좋다. 그들이 항상 신과 함께 있고 신에 대한 봉사를 눈앞에 가지도록 하는 것이 좋다. 식민지의 정부가 모국에 있는 너무 많은 참사관이나 청부업자에게 의존하지 않고 적당한 수에 의존하게 하는 것이 좋다. 그것은 상인들보다는 귀족이나 신사와 같은 사람들이 좋다. 왜냐하면 상인들은 항상 눈앞의 이익만 추구하기 때문이다. 식민지가 강대해지기까지는 관세는 자유롭게 하는 것이 좋다. 그리고 관세의 자유뿐만 아니라, 특별히 경계해야 할 이유가 없다면 그들로 하여금 물산을 어느 곳에든 가장 유리하게 팔 수 있는 땅에 운반할 수 있는 자유를 부여하는 것이 좋다.

이민은, 여러 단체를 너무나 빨리 보냄으로써 인구를 억지로 채워서는 안 된다. 도리어 그것이 어떻게 감소해 가는가를 살펴서 그것에 따라서 보충하는 것이 좋다. 그러나 그 수는 식민지에서 잘 살 수 있는 정도에

그쳐야 하며 인구과잉 때문에 빈궁에 빠지는 일이 있어
서는 안 된다.

어떤 식민자들은 바다와 하천의 연안, 늪이나 습지에
집을 지었기 때문에 식민지의 위생 상태에 커다란 위험
을 가져온 적이 있었다. 그러므로 운수, 기타의 불편을
피하기 위해서 거기에서 시작한다 하더라도 연안보다는
높은 곳에 집을 짓는 것이 좋다. 마찬가지로 소금도 충
분히 준비해 두어서, 필요한 경우에는 음식에 이를 사
용하는 것도 식민지의 위생에 중요한 일이다.

만일 야만인이 살고 있는 장소를 식민하는 경우에는
그들에게 장난감이나 보잘것없는 물건을 주어서 기쁘게
할 뿐 아니라 그들을 정당하고 친절하게 대접해 주는
것이 좋다. 그럼에도 불구하고 충분한 경계를 게을리해
서는 안 된다. 그들의 환심을 사려는 의도에 그들을 도
와서 그들의 적을 침략해서는 안 된다. 그러나 그들이
적의 침략을 받아서 방어하는 경우에 이를 돕는 것은
잘못이 아니다. 때때로 그들 가운데서 몇몇 사람들을
골라서 본국에 보내는 것도 좋다. 그들 자신의 상태보
다도 더 좋은 것을 보고 돌아와서 그들이 그것을 찬양
케 하기 위해서이다.

식민지가 성장해서 강력해졌을 때에는 남자뿐만 아니
라 여자도 식민할 시기이다. 식민지가 그 자손들에 의
해서 번창하면 언제까지나 외부로부터 보충하지 않아도
되는 것이다. 일단 착수한 식민을 중도에서 포기하거나

돌보지 않는 것은 세상에서 가장 많은 죄를 짓는 일이
다. 왜냐하면 그것은 불명예일 뿐 아니라, 많은 불쌍한
사람들의 피에 대해서 죄를 범하는 것이기 때문이다.

34. 부에 관하여

나는 부를 덕성의 장애물이라 부르지 않을 수 없다. 로마어의 '군대의 하물(impedimenta)'이라고 하는 것이 더욱 좋은 표현이다. 왜냐하면 하물과 군대와의 관계와 같은 것이 부와 덕성과의 관계이기 때문이다. 그것은 버릴 수도 없으며, 뒤에 남겨 둘 수도 없는 것이며 행진을 방해하는 것이다. 그뿐만 아니라, 이에 대한 걱정은 때로는 승리를 잃게도 하고 방해하기도 한다.

거부(巨富)에 관해서는 이를 분배하는 경우를 제외하고는 실제적인 효용은 없다. 그밖의 경우는 다만 공상적인 것에 지나지 않는 것이다. 그래서 솔로몬은 말하기를, "재산이 더하면 먹는 자도 더하나니, 그 소유주가 눈으로 보는 외에 무엇이 유익하랴."[1]라고 하였다. 어떠한 사람에 있어서도 개인적인 향락은 막대한 부를 느끼는 데에는 도달할 수가 없다. 부를 축적할 수는 있다. 이를 타인에게 분배하고 증여할 수 있는 능력도 있고 부자라는 평판도 받을 수 있다. 그러나 소유자에게 실질적인 효용이 있는 것은 아니다.

당신들은 작은 돌이나 골동품에다 터무니없는 값을

---

1) 전도서 5장 11절.

매기는 것을 보지 않는가? 그리고 막대한 부에 어떤 효용이 있는 것처럼 보이기 위해서 어떤 허세를 부리는 사업이 기도되고 있는 것을 당신들은 보지 않는가?

그러나 당신들은, 막대한 부는 사람들을 위험이나 곤란으로부터 구출하는 데 효용이 있을 것이라고 말할 것이다.

솔로몬이 말한 것처럼, "부자의 재물은 그의 견고한 성이라, 그가 높은 성벽같이 여기느니라." 그러나 이것은 마음속의 일이며 사실에 있어서는 반드시 그렇지 않다고 표현한 것이 훌륭하다. 왜냐하면 확실히 막대한 부는 사람을 사들이는 일보다는 팔아넘기는 일이 더 많았다. 남에게 자랑하기 위해서 부를 추구해서는 안 된다. 그러나 당신들은 정당하게 얻을 수 있고, 진지하게 사용할 수 있고, 유쾌하게 베풀 수 있고, 만족스러운 마음으로 남겨 줄 수 있는 부를 추구해야 한다. 그러나 추상적인 또는 수도사적인 경멸을 부에 대해서 가져서는 안 된다. 키케로는 라비리우스 포스투므스에 관해서, "그가 재산을 늘리려고 하는 노력에 있어서는 그 목표가 탐욕의 만족에 있지 않고 선을 행하기 위한 수단에 지나지 않다는 것은 분명하다."고 적절한 평을 하고 있는데, 그 구별을 잘해야 한다. 그리고 솔로몬의, "부를 얻으려고 서두는 사람은 결백할 수가 없을 것이다."라는 말을 잘 듣고 조급한 부의 획득은 삼가는 것이 좋다.

시인들이 꾸민 이야기에 의하면 플루투스²⁾는 주피터

의 심부름을 갈 때에는 다리를 절면서 느릿느릿하게 가
지만 플루토3)의 심부름을 갈 때에는 달려가며 다리가
빠르다는 것이다. 그 까닭은 선량한 수단과 정당한 노력
에 의해서 얻은 부는 걸음이 느리지만 그러나 타인의 죽
음에 의해서 오는 경우에는, 예컨대 상속이라든가 유언
과 같은 것에 의해서 올 경우에는 사람 위에 굴러떨어지
는 것이기 때문이다. 그러나 이것은 플루토를 악마로 생
각하더라도 마찬가지로 적용될 것이다. 왜냐하면 부가
악마로부터 오는 경우에는(예컨대 사기나 압박이나 부
정한 수단의 경우처럼)빨리 오는 것이기 때문이다.

부자가 되는 길은 여러 가지가 있으며, 그 가운데서
대부분은 추악한 것이다. 인색은 가장 무난한 길의 하
나이지만 그러나 그것마저 무고한 것은 아니다. 왜냐하
면 그것은 사람으로 하여금 관대(寬大)와 자선 행위를
못하게 하기 때문이다. 토지의 개량은 부를 얻는 가장
자연스러운 방법이다. 왜냐하면 그것은 우리의 위대한
어머니, 즉 대지의 축복이기 때문이다. 하지만 그것은
느리다. 그러나 대부호가 몸을 굽혀서 경작을 하게 되
면 그 부는 현저하게 증가될 수 있는 것이다.

나는 당대에 누구보다도 많은 수입을 얻고 있는 영국
의 한 귀족을 알고 있다. 그는 대목축업자이며, 많은 양
의 소유자이며, 대목재업자이며, 대탄광주이며, 대곡물

---

2) 그리스 신화의 부의 신.
3) 로마 신화의 명부의 왕.

상이며, 대연광(鉛鑛) 소유주이며, 그리고 철광 소유자
이며 기타 여러 가지 종류의 산업의 소유자였다. 그러
므로 그에게 있어 대지는 계속해서 물건이 들어온다는
점에서 바다와 같이 생각되었다. 어떤 사람은 자기는
적은 부를 얻기에는 매우 힘이 들었으나 커다란 부를
얻는 데는 매우 수월했다고 말하였는데 그것은 참으로
옳은 말이다. 왜냐하면 사람의 재산이 어느 만큼 도달
하여 시장의 가장 좋은 경기(景氣)를 기대할 수 있고,
거래액이 커서 돈을 대는 사람이 적은 것을 자기가 차
지하고, 비교적 자력(資力)이 약한 사람들의 기업에 끼
어든다면 돈을 벌지 않을 수 없기 때문이다.

보통의 장사나 직업에 의한 이득은 정직한 것이며,
주로 두 가지에 의해서 증진된다. 즉, 근면과 공정한 거
래를 한다는 평판이다. 그러나 거래에서 얻는 이득은
비교적 의심스러운 성질의 것이어서 타인의 필요에 편
승할 때에는 노비나 사용인을 매수해서 그 주인과 거래
하든지 보다 나은 행상(行商)을 교활하게 물리치고 그
와 같은 교활하고 나쁜 책략을 쓴다. 이득을 얻고 다시
팔기 위해서 사는 투기적 매매는 보통 사는 사람이나
파는 사람을 다같이 이중으로 괴롭히게 되는 것이다.
합자(合資)는 만일 그 신탁(信託)하는 사람만 잘 선택
한다면 많은 부를 얻을 수 있다.

고리대금은 이득을 얻는 가장 확실한 방법이지만 그
러나 가장 나쁜 방법의 하나이기도 하다. 그 까닭은 '타

인의 얼굴에 땀을 흘리게 하여'4) 자기의 빵을 먹게 되기 때문이며, 또 한편 주일에도 쉬지 않고 일하기 때문이다.5) 고리대금은 그 이득은 확실한 것이지만 결함이 없는 것도 아니다. 왜냐하면 대리인이나 주선인들이 자기의 이익을 추구하기 위해서 부실(不實)한 사람을 추천하기 때문이다.

어떤 발명이나 특권을 최초로 누리는 행운은 가끔 놀랄 만한 부를 증진하는 원인이 된다. 마치 카나리아 군도의 최초의 사탕업자의 경우와 같다. 그러므로 만일 어떤 사람이 참된 이론가의 역할을 발휘하여 발명력과 판단력을 겸한다면 그는 위대한 일을 할지도 모른다. 특히 시운(時運)에 적합한 경우에는 막대한 이득을 얻는다. 확실한 이득에 의존하는 사람은 거대한 부를 쌓기가 거의 어려우며, 모든 것을 투기(投機)에다 거는 사람은 가끔 실패하여 빈궁해진다. 그러므로 투기를 확실성 있는 것으로 지키고 손실을 메울 수 있도록 하는 것이 좋다. 전매(專賣)와 다시 팔 목적으로 물건을 매점(買占)하는 것은 그것을 억제하지 않는 곳에서는 부를 얻는 가장 좋은 수단이다. 당사자가 만일 어떠한 물건이 요구되는가를 알고 미리 그것을 사들이는 경우는 특히 그러하다.

---

4) 창세기 3장 19절 참조.
5) 주일은 안식일로서 모든 일손을 멈추고 신에게 감사해야 하는데, 이자는 주일에도 불어나기 때문에 이를 비난하는 말이다.

　왕후(王后)들에게 봉사함으로써 얻어지는 부는 비록 그것이 가장 영광된 것이라 할지라도, 그것이 아첨이나 기분을 맞추는 일이나 기타 비굴한 조건으로써 얻어진 것이라면 가장 나쁜 부의 하나라고 봐도 좋을 것이다. 유서나 유산 관리인이 되고자 찾아헤매는 것은 —타키투스가 세네카에 대해서, "유서와 자녀 없는 사람이 그물에 걸렸다."고 말한 것처럼—더욱 나쁘다. 이것은 왕후에 봉사하는 경우보다 더욱 미천한 사람에게 몸을 굽히기 때문이다. 부를 경멸하는 것처럼 보이는 사람을 지나치게 믿어서는 안 된다. 왜냐하면 부를 얻는 데 절망한 사람이 부를 경멸하기 때문이다. 이러한 사람이 부를 누리게 될 때 그들처럼 나쁜 사람은 없다. 한 푼을 아끼는 사람이 되지 말아라. 부는 날개를 가지고 있어서 때때로 훌쩍 날아가 버린다. 그리고 때로는 더 많은 것을 가져오도록 이를 날려 보내지 않으면 안 된다. 사람들은 그 재산을 친척이나 사회에 남긴다. 어느 경우나 적당한 금액이 가장 좋다. 커다란 재산이 한 사람의 상속자에게 남겨지고 만일 그 상속자가 연령이나 분별에 있어서 아직 성숙해 있지 않다면 그 주위에 있는 모든 맹금(猛禽)을 몰려들게 하는 먹이가 될 것이다. 마찬가지로 성대한 선물이나 기부금도 '소금이 없는 제물'6)과 흡사한 것이다. 그것은 자선을 간판으로 한 아

---

6) 유태에서는 제물에다 반드시 소량의 소금을 발라서 바쳐야 한다고 구약성경에 규정되어 있다. 소금은 지혜의 사려와 건전함을 나타낸다고

름답게 도장(塗裝)한 무덤에[7] 지나지 않으며, 곧 내부
에서 부패해 버리고 마는 것이다. 그러므로 자기의 기
증의 가치를 분량에 의해서 계량해서는 안 된다. 적당
한 비례를 가지고 안배해야 한다. 그리고 자선을 죽은
후로 연기해서는 안 된다. 왜냐하면 확실히 그것을 잘
생각해 보면, 그러한 사람은 그 자신의 재산보다는 타
인의 재산을 뿌리는 것에 지나지 않기 때문이다.

믿어지고 있다. 이것을 비유한 것이다.
7) 무덤은 외관상으로는 아름다울지 모르나 내부는 시체가 썩어서 더럽
   다는 것을 말함. 이 비유는 《마태복음》 23장 27절에 있는 그리스도
   의 말에서 따온 것이다.

35. 예언에 관하여

내가 말하고자 하는 것은 신의 예언도 아니며, 이교 (異敎)의 신탁(信託)도 아니며, 자연의 예고에 관한 것 도 아니다. 다만 확실히 기억되고 있는 예언으로서 그 근거를 모르는 것을 말하려고 하는 것뿐이다. 피토니 사1)는 사울에게, "내일 너와 너의 아들은 나와 함께 있 게 될 것이다."라고 말하였다. 호머의 다음과 같은 시구 가 있다.

아에네아스(AEneas)2)의 일족은 자자손손이
모든 나라를 지배할 것이다.

이것은 로마 제국을 예언한 것처럼 보인다. 비극 작 가 세네카에게는 다음과 같은 시구가 있다.

해가 지나면
대양(大洋)의 신 오케아누스(Oceanus)는

---

1) 피토니사(Pythonissa)는, 이스라엘의 초대 왕 사울이 변장을 하고 그의 일신에 관해서 물으려고 간 무녀이다. 베이컨은 착각을 해서 대 예언자 사무엘의 영혼과 피토니사를 혼동한 것이다. "나와 함께 있게 될 것이다."라는 말은 전쟁중에 죽어 저승에 간다는 뜻이다.
2) 아에네아스는 그리스 신화 중의 인물로 로마 건설의 터전을 닦았다고 함.

그녀의 띠를 풀게 될 것이다.
커다란 땅덩어리가 나타나고
티피스(Tiphys)[3]는 새로운 세계를 보게 되며
툴레(Thule)[4]는 이미 땅의 끝이 아닌 때가 올 것이다.

이것은 아메리카 발견에 대한 예언이다. 폴리크라테스(Polycrates)[5]의 딸은 주피터가 그녀의 아버지를 목욕시키고 아폴로가 그 몸에 기름을 바르는 꿈을 꾸었다. 그리하여 실제로 그녀의 아버지는 광장에서 십자가에 못박히게 되었고, 태양이 그의 몸에서 땀이 흐르게 하였으며, 비가 이것을 씻어내렸다.

마케도니아의 왕 필립은 그의 왕후의 배에 봉인(封印)을 하는 꿈을 꾸었다. 그것을 가지고 자기의 아내는 아이를 낳지 않을 것이라고 판단하였다. 그러나 점쟁이 아리스탄더는 왕후가 임신을 하였다고 말하였다. 왜냐하면 사람들은 빈 그릇에 봉인을 하는 일은 없기 때문이라고 하였다. 진중(陣中)에서 마르쿠스 브루투스 앞에 나타난 유령은 그에게 "필리피(Philippi)[6]에서 너

---

3) 그리스 전설에 나오는 황금 양모를 찾아나선 아르고 선단의 배 아르고스의 타수(舵手).
4) 유럽 대륙의 북단에 있다는 섬. 아이슬랜드라고 상상되고 있다.
5) BC 540년경의 사모스 섬의 참주(僭主).
6) 필리피는 마케도니아의 고도로서 마케도니아 왕 필립이 농성한 곳. 그후 거기에서 브루투스와 카시우스의 군대가 옥타비아누스와 안토니우스의 군대에게 패배당하였다. 진중에서 브루투스 앞에 나타난 유령의 예언은 그 패전을 예언한 것이라고 해석되고 있다.

는 나를 다시 볼 것이다."라고 말하였다.

티베리우스는 갈바에게, "갈바여, 너 또한 제국을 맛볼 것이다."라고 하였다. 로마 황제 베스파시아누스 시대에 동방에서는, "유태에서 나온 사람들이 세계를 지배할 것이다."라는 예언이 퍼져 있었다. 그것은 우리들의 구세주를 의미하는 것이지만 타키투스는 그것을 베스파시아누스 황제라고 해석하였다. 도미티아7)는 살해되기 전날 밤에 자기의 목에 황금의 머리가 자라나고 있는 꿈을 꾸었다. 그리하여 실제로 그를 계승한 사람들은 다년간 황금 시대를 누렸던 것이다.

영국 왕 헨리 6세는 헨리 7세가 아직 어렸을 때 그에게 물을 주면서, "우리들이 차지하려고 애쓰고 있는 왕관을 쓰는 자는 바로 이 젊은이다."라고 말하였다.

내가 프랑스에 있을 때 페나 박사라는 사람으로부터 다음과 같은 말을 들었다. 태후는 마술을 좋아하여 남편의 재위시 국왕의 운성(運星)을 익명으로 점치게 하였다. 그때 점술가는 이 사람은 결투에서 죽을 것이라는 판단을 내렸다. 태후는 그녀의 남편이 결투의 도전을 받을 처지가 아니라고 생각하면서 웃었다. 그러나 왕은 말을 타고 창 시합을 하다가 몽고메리8)의 창 자루의 조각

---

7) 로마의 황제, 81~96년 재위.
8) 몽고메리(Montgomery, 1530~1574). 프랑스의 군인이며 1559년에 시합 도중에 잘못하여 앙리 2세를 죽이고 영국으로 도망했으나 후에 잡혀서 처형당하였다.

이 투구의 턱받이 속으로 들어가 이에 찔려 죽었다.

내가 어렸을 때 엘리자베스 여왕의 치세가 성시(盛時)일 때 대수롭지 않은 예언을 들은 적이 있다. 그것은,

　　삼(麻)을 삼을 때 영국은 끝장이 난다.

라는 것이었다. 그것은 이 '삼(hempe)'이라는 말의 머리글자를 가진 국왕들(그것은 Henry, Edward, Mary, Philip, Elizabeth 등이다)이 통치한 다음에는 영국은 대혼란에 빠진다는 것을 의미하는 것이라고 일반적으로 해석되고 있었다. 그러나 다행스럽게도 그 예언은 국명의 변경이라는 점에서만 실증되었다. 왜냐하면 국왕의 칭호가 지금은 '잉글랜드'의 왕이 아니라 '브리튼'9) 왕이 되었기 때문이다. 또 하나의 예언이 있었다. 1588년 이전의 일로서 나는 그것을 잘 알지는 못한다.

　　어느 날 바우(Baugh)와 메이(May) 사이에
　　노르웨이의 검은 함대가 나타날 것이다.
　　그것이 와서 돌아간 다음에는
　　영국은 석회(石灰)와 돌로 집을 짓는다.
　　전쟁이 끝나면 아무것도 남지 않으므로.

---

9) 엘리자베스 여왕에게는 상속자가 없었기 때문에 그 뒤를 계승한 것은 스코틀랜드의 제임스 1세이며, 이로써 튜더 왕조는 끝나고 스코틀랜드와 잉글랜드는 합병되어 '대브리튼'이라고 불리게 되었다.

이것은 1588년에 내습해 온 스페인의 함대를 의미하는 것이라고 일반적으로 생각되고 있었다. 왜냐하면 스페인 왕의 성은 '노르웨이'라고 불려지고 있었기 때문이다. 레기오몬타누스10)의 예언,

1588년은 놀랄 만한 해가 될 것이다.

라는 것도 마찬가지로 저 대함대의 파견으로 적중된 것이라고 생각되었다. 그것은 수에 있어서는 아니라 할지라도 위력에 있어서 지금까지의 해상의 세력으로서는 최대의 것이었다.

클레온11)의 꿈에 관해서는 나는 그것을 농담이라고 생각한다. 그것은 그가 기다란 용에게 잡아먹히는 꿈이었다. 그것은 그를 매우 괴롭힌 소시지 제조인을 의미하는 것이라고 해석되었다. 이와 같은 종류의 것은 얼마든지 있다. 꿈과 점성술의 예언을 포함한다면 특히 그렇다. 그러나 나는 예로서 확실한 근거가 있는 이와 같은 몇 가지만 적은 것이다. 나의 판단으로는 그것들을 모두 경시해도 좋으며 다만 겨울 노변(爐邊)의 이야기로 삼아야 할 것들이다. 여기에서 '경시'되어야 한다고 할 때 나는 그것을 믿는 것에 대해서 하는 말이다.

---

10) 레기오몬타누스(Regiomontanus)는 독일의 천문학자이며 수학자인 요한 뮐러(Johann Müller, 1436∼1476)를 가리킴.
11) 클레온(Cleon)은 BC 5세기경의 아테네의 민중 선동가. 아리스토파네스의 희극 속에 나온다.

왜냐하면 다른 면에서 이와 같은 예언의 전파나 공표 (公表)는 결코 경시할 것이 못 되며 이들은 고래로 많은 해를 끼쳐 왔기 때문이다. 그래서 이를 억압하기 위해서 많은 엄중한 법률이 제정되어 있는 것을 나는 알고 있다.

그것들이 환영을 받고 약간의 신용을 얻게 되는 것은 세 가지에 기인한다.

첫째는 사람들은 그것이 적중할 때에만 주목하며 적중하지 않을 때에는 주목하지 않는다는 것이다. 꿈에 관해서도 일반적으로 그렇게 한다.

둘째는 있을 법한 억측과 애매한 전설이 예언으로 되어 버리는 수가 자주 있다. 인간의 본성은 예언을 좋아하고 추단(推斷)하는 것만을 가지고 예언하더라도 아무런 위험을 생각하지 않는다. 그것은 세네카의 시에 있어서와 같은 것이다. 왜냐하면 당시 이미 지구에는 대서양 저쪽에는 아마 바다뿐이라고만은 생각할 수 없는 커다란 부분이 있다는 것이 증명되고 있었기 때문이다. 그리고 거기에다가 플라톤의 대화편 《티마에우스》와 《아틀란티쿠스》 속에 있는 전설을 결부시키면 사람들은 그것을 예언으로 만들어 버리려는 용기를 가지게 될 것이다.

그리고 마지막인 셋째로(그것은 큰 것이지만) 그것들은 무수하지만 대부분은 거짓이며, 사건이 일어나고 난 다음에 하릴없고 교활한 머리에 의해서 단순히 고안되고 꾸며진 것에 지나지 않는다는 것이다.

36. 야심에 관하여

야심은 담즙(膽汁)과 흡사하다. 이것은 만일 멎지만 않는다면 인간을 활동적이며 열성적이게 하며 민첩하고 바쁘게 한다. 그러나 만일에 그것이 멎어서 자기의 뜻대로 할 수 없을 때에는 그것은 바싹 마르게 되어 유해유독(有害有毒)한 것이 된다. 그러므로 야심이 있는 사람들은 출세의 길이 열려 있고, 또 꾸준히 전진하고 있다는 것을 안다면 그들은 위험한 인물이기보다는 바쁜 사람들이다. 그러나 만일 그들의 욕망이 저지되면 그들은 은밀히 불만을 품게 되며, 사람과 사물을 좋지 않은 눈으로 바라보게 되며, 일들이 역행할 때에 가장 기뻐하게 된다. 이것은 군주나 국가에 봉사하는 사람들에게는 가장 나쁜 성질이다. 그러므로 군주는 만일 야심적인 사람을 채용한다면 그들이 항상 전진하도록 하고 후퇴하지 않도록 다루는 것이 좋다. 그것은 불편이 반드시 따르기 때문에 그런 성질을 가진 사람은 전적으로 채용하지 않는 것이 좋다. 왜냐하면 만일 그들이 자기의 직무와 함께 승진되지 않는다면 그들은 그들의 직무가 그들과 함께 넘어지도록 적절한 수단을 쓰기 때문이다.

그러면 꼭 필요한 경우를 제외하고는 야심적인 사람을 채용하지 않는 것이 좋다고 말하였으므로 어떤 경우에 이러한 사람이 필요한가를 분명히 말할 필요가 있다. 전쟁에 있어서 훌륭한 지휘관은 아무리 야심가일지라도 임용하지 않으면 안 된다. 왜냐하면 그들의 공훈은 다른 결점을 보상(補償)하기 때문이다. 그리고 야심이 없는 군인을 임용하는 것은 그 박차(拍車)를 제거하는 것이다. 또한 야심을 가진 사람이 매우 유용한 것은 위험과 질서(秩序)를 초래하는 문제에 있어서 군주의 방패가 된다는 데 있다. 왜냐하면 주위를 볼 수 없기 때문에 위로만 치솟는 눈을 실로 꿰맨 비둘기와 같은 사람이 아니고서는 그러한 역할을 할 수 없기 때문이다. 다음에 지나치게 높은 지위에 있는 신하의 권세를 끌어내리는 데에도 야심적인 인간이 쓸모가 있는 것이다. 마치 티베리우스가 세자누스(Sejanus)를 넘어뜨림에 있어서 마크로(Macro)를 등용한 것과 같다.

그들은 이와 같은 경우에 이용해야 하기 때문에 이제는 그들을 위험이 적은 것으로 제어하기 위해서는 어떻게 해야 하는가를 말하지 않으면 안 된다. 만약에 그들의 출생이 미천하다면 고귀한 출생일 때보다는 위험이 적다. 성질이 거친 사람은 상냥하고 인망이 높은 사람보다는 차라리 위험이 적다. 그리고 새로이 발탁(拔擢)된 자는 오래 높은 자리에 앉아서 교활하고 완고한 세력을 누리고 있는 자보다는 위험이 덜하다. 군주에게 총애하는 신하가 있다는 것은 하나의 약점이라고 어떤 사람들은 생각하지만, 그러나 그것은 야심이 있는 권세가에 대해서는 가장 좋은 대책이다. 왜냐하면 총애하는 신하를 통해서 은총이 주어지기도 하고 소외당할 때에는 어느 누구도 지나치게 위대해질 수는 없기 때문이다. 그들을 제어하는 또 하나의 수단은 그들처럼 오만한 다른 사람들로 하여금 균형을 이루게 하는 것이다. 그러나 이때에는 일의 안정을 유지하기 위해서 약간의 중립적인 고문관이 있어야 한다. 왜냐하면 밸러스트(배의 균형을 유지하기 위해서 바닥에 까는 모래나 돌 따위의 짐)가 없으면 배는 너무나 심하게 흔들리기 때문이다. 적어도 군주는 약간의 비교적 미천한 사람들을 야심가에 대한 채찍으로서 고무(鼓舞)하고 순치(馴致)해 두는 것이 좋을 것이다. 그들을 파멸에 부딪치게 하기 위해서는, 만일 그 사람들이 겁많은 성질이라면 그것으로 좋다. 그러나 만일 그들이 용감하고 대담하다면 그들의 책모(策謀)를 서두르게 해서 오히려 위험을 자아낼 수가 있다.

그러한 사람들의 세력을 사태가 그것을 요구하고, 또 안전하고 급속하게 꺾을 수 없다면 그것을 꺾는 유일한 방법은, 총애를 입히고 총애를 빼앗는 일을 계속해서 교착(交錯)시킴으로써 그들로 하여금 마치 숲속에서 헤매는 것처럼 갈피를 잡지 못하게 하는 것이다.

여러 가지 야심 가운데서 큰 일에 있어서 뜻을 펴려고 하는 야심은 모든 일에 두각을 나타내려고 하는 야심보다는 해가 적다. 왜냐하면 후자는 혼란을 자아내며

일을 방해하기 때문이다. 그러나 야심적인 사람이 사무
상으로 활약하는 것은 그들이 추종자를 거느리고 강대
해지는 것보다는 위험이 적다. 유능한 사람들 가운데서
탁월해지려고 노력하는 사람에게는 그 노고가 대단한
일이지만 그것은 공공을 위해서는 언제나 좋은 것이다.
그러나 군계일학을 꾀하는 자는 시대 전체를 멸망시킨
다. 명예는 그 가운데 다음 세 가지를 포함하고 있다.
즉, 좋은 일을 할 수 있는 유리한 위치, 왕이나 요직에
있는 인물에 대한 접근, 그리고 자기 자신의 행운의 향
상 등이다. 이러한 의도 가운데서 가장 좋은 것을 갖고
그것을 열망하는 자는 정직한 사람이다. 그리고 지위를
열망하고 있는 다른 사람들 가운데서 이러한 의도를 분
간할 수 있는 군주는 현명한 군주이다.

　일반적으로 군주나 국가는 출세보다는 의무감이 더
강한 사람을 선택하는 것이 좋다. 그리고 권세를 위하
기보다는 양심 때문에 일을 사랑하는 사람을 선택하는
것이 더 좋고, 또 바쁘게 일하는 사람과 자진해서 일하
는 사람을 분간해야 한다.

37. 가면극과 축하행렬에 관하여

이것들은 중대한 문제들에 비한다면 다만 장난감에 지나지 않는 문제이다. 그러나 군주들은 이와 같은 것을 원하기 때문에 그것을 서투르게 하는 것보다는 돈을 들여서 우아하게 하는 것이 좋다.

노래에 맞추어서 춤추는 것은 장려(壯麗)할 만하고 유쾌한 일이다. 나의 생각으로는 노래는 높은 곳에 위치한 합창단이 하고, 어떤 합주(合奏)를 가지고 반주(伴奏)로 삼으며, 그리고 노래의 가사는 그 무곡(舞曲)에 적합한 것이 좋다. 노래하면서 연기하는 것은 특히 대화의 경우에는 매우 우아한 데가 있다. 나는 '연기'라고 말하지 '무용'이라고 말하지 않는다. 왜냐하면 무용은 천하고 속된 것이기 때문이다. 그리고 대화의 소리는 강하고 남성적인 것이 좋다.(베이스와 테너이며, 소프라노가 아니다) 가사는 고상하고 비극적인 것이 좋고, 교묘하고 섬세한 것은 좋지 않다. 여러 합창대를 서로 바라보는 위치에 두고, 찬송가를 부르는 것처럼 서로 번갈아 부르게 하는 것은 매우 유쾌하다.

무용을 하면서 여러 가지 모양을 만드는 것은 아이들과 같은 호기심에 지나지 않는다. 일반적으로 내가 여기서 말하고 있는 것은 자연스러운 흥미에 호소하는 것

이며, 보잘것없는 감흥을 자극하는 것이 아니라는 것을
지적해 두는 바이다. 무대 장면의 변화는 조용히 시끄
럽지 않게 하는 것이 매우 아름답고 쾌감을 준다는 것
은 사실이다. 왜냐하면 사람의 눈으로 하여금 동일한
대상에 대해서 싫증이 나기 전에 새로운 것을 공급하여
눈의 괴로움을 덜어 주기 때문이다. 장면은 광선, 특히
색채가 있고 변화가 있는 광선이 좋다. 그리고 가면 무
도자(舞蹈者)나 기타의 사람들이 무대로부터 내려오려
고 할 때에는 내려오기 전에 무대 위에서 약간의 동작
을 하고 내려오는 것이 좋다. 왜냐하면 그렇게 하면 기
묘하게도 관객의 시선을 끌게 되어 충분히 식별할 수
없는 것까지도 보려고 하는 즐거움을 주기 때문이다.

노래는 소리가 크고 즐거운 것이 좋고, 지저귀거나
가냘픈 소리여서는 안 된다. 음악도 마찬가지로 날카롭
고 강하고 크게 잘 안배(按配)되어야 한다. 촉광(燭光)
에 의해서 가장 좋게 보이는 것은 백색·담홍색, 그리
고 일종의 해수(海水)와 같은 녹색이다. 빛나는 구슬이
나 금속 조각은 큰 비용이 드는 것은 아니지만 화려하
다. 값진 자수는 눈에 띄지 않아서 그만큼 덜 인정된다.
가면역을 맡은 사람의 의상은 우아해야 하며 가면을 벗
었을 때 그 사람의 인품에 부끄럽지 않은 것이 좋다.
터키 인이라든가, 병사라든가, 수병과 같은 알고 있는
복장의 예에는 따르지 않는 것이 좋다. 막간은 길지 않
은 것이 좋다. 이것에는 보통 바보, 반인반마(半人半

馬)의 숲의 신, 그리고 비비·야만인·익살꾼·짐승·
요괴·마귀할멈·흑인·난쟁이·터키 인 복장의 사람·
숲의 요정·촌놈·큐피드·움직이는 조상 등이 있다.

천사에 관해서 말하면 막간극에 들어갈 만큼 익살스
럽지는 못하다. 그리고 악마나 거인과 같이 무서운 것
역시 부적당하다. 그러나 주로 음악은 기분전환에 있으
므로 기묘한 변화가 있도록 하는 것이 좋다.

어떤 좋은 냄새가 아무런 물방울이 떨어지지도 않는
데 갑자기 떠도는 것은 찌는 듯한 열기가 가득 찬 장내
를 매우 유쾌하고 상쾌하게 한다. 한쪽은 남성, 다른 한
쪽은 여성으로 된 두 패의 가면극은 장려함과 변화를
더해 준다. 그러나 장내가 깨끗하고 말쑥하지 못하면
아무 소용이 없는 것이다.

말을 타고 하는 창 시합이나 투기(鬪技)나 장애물 시
합에 있어서 그 화려함은 주로 도전자가 타고 입장하는
전차에 있다. 특히 그것이 사자·곰·낙타와 같은 진기
한 짐승이 끄는 경우는 더욱 그렇다.

또한 그들이 입장하는 방법이라든지 그 제복의 화려
함이라든지 마구와 갑옷의 화려함에도 있다. 그러나 이
러한 장난과 같은 일에 대해서는 이 정도로 그치기로
한다.

38. 인간의 본성에 관하여

　본성은 가끔 숨어 있으며, 때로는 극복되는 수도 있지만 그것이 소멸되는 일은 드물다. 강제는 그것이 사라지고 나면 본성을 더욱 강렬하게 한다. 교육이나 교훈은 본성으로 하여금 조금은 근신케 한다. 다만 습관만이 본성을 변화시키고 정복할 수 있을 뿐이다. 자기의 본성을 극복하려고 하는 사람은 자신에 대해서 지나치게 큰 과제나 지나치게 작은 과제를 과해서는 안 된다. 왜냐하면 전자는 자주 실패함으로써 의기를 저상(沮喪)케 하며, 후자는 자주 성공을 거두지만 조금밖에 진보하지 않을 것이기 때문이다. 처음 수영할 때 부대(浮袋)나 하찮은 것의 도움이 필요한 것처럼 처음에는 도움을 받아서 연습하는 것이 좋다. 그러나 얼마 후에는 마치 무용가가 두꺼운 신발을 사용하는 것처럼 불리한 조건에서 연습하는 것이 좋다. 왜냐하면 만일 연습이 실지보다 더 힘들면 큰 성과를 얻을 수 있기 때문이다.

　본성이 강력해서, 따라서 극복이 곤란한 경우에는 단계가 필요하다. 첫째는 본성을 시간상으로 정지케 하고 차단(遮斷)하는 것이다. 마치 노했을 때에 알파벳의 24개의 자모를 되풀이해서 헤아리는 것과 흡사하다. 다음에는 양적으로 점차 적게 해가는 것으로써, 마치 금주

를 하려는 사람이 폭음으로부터 반주(飯酒) 정도로 나
아가고, 마침내 술을 끊어 버리는 것과 흡사하다. 그러
나 물론 사람이 한꺼번에 자기 자신을 해방할 만큼의
인내와 결의가 있다면 그 이상 바랄 것이 없다.

> 너의 가슴을 괴롭히는 사슬을 끊고
> 한꺼번에 괴로움을 벗어나게 하는 것,
> 그것이 최선의 해방자가 아닌가?

하고 로마의 시인 오비드(Ovid)는 말하고 있다.
"천성을 교정하기 위해서는 마치 가지를 바로잡기 위
해서 반대쪽으로 구부리는 것처럼 하는 것이 좋다."는
옛 사람의 격언은 그릇된 것이 아니다. 물론 이 경우
반대쪽은 악덕이 아닌 것을 생각하고 있다. 어떤 습관
을 기르려고 하는 사람은 쉼없이 계속해서, 강요하지
말고 다소간의 간격을 두는 것이 좋다. 왜냐하면 그 휴
식은 새로운 출발의 힘을 북돋워 주기 때문이다. 그리
고 만일 미숙한 사람이 계속해서 연습만 하고 있으면
그 장점과 함께 그 단점까지도 동시에 연습하게 되어
두 가지 습관을 한꺼번에 몸에 붙이게 될 것이다. 그리
고 이에 대해서는 적당한 휴식 시간을 두는 것밖에는
별 대책이 없다.

그러나 사람은 자기의 천성을 극복했다고 지나치게
믿어서는 안 된다. 왜냐하면 천성은 오랫동안 매장되어

있었다 하더라도 기회가 오고 유혹을 받게 되면 되살아
나기 때문이다. 마치 이솝의 우화에 나오는 처녀, 즉 고
양이로부터 여자로 둔갑하여 식탁에 얌전히 앉아 있었
는데 쥐새끼가 나타나자 그 본성을 나타냈다는 이야기
와 흡사하다. 그러므로 사람들은 그러한 기회를 전적으
로 피하든가 그렇지 않으면 그것에 의해서 쉽사리 동요
되지 않도록 자주 그것에 익숙케 하는 것이 좋다.

   사람의 천성은 혼자일 때에 가장 잘 나타난다. 왜냐
하면 거기엔 꾸밈이 없기 때문이다. 감정이 격양되었을
때에도 나타난다. 왜냐하면 자신의 근신을 벗어나기 때
문이다. 신기한 사태나 경험에 직면했을 때에도 나타난
다. 왜냐하면 습관에 의존할 수 없기 때문이다.

   그 천성이 자기의 직업과 일치하는 사람들은 행복하
다. 그렇지 않고 자기가 좋아하지 않는 일에 종사하고
있는 사람은, "나의 영혼은 오랫동안 과객(過客)이었노
라."고 탄식할 것이다. 학문의 연구에 있어서도 무엇이
든지 자기 자신에게 과할 때에는 일정한 시간을 정해
두는 것이 좋다. 그러나 자기의 천성에 적합한 것은 무
엇이든지 정해진 시간에 대해 마음을 쓸 필요가 없다.
왜냐하면 그의 마음은 스스로 그곳으로 날아갈 것이기
때문이다. 다른 일이나 연구의 여가에도 충분할 것이
다. 인간의 천성은 약초가 되든가 잡초가 되든가 어느
한쪽이다. 그러므로 때를 보아서 전자에 물을 주고 후
자는 제거하는 것이 좋다.

39. 습관과 교육에 관하여

　사람들의 사상은 대개가 자기의 성벽에 의존하고 있
으며, 그 담론(談論)과 언변은 그들의 학식과 주입된
의견에 의존하고 있다. 그러나 그들의 행위는 습관에
의해서 형성된 것이다. 그러므로 마키아벨리가 잘 지적
한 것처럼―어떤 나쁜 사건에 관한 예이기는 하지만―
습관에 의해서 확증을 얻은 것이 아니면 천성의 힘이나
장담만으로는 믿을 수 없는 것이다. 그가 예로서 든 것
은 필사적인 음모를 수행하기 위해서는 그 사람의 천성
의 영악함이라든가 단호한 청부(請負) 등에 의존할 것
이 아니라, 이전에 그의 손을 피로써 물들인 적이 있는
사람을 채용해야 한다는 것이다. 그러나 마키아벨리는
수도사 클레멘트1)나 라빌락2)이나 조레기3)나 발타자
게라드4)와 같은 인물을 알지 못했던 것이다. 그러나

---

1) 클레멘트(Clement)는 광신적인 도미닉 교단의 수도사로 프랑스 왕
　앙리 3세를 1589년 종교상의 문제 때문에 죽였지만, 그 장소에서 자
　기도 기병에 의해서 죽음을 당했다.
2) 라빌락(Ravillac, 1578~1610)은 로마 카톨릭교의 광신자로서 프
　랑스 왕 앙리 4세를 1610년에 죽였지만, 그 자신 역시 사지를 찢기
　는 극형을 당했다.
3) 조레기(Jaureguy)는 스페인 상인의 종으로서 1582년에 폴란드의
　오렌지 공 윌리엄을 암살하려다 미수에 그쳤다. 당시 스페인 왕은 윌
　리엄 공을 암살하기 위해서 현상금을 걸었던 것이다.

그의 원칙은 지금도 통용되며 천성이나 언약도 습관보
다는 강하지가 못한 것이다.

다만 지금은 미신이 매우 유력해졌기 때문에 처음으
로 피를 보는 사람도 도살을 직업으로 삼는 사람에 못
지 않게 단호하며, 서약을 한 결심은 유혈의 문제에 있
어서까지 습관과 같은 힘을 갖기에 이르렀다. 다른 문
제들에 있어서 습관이 우세한 것은 여러 곳에서 볼 수
가 있다. 그래서 어떤 사람이 공언하고 항의하고 약속
하고 큰소리치면서도 그들이 마치 생명 없는 인형이나
또는 오직 습관의 수레바퀴에 의해서만 움직이는 기계
처럼 그들이 이전에 한 것과 똑같이 하는 것을 들을 때
에 기이하게 느껴질 것이다.

우리들은 또한 관습의 지배 내지 전제가 어떠한 것인
가를 본다. 인도 사람들—나는 그들의 현인들의 종파를
의미한다—은 장작더미 위에 조용히 앉아서 불을 질러
서 그들 자신을 제물로 바친다. 아내들은 그녀들의 남
편의 시체와 더불어 타죽기를 원한다. 옛날 스파르타의
소년들은 다이아나 여신의 제단 위에서 매맞는 일이 예
사였는데 그때 몸 하나 움찔하지 않았던 것이다. 영국
의 엘리자베스 여왕 시대의 초기에 유죄의 선고를 받은
아일랜드의 어떤 반역자는 이전의 반역자가 그러하였기
때문에 자기도 밧줄이 아니라 나뭇가지를 엮어서 만든

---

4) 발타자 게라드(Baltazar Gerard, 1558~1584)는 카톨릭교의 광
신자로서, 1584년에 오렌지 공 윌리엄을 암살하였다.

것으로 교수형에 처해 달라는 탄원서를 총독 대리(總督代理)에게 제출하였다는 이야기를 나는 기억하고 있다. 러시아에서는 수도승이 참회를 위해서 밤새도록 물통 속에 앉아 있어서 딱딱하게 얼어붙고만 사람도 있다.

습관이 마음과 육체의 두 가지 방면에 미치는 힘에 관해서는 많은 실례를 들 수가 있다. 이처럼 습관은 인간 생활의 주요한 지배자이기 때문에 우리는 좋은 습관을 붙이도록 모든 노력을 기울여야 한다.

확실히, 습관은 젊었을 때부터 시작하는 것이 가장 완전하다. 이것을 우리는 교육이라고 부른다. 교육은 사실상 젊은 때의 습관에 지나지 않는 것이다. 그러므로 언어에 있어서는 혀가 모든 표현과 발음에 더 잘 순응하며, 관절이 유연해서 모든 활동과 운동의 묘기에 더욱 순응성이 있는 것은, 나이가 들어서보다는 젊었을 때라는 것을 우리는 알고 있다. 왜냐하면 나이가 들어서 배우는 사람은 뜻대로 잘 되지 않는다는 것이 사실이기 때문이다. 다만 마음이 경화하지 않도록 항상 개방해 두고, 끊임없는 수정을 받아들일 용의가 있는 마음을 가진 사람은 예외이지만, 그것은 매우 드문 일이다.

그러나 단순하고 고립되어 있는 습관의 힘은 더욱 크다. 왜냐하면 그 경우에는 모범이 가르쳐 주며, 동료가 힘을 보태 주고 경쟁이 자극해 주고 영광이 나를 높여 주기 때문이다. 그러므로 그러한 경우에는 습관의 힘은 그 절정에 도달한다.

　확실히 인간성에 대한 덕성을 크게 보급하는 일은 잘 규율되고 훈련된 사회에 달려 있다. 왜냐하면 국가와 훌륭한 정부는 성장한 덕성을 배양하기는 하지만 그 종자를 개량하는 일은 그다지 하지 않는다. 그러나 슬픈 일은, 가장 효과 있는 수단이 지금은 가장 바람직하지 못한 목적을 위해서 적용되고 있다는 사실이다.

40. 행운에 관하여

외부의 우연한 사건들이 행운을 크게 좌우하는 경우가 있다는 것은 부정할 수 없다. 예컨대 은총·기회·타인의 죽음·미덕을 발휘하기에 알맞는 시기 등이 그것이다. 그러나 인간의 운명의 형성은 주로 자기 자신의 수중에 있다. "모든 사람은 자기 자신의 운명의 건축가이다."라고 시인은 노래하고 있다. 그리고 외적인 원인 가운데서 가장 빈번히 나타나는 것은 어떤 사람의 어리석음이 타인의 행운이 되는 경우이다. 왜냐하면 사람은 타인의 과실에 의한 경우처럼 갑자기 출세하는 일은 없기 때문이다. "구렁이는 다른 구렁이를 잡아먹지 않으면 용이 될 수 없는 것이다."

분명하고 현저한 덕성은 칭찬을 가져온다. 그러나 은밀한 덕성이 행운을 가져오기도 한다. 어떤 종류의, 무엇이라고 이름 붙일 수 없는 자기 자신의 처리법(處理法)이 있다. 스페인어 'desemboltura'라는 말은 부분적으로는 그것을 나타내고 있는데, 이것은 사람의 성질에 장애나 저항이 없이 그 마음의 바퀴가 그의 운명의 바퀴와 잘 조화되는 것을 말하는 것이다. 왜냐하면 리비[1]는 대(大) 카토[2]에 대해서 다음과 같이 말하고 있다. "이 사람은 위대한 육체와 정신을 가지고 있으며,

설령 어떠한 처지에 태어났다고 하더라도 자기의 운명
을 만들었을 것이다." 그리고 그는, "다방면의 성질을
가지고 있다."고 뒤에 서술하고 있다. 그러므로 만일 사
람이 예리하게 그리고 주의 깊게 바라본다면 행운의 여
신을 볼 수도 있을 것이다. 왜냐하면 행운의 여신은 앞
을 못 보지만 그러나 사람은 그녀의 모습을 볼 수 없는
것이 아니기 때문이다.

   행운의 길은 하늘의 은하수와 흡사하다. 그것은 많은
작은 별의 모임이나 무리이며, 하나하나 떨어져서 보이
지는 않지만 서로 합해서 빛을 발하고 있다. 마찬가지
로 사람에게는 작고 거의 눈에 띄지 않는 많은 덕성이
라고 할까. 차라리 능력과 습관과 같은 것이라 할 수
있는 것이 그에게 행운을 가져다 준다. 이탈리아 사람
들은 세상 사람들이 그다지 생각하지 않는 약간의 덕성
들을 인정하고 있다. 그들은 실수되는 일을 할 수 없는
사람을 평할 때 '저 사람은 조금 어리석은' 데가 있다는
것을 그의 다른 여러 조건들과 아울러 들 것이다. 그리
고 확실히 '조금 어리석은' 데가 있는 것과 지나치리만
큼 정직하지 않은 것, 이 두 가지 이상으로 다행한 성
질은 없다. 그러므로 자기의 나라와 주인을 극단적으로
사랑하는 사람은 결코 다행치 않았고 또 다행할 수도

---

1) 로마의 역사가. BC 59~AD 17.
2) 로마의 애국자(BC 234~149). 포에니 전쟁에서 공이 컸다. 평화시
   에는 자기의 땅을 경작하였다고 함.

없다. 왜냐하면 사람이 자신의 생각을 그 자신에게 두지 않을 때에는 자기의 길을 가지 않기 때문이다.

갑자기 얻은 행운은 모험가나 망동가(妄動家)를 만든다—프랑스어의 투기적이라든가 또는 이리저리 쏘다니는 사람이라는 말이 더욱 적절하다. 그러나 노력해서 얻은 행운은 유능한 사람을 만든다. 행운은 존숭(尊崇)되어야 한다. 신뢰와 명성이라고 하는 행운의 딸을 위해서라도 말이다. 왜냐하면 이 두 가지, 즉 신뢰는 자기 자신 속에, 그리고 명성은 자기에 대한 타인 속에서 태어나기 때문이다(세평을 가리킴). 현명한 사람은 모두 자기 자신의 덕성에 대한 질투를 피하기 위해서 흔히 그것을 섭리와 행운에다 돌렸다. 왜냐하면 그렇게 하면 그것을 마음 편히 가질 수 있으며 또 보다 높은 힘의 가호를 받는다는 것은 그 사람에게 위대성이 있다는 것이 되기 때문이다. 그래서 시저는 폭풍우 속에서 파일럿에게, "너는 시저와 시저의 운명을 싣고 있다."고 말하였다. 마찬가지로 실라는 자기의 이름에 '위대한'이 아니라 '행운'이라는 이름을 선택하였다. 자기 자신의 지혜와 책략을 지나치게 자랑하는 사람은 불행하게 끝난다는 것은 이미 알려져 있는 바이다. 아테네 사람인 티모테우스(BC 4세기경의 아테네의 정치가)는 그의 국가의 정부에 대한 보고 가운데서, "이 점에 있어서는 요행은 아무 관계가 없다."는 말을 자주 삽입하였는데, 그 후 그가 종사하는 어떠한 일도 결코 성공하지는 못했다고 기록되어 있다.

확실히 호머의 시와 같은 운명을 가진 사람들이 있
다. 그것은 다른 시인들의 시보다 훨씬 매끄럽고 쉬운
데가 있다. 마치 플루타르코스가 아게실라우스3)나 에
파미논다스4)의 운명에 견주어서 티몰레온5)의 운명을
설명하고 있는 것과 흡사하다. 그리고 그것이 그렇게
되는 것은 의심의 여지도 없이 대부분 그 사람 자신에
게 원인이 있는 것이다.

---

3) 스파르타의 왕 · 장군, BC 400~360.
4) 그리스 테베의 장군이자 정치가(BC 420~362). 스파르타를 격파하고
   펠로포네수스를 공격하였음. 두번째 스파르타를 공격하다가 전사함.
5) BC 337년 경에 죽은 코린토의 장군이자 정치가. 그가 하는 일은 언
   제나 성공하였다고 한다.

41. 이자에 관하여

　많은 사람들은 이자에 대해서 재치 있는 독설(毒說)을 퍼부었다. 그들은 하느님의 몫인 10분의 1세를 악마가 가로챘다는 것은 유감스러운 일이라고 말한다. 고리대금업자는 안식일(安息日)을 깨뜨리는 자인 것이다. 왜냐하면 그의 쟁기는 일요일에도 쉬지 않고 갈리기 때문이다. 고리대금업자는 "게으른 수펄은 그 집에서 쫓겨난다."고 버질이 말한 수펄과 흡사하다. 고리대금은 인류가 타락한 후에 주어진 첫째 계명, 즉 '너는 남의 이마의 땀에 의해서'가 아니라 "너의 이마의 땀으로 빵을 먹을지어다."라는 계명을 깨뜨린 것이다. 고리대금업자는 황갈색의 모자[1]를 써야 한다. 왜냐하면 그들은 유태인과 같은 행동을 하기 때문이다. 돈이 돈을 낳는다는 것은 자연을 배반하는 짓이라고 한다. 그 밖에도 여러 가지가 있다. 나는 이자를 받는 일은, "인간의 심정이 냉혹하기 때문에 불가피하다."고 말하는 것뿐이다. 왜냐하면 돈을 빌리고 꾸어 주는 일은 아무래도 있어야 하며 그리고 인간의 마음은 냉혹하여서 거저 빌려 주지는 않기 때문에 이자를 받는 일이 허용되어야 한다는

---

1) 중세에는 유태인을 구별하기 위해서 황갈색의 모자나 천을 머리에 쓰거나 옷에 닿도록 하였다. 고리대금업자에는 유태인이 많았다.

것이다.

다른 어떤 사람들은 은행이라든가 재산 조사라든가 기타의 창안(創案)에 대해서 좀 의심스럽고 교묘한 말을 하였다. 그러나 이자를 받는 일에 대해서 유익하게 말한 사람은 적다. 때문에 이자를 받는 일의 좋은 점과 나쁜 점을 밝혀 두는 일은 좋은 일이다. 그 좋은 점을 생각해서 추려내기 위함이다. 그리고 우리들이 그 좋은 면으로 나가는 반면에 나쁜 면에서 멀리하도록 세심하게 경계하기 위해서이다.

이자를 받는 일이 이롭지 못한 점은, 첫째로 상인의 수를 적게 한다는 데 있다. 왜냐하면 만일 이자를 따먹는 게으른 장사가 없다면 돈은 정체(停滯)하는 일이 없이 대부분 국가의 부의 동맥인 상업에 쓰여지게 될 것이기 때문이다. 둘째로, 그것은 상인을 가난하게 만든다는 점이다. 왜냐하면 농민이 높은 지대(地代)를 지불하고서는 토지를 잘 경작할 수 없는 것과 마찬가지로 상인이 높은 이자를 지불하고서는 장사를 잘 해나갈 수 없기 때문이다. 셋째는, 위의 두 가지에 부수(部數)해서 나타나는 것으로, 그것은 국왕이나 국가의 조세의 감소이다. 조세는 상거래의 양에 따라서 증감하는 것이기 때문이다. 넷째는, 그것이 왕국이나 공화국의 재보를 소수의 손으로 집중시킨다는 것이다. 왜냐하면 이자를 받는 자는 확고한 입장에 있고 다른 사람들은 불안정한 상태에 있으므로 승부의 끝에 가서는 대부분의 돈은 이자를 받는 자의 금고 속으로 들어가고 말 것이기 때문이다. 국가는 언제나 부가 고루 분배되었을 때에 번영한다. 다섯째는, 그것이 토지의 가격을 하락시킨다는 점이다. 왜냐하면 금전은 주로 상거래와 토지의 구매에 사용되는데 고리대금은 이 두 가지를 방해하기 때문이다. 여섯째는, 그것이 모든 산업의 개선 및 새로운 발명(新發明) 등을 둔하게 하고 부진케 한다. 만일 이러한 방해가 없다면 돈은 그 방면으로 유통되게 될 것이다. 마지막으로, 그것은 많은 사람들의 재산을 썩게 하고 망치게 하는 것이다. 이것은 시간의 경과에 따라서 사회의 빈곤을 낳게 한다.

한편으로 고리대금의 좋은 점은 다음과 같다. 첫째로, 고리대금은 어느 점에서는 상거래의 방해가 되지만 다른 점에서는 그것을 촉진한다는 것이다. 왜냐하면 상업의 대부분은 젊은 상인들이 이자를 내고 빌린 돈으로 행해지고 있기 때문이다. 그러므로 만일 고리대금업자가 그 돈을 회수하든가 대출해주지 않는다면 곧 상업은 크게 침체될 것이다. 둘째로, 만일 이와 같이 이자를 내고 쉽게 돈을 빌리는 편법이 없다면 금전의 핍박(逼迫)은 곧 그들의 재산을—그것이 토지이든 물이든—아주 헐값으로 팔아넘기지 않으면 안 되어 일시에 파멸하게 된다. 즉, 고리대금은 그들을 물어뜯는 데 지나지 않지만 시장의 악화(惡化)는 깡그리 그들을 삼켜 버리고 마는 것이다. 저당을 잡히는 일에 관해서도 그것이 사태를 좋게 하지는 못할 것이다. 왜냐하면 그들은 벌이가 없는 저당을 잡지는 않기 때문이다. 만일 그들이 저당을 잡는다면 그들은 빈틈없이 담보물의 몰수를 노릴 것이다. 나는 시골에 있는 한 냉혹한 부자가, "악마여, 고리대금업자를 잡아가라. 그놈이 있으면 우리는 저당과 담보물을 몰수할 수가 없단 말이야."라고 말한 것을 기억하고 있다. 셋째로 마지막 이점은, 이익이 없이 보통 금전의 대차가 이루어진다고 생각하는 것은 한갓 공상에 지나지 않는다. 그리하여 대차가 원만하게 이루어지지 않으면 얼마나 많은 불편이 일어날 것인가는 상상조차도 할 수 없다. 그러므로 고리대금을 폐지해야 한다고 말하는 것은 헛된 짓이다. 모든 나라에는 그 종류나 정도에서는 다소 차이가 있으나 여하간에 그것이 있었다. 그러므로 그와 같은 의견은 유토피아에다 보내지 않으면 안 된다.

이제 이자를 받는 일이 어떻게 하면 그 불리함을 피하고 이점을 확보할 수 있는가의 그 개선과 규제(規制)에 관해서 말하기로 한다. 이자의 이로운 점과 이롭지 못한 점을 균형을 이루게 함으로써 두 가지를 조화시킬 수 있을 것 같다. 그 하나는 이자를 받는 이빨을 갈아서 지나치게 많이 씹지 못하게 하는 일이며, 다른 하나는 상거래를 계속하고 촉진할 수 있도록, 돈 가진 사람을 유치하여 상인들에게 돈을 빌려 주도록 길을 열어 주는 데 있다.

이것은 높은 것과 낮은 것과의 두 가지 종류의 이자
를 인정하지 않으면 불가능하다. 왜냐하면 만일 이자를
일률적으로 낮게 하면 일반적으로 돈을 빌리는 사람은
수월해지지만 상인은 돈을 구하기가 힘들게 될 것이기
때문이다. 상거래는 가장 벌이가 좋기 때문에 높은 이
율에도 견디어 낼 수 있다는 사실을 유의해야 한다. 다
른 계약 관계는 그렇지 못하다.

이 두 가지 목적을 달성하기 위한 방법은 간단하게
말해서 다음과 같다. 즉, 두 가지 종류의 이자를 정하여
그 하나는 자유롭고 모든 사람에게 일반적으로 적용하
는 일이며, 다른 하나는 특별한 허가를 필요로 하는 것
으로, 특정인들과 특정 장소의 상거래에 한정하는 것이
다. 그러므로 첫째로 일반의 이자는 100분의 5로 내리
는 것이 좋다. 그리고 그 이율은 자유로운 것이며 널리
행해져도 무방하다는 것을 공포하는 것이 좋다. 그리고
국가는 이 이율에 대해서 어떠한 벌과금도 징수하지 않
도록 하는 것이 좋다. 이렇게 하면 돈을 빌리는 길이
막혀 버리든가 고갈하는 일은 일반적으로 없어진다. 이
것은 국내의 무수한 돈 빌릴 사람을 수월하게 해줄 것
이며, 상당한 부분의 토지 가격을 올려 줄 것이다. 왜냐
하면 16년의 기한으로 구입한 토지는 100분의 6, 또는
그 이상의 이익을 낳지만 그것에 대한 이자는 100분의
5밖에 낳지 않기 때문이다. 이것은 또한 같은 이유로
해서 산업상 유리한 개량사업을 장려하고 고무할 것이

다. 왜냐하면 많은 사람들은, 특히 많은 이익에 익숙해
진 사람들은 100분의 5의 이익을 취하는 것보다는 도
리어 이러한 일에 기꺼이 손댈 것이기 때문이다.

둘째로, 특정한 사람에게 허가를 해주어서 이미 알고
있는 상인에게 고율의 이자로 빌려 주도록 하는 것이
좋다. 다만 다음과 같은 것을 조심해야 한다. 즉, 이율
을 상인들에 대해서도 이전에 그들이 지불해 온 것보다
는 약간 경감(輕減)한다는 것이다. 왜냐하면 그렇게 되
면 돈을 빌리는 사람은 상인이든 누구든 이 개선에 의
해서 다소는 수월해지기 때문이다. 돈을 빌려 주는 것
이 은행이나 합자자본(合資資本)이 아니고 각자로 하여
금 전주가 되도록 하는 것이 좋다. 내가 은행을 전적으
로 싫어해서가 아니라 어떤 의혹 때문에 참을 수가 없
기 때문이다. 국가는 그 특허료로서 약간의 금액을 징
수할뿐 나머지는 꾸어 주는 사람의 손으로 들어가게 하
는 것이 좋다. 왜냐하면 그 공제액이 적은 것이라면 대
금업자를 실망시키는 일은 없기 때문이다. 예컨대 이전
에는 100분의 10 내지 100분의 9를 얻고 있는 사람도
이내 대금업을 그만두고 확실한 이득에서 불확실한 이
득에로 옮아가는 것보다는 차라리 100분의 8의 이득을
감수할 것이다. 이들 특허(特許) 대금업자의 수는 한정
할 필요가 없으나 장소는 일정하고 주요한 상업도시에
한정하는 것이 좋다. 왜냐하면 그렇게 하면 그들은 시
골에 있는 다른 사람들의 돈에는 거의 영향을 미치지

못할 것이기 때문이다. 따라서 특허를 받은 100분의 9
의 이율이 100분의 5의 보통의 이율을 흡수하는 일은
없을 것이다. 왜냐하면 아무도 먼 곳에까지 자기의 돈
을 빌려 주거나 모르는 사람의 손에 넘겨 주려고 하지
는 않을 것이기 때문이다.

이것이 종전에도 어떤 곳에서 묵인되어 있었던 것을,
말하자면 공인하는 것에 지나지 않는 것이라고 이의를
제기한다면 그 답변은 다음과 같다. 즉, 이자를 받는 것
을 공인하여 그것을 경감하는 것은 그것을 묵인함으로
써 자아내는 폐단보다는 나은 것이라고…….

42. 청년과 노인에 관하여

어떤 사람이 만일 시간을 낭비하지 않았다면 연령은
젊어도 시간에 있어서는 늙을 수도 있다. 그러나 그러
한 일은 좀체로 일어나기 어렵다. 일반적으로 청년은
최초의 사려(思慮)와 같은 것이며, 두번째의 사려만큼
현명하지는 못하다. 왜냐하면 사고에 있어서도 연령에
있어서와 마찬가지로 청년기가 있기 때문이다. 그러나
젊은 사람의 발상력(發想力)은 노인의 그것보다 훨씬
활기에 차 있으며, 그리고 상상력은 그들의 마음속에
더욱 잘 흘러들어가 더욱 신묘(神妙)하다. 많은 열과
크고 격렬한 욕망과 동요를 지니고 있는 인물은 중년기
를 지난 다음에 비로소 실제적 활동에 적합하도록 성숙
한다. 줄리어스 시저와 새프티므스 세베르스가 그 예이
다. 이들 가운데도 후자에 관해서는, "그는 과실(過失),
아니 광기에 찬 청년기를 보냈다."는 말이 들릴 정도이
다. 그리고 그는 역대의 황제 가운데서 가장 유능한 황
제였다. 그러나 침착한 성질을 가진 인물은 청년 시절
에도 잘해 나간다. 그 예는 아우구스투스 시저, 프로렌
스 공 코스무스, 가스통 드 포아[1] 등등에서 볼 수 있

---

1) 가스통 드 포아(Gaston de Foix, 1489~1512)는 루이 12세의 조
   카. 군인으로서 민첩하고 빠른 작전으로 유명했음.

다. 한편 노년에 있어서의 열정과 활력은 실무를 위해서는 훌륭한 기상이다.

젊은 사람은 판단하는 것보다는 창의에 더욱 적합하며, 획책을 하는 것보다는 실행에 또 일정한 일보다는 새로운 기획에 더욱 적합하다. 왜냐하면 노인의 경험은 그것이 미칠 수 있는 범위 내의 사물에 대해서는 지침을 주지만, 새로운 것에 있어서는 그들은 당혹해 하기 때문이다.

젊은 사람들의 과실은 사업을 망치게 한다. 그러나 노인들의 과실은 더 많이 또는 더 빨리 할 수 있었을 텐데 그렇지 못했다는 정도이다. 젊은 사람은 일을 처리함에 있어서 그들이 감당할 수 있는 이상의 것은 하지 않으려고 하며, 낙착될 수 있는 이상으로 일을 흔들어 놓으며, 수단과 순서를 생각하지 않고 목표를 향해서 달려가 맹목적으로 우연히 부딪치는 어떤 소수의 원리를 추구한다. 혁신을 하는 데 주저하지 않으며 그 때문에 예상치 않았던 불편을 초래한다. 처음부터 극단적인 교정책을 사용하여 마치 거센 말이 멈추지도 않고 돌아서지도 않는 것처럼 과실을 인정하지도 않으며 취소하려고도 않는다. 이것은 모든 과실을 배가(倍加)하는 것이다. 늙은이들은 지나치게 많은 이의를 제기하기도 하고, 지나치게 길게 의논하기도 하고, 지나치게 모험이 적으며, 지나치게 빨리 후회하고, 일을 끝까지 밀고 나가는 일이 드물며, 대수롭지 않은 성공에 만족한다.

확실히 양자를 병용하는 것은 좋은 일이다. 왜냐하면 그렇게 하면 현재를 위해서 좋을 것이다. 양자의 연령의 장점이 양자의 결점을 교정할 수 있기 때문이다. 그리고 장래를 위해서도 좋다. 젊은 사람들은 배우는 자가 될 것이고, 늙은 사람은 일의 주역이 되기 때문이다. 그리고 마지막으로 대외적인 일을 위해서도 좋다. 왜냐하면 권위는 늙은 사람에게 따르고 호의와 인기는 젊은 사람에게 따르기 때문이다.

그러나 도덕적인 면에서는 아마 '젊은이들이 탁월할 것이며, 정치적인 면에서는 늙은이들이 탁월할 것이다. 젊은이는 환상을 볼 것이며 늙은이는 꿈을 꿀 것이다.' 라는 성경의 구절에 대해서 어떤 유태의 율법학자는 환상은 꿈보다도 분명한 계시이기 때문에 젊은이들은 늙은이들보다도 신에게 더 가깝게 오도록 허락되어 있다고 해석하고 있다. 그리고 확실히 사람은 속세라는 술을 마시면 마실수록 더 많이 그것에 취하는 것이다. 그리고 늙은이는 의지와 감정의 힘보다는 이해력에 있어서 더 유리하다.

세상에는 나이에 비해 조숙해서 이내 시들어 버리는 사람들이 있다. 이들은 첫째로, 취약한 재치를 지닌 사람으로서 그 날이 곧 무디어져 버리는 자이다. 수사학자 헤르모게네스[2]가 그와 같은 사람이다. 그는 처음에는

---

2) 헤르모게네스(Hermogenes). 2세기 무렵의 그리스 수사학자. 어린 시절에 재능을 발휘하였으나 25세 무렵부터는 갑자기 우둔해졌다고

매우 정묘한 책을 썼지만, 후에는 우둔한 사람이 되어버렸다. 둘째로는, 노년에서보다 소장시(小壯時)에 더욱 많은 훌륭한 천성을 지닌 사람들이 있다. 예컨대 유창한 능변은 소장에게는 적합하지만 노장에게는 적합하지 않다. 그래서 툴리(키케로를 말함)는 호르텐시우스3)에 대해서, "그는 항상 변함이 없었는데 그것은 이미 적합하지 않는 것이다."라고 말하고 있다. 셋째로는, 처음에는 굉장히 노력하다가 그 위대함이 세월의 흐름을 감당할 수 없는 그러한 자이다. 스키피오 아프리카누스4)가 그와 같은 사람이며, 리비는 그에 관해서 결국 "그의 만년의 활동은 초년과 같지 않았다."고 말하였다.

한다.
3) 로마의 법률가며 변론가.
4) 스키피오 아프리카누스(Scipio Africanus, BC 236~184)는 로마의 장군이며, 젊었을 때 아프리카에서 한니발을 격파하였다고 해서 '아프리카누스'라고 불렸다. 후에 뇌물을 받은 혐의로 실각되었다.

43. 미에 관하여

덕성은 보석과 같은 것이어서 수수하게 차리는 것이 가장 좋다. 확실히 덕성은 섬세한 용모는 아니라 할지라도 보기 좋은 육체인 경우가 가장 좋다. 그리고 자태의 아름다움보다는 품위 있는 태도가 더욱 좋다. 매우 아름다운 사람이 다른 면에서 뛰어난 덕성을 가지고 있다는 것은 거의 없는 일이다. 자연은 탁월성을 만들어 내기에 힘쓰기보다는 과오를 범하지 않도록 하기 위해서 여가가 없는 것처럼 보인다. 그러므로 그들은 재능은 있지만 고매한 정신은 가지고 있지 않으며, 그리고 덕성보다는 거동에 더 마음을 쓴다. 그러나 항상 그런 것은 아니다. 왜냐하면 아우구스투스 시저, 티투스 베스파시아누스, 프랑스의 필립 르 벨[1], 영국의 에드워드 4세, 아테네의 알키비아데스, 페르시아의 소피스 왕조의 이스마엘 등은 모두 고매하고 위대한 정신의 소유자들이었다. 게다가 당시의 가장 아름다운 사람들이었다. 미에 있어서 피부색보다는 눈에 드는 얼굴이 더 낫고, 눈에 드는 얼굴보다는 품위 있고 우아한 거동이 더 낫다. 그것은 미의 가장 좋은 부분이나 그림으로 표현할

---

1) 프랑스 군주제를 발전시킨 필립 4세, 1285~1314 재위.

수는 없는 것이다. 그리고 살아 있는 실물은 첫눈에 봐서는 모른다.

뛰어난 아름다움은 비율에 있어서 약간 이상하지 않은 것이 없다. 아펠레스[2]와 알베르트 뒤러[3]는 어느 쪽이 더 시시한 일을 했는지 말할 수가 없다. 후자는 기하학적 비례에 의해서 인물을 그리려고 하였으며, 전자는 여러 개의 얼굴에서 가장 아름다운 부분을 취해서 하나의 뛰어난 얼굴을 만들려고 하였다. 그러한 인물은 그것을 그린 화가 이외에는 아무도 즐겁게 하지 못할 것이라고 나는 생각한다. 나는 화가는 실재하는 것보다 더 아름다운 얼굴을 그릴 수 있다고 생각하지 않는 것이 아니라—마치 뛰어난 음악가가 작곡을 하는 것처럼—일종의 천부의 재능에 의해서 그려야 하지 규칙을 가지고 그려서는 안 된다는 것이다. 우리는 얼굴을 하나하나 뜯어보면 하나도 좋지 않으나 전체로써 보면 좋게 보이는 얼굴을 볼 것이다. 미의 주요한 부분이 품위 있는 거동에 있다는 것이 사실이라면 나이 든 사람이 몇 배나 아름답게 보일 것도 사실이다. '미인의 가을은 아름다운 것이다.' 왜냐하면 젊은이는 아름다운 것을 대범하게 봐서 그렇다. 그리고 젊음이 아름다움을 만들어낸다고 생각한다. 미는 여름철의 과일과도 같다. 그것

---

2) BC 4세기 경의 그리스의 화가. 실은 베이컨이 BC 5세기경의 그리스 화가인 제우크시스를 착각한 것이다.
3) 독일의 화가, 1471~1528.

은 썩기 쉽고 오래갈 수 없다. 그리고 대개의 경우 청
년 시절을 방탕하게 하며 노년에는 약간 당황하게 한
다. 그러나 만약 미가 잘 비춰 준다면 확실히 그것은
덕성을 빛나게 하며 악덕을 부끄럽게 할 것이다.

44. 불구자에 관하여

불구자는 보통 자연을 원망한다. 왜냐하면 자연이 그들을 박대하였기 때문에 그들도 자연에 대해서 그렇게 하는 것이다. 대개의 경우(성경에서 말하고 있는 것처럼) "자연의 애정을 받지 못하고 있다." 그래서 그들은 자연에 대해서 복수를 하는 것이다. 확실히 육체와 정신 사이에는 어떤 조화가 있다. 그래서 자연은 한쪽에서 과오를 범하면 다른 한쪽에서는 위험을 범하게 되는 것이다. 즉, '한쪽의 과오는 다른 쪽의 위험이 된다.'

그러나 인간에게 있어서는, 자기 마음의 구성에 관해서는 선택의 자유가 있으며, 육체의 구성에는 필연성이 있기 때문에 자연의 성향이라고 하는 별은 더러 수양과 덕성이라고 하는 태양에 의해서 보이지 않는 수가 있다. 그러므로 불구를 어떤 징후라고는 생각하지 않는 것이 좋다. 그것은 사람을 속이기 쉬운 것이다. 도리어 일정한 결과를 가져오는 원인으로 보는 것이 적당할 것이다.

자기의 육체 속에 경멸을 초래하는 어떤 결점을 지니고 있는 사람은 자기를 경멸로부터 구제하고 해방하기 위하여 항상 박차를 가하고 있는 것이다. 그러므로 모든 불구자는 매우 대담하다. 처음에는 경멸 앞에 드러

내 놓은 자의 자기 방어로서 그러하지만, 시간이 지나
감에 따라서 보통의 습관이 되고 마는 것이다. 그것은
또한 그들에게 근면한 마음을 자극한다. 특히 타인의
약점을 주목하고 관찰하려는 것이며, 그것으로부터 어
느 정도 울분을 풀려고 할 것이다. 그리고 손윗사람의
경우에는 불구자를 마음대로 경멸할 수 있는 자로서 그
들에 대한 질투심을 가라앉게 한다. 그리고 그들의
경쟁자와 각축자로 하여금 불구자가 승진하는 가능성은
결코 없을 것이라고 믿게 함으로써 불구자가 실제로 성
공할 때까지 잠자게 한다. 그러므로 대체로 위대한 재
능이 있는 경우에는 불구는 입신을 위해서는 유리한 조
건을 갖는 셈이다.

고대에 있어 국왕들은—어떤 나라에서는 지금도—환
관을 크게 신임하였다. 왜냐하면 모든 사람에 대해서
질투심을 가지고 있는 자는 한 사람에 대해서는 비교적
복종심이 많으며 충실하기 때문이다. 그러나 그들에 대
한 왕의 신임은 충량한 대신이나 관리에 대한 신임이기
보다는 좋은 탐정이나 밀고자에 대한 그것이었다. 불구
자의 경우도 이와 거의 흡사하다. 그러나 불구자는 만
일 그들이 기백만 가지고 있다면 경멸로부터 벗어나려
고 노력한다는 원칙은 여전히 진실이다. 그러기 위해서
는 덕성을 가지고 하든가 악의를 가지고 하든가 그 어
느 쪽이어야 한다. 그러므로 불구자가 때때로 훌륭한
인물이 되는 것은 놀라운 일이 아니다. 예컨대 아게실

라우스(스파르타의 왕), 솔리만의 아들인 장가1), 이솝, 페루의 총독 가스카2) 등이 있었다. 그리고 소크라테스도 마찬가지로 그들 사이에 넣어도 좋을 것이다. 그 밖에도 여러 사람들이 있다.

---

1) 솔리만 대제의 아들로서 형인 '무스타파'가 아버지의 명령에 따라서 죽은 것을 슬퍼하여 자살하였다고 함. 절름발이였음.
2) 스페인의 법률가이자 사교(司敎). 용모가 못생기고 수족이 부자유하였다고 함.

45. 건축에 관하여

집은 살기 위해서 짓는 것이지 바라보기 위해서 짓는 것은 아니다. 그러므로 두 가지를 겸할 수 없는 경우에는 외형의 짜임새보다는 실용성을 취할 것이다. 오로지 아름다움만을 목적으로 한 훌륭한 집의 건축은 시인들의 마법의 궁전에 맡겨 두는 것이 좋다. 그것을 짓는 데는 비용이 들지 않는다. 좋은 집을 나쁜 장소에다 짓는 것은 자기 자신을 감옥에다 가두는 것이다. 내가 나쁜 장소라고 말하는 것은 공기가 비위생적인 장소만이 아니라, 공기가 고르지 못한 장소도 그렇게 말하는 것이다. 예컨대 당신들은 많은 훌륭한 집들이 보다 높은 언덕으로 둘러싸인 작은 언덕 위에 서 있는 것을 볼 수 있을 것이다. 그 때문에 태양의 열은 갇히고 바람은 통속에서처럼 모인다. 그 결과 당신은 마치 서로 떨어진 장소에 살고 있는 것과 다를 바 없는 심한 한서의 변화를, 그것도 급격하게 느끼게 될 것이다.

나쁜 공기만이 가옥의 위치를 나쁘게 하는 것이 아니라 나쁜 길, 나쁜 시장도 있다. 그리고 모무스[1] 신의

---

1) 모무스(Momus)는 조소(嘲笑)의 신으로서 무조건 남을 조소함을 일삼는다. 지혜의 여신 미네르바가 집을 지은 것을 본 모무스는 "왜 이 집에는 바퀴가 없는가."하고 조소하였다 한다. 사람에게는 언제 나쁜

충고를 받는다면 나쁜 이웃도 있다. 나는 이 이상으로
더 말하지 않는다. 물의 부족, 땔감의 부족, 대피소의
부족, 과일의 부족, 여러 가지 성질의 토질들의 혼합,
조망의 부족, 평지의 부족, 수렵·매사냥·경마 등의
경기를 행하는 장소가 근거리에 없다는 것, 또는 바다
에서 너무나 멀거나 가깝거나, 항해할 수 있는 하천의
편리가 없거나, 또는 하천의 범람이라고 하는 불편, 대
도시로부터 너무나 멀리 떨어져서 업무에 방해가 되는
것, 또는 너무나 가까워서 그 대도시가 모든 일용품을
흡수하여 물가를 등귀케 하는 일, 사람이 커다란 생활
을 함께 누려야 하는 곳에서 그것이 충분치 못한 것,
그러나 모든 이러한 것을 한꺼번에 발견하는 것은 아마
불가능하기 때문에 그것들을 알고 그것들을 고려해서
가능한 한 편의를 얻도록 하는 것이 좋다. 만일 여러
채의 주택을 가지고 있다면 한쪽에서 부족한 것을 다른
쪽에서 찾도록 안배하는 것이 좋다. 루쿨루스2)는 폼페
이에게 멋있는 대답을 하였다. 폼페이가 루쿨루스의 집
에서 웅대한 복도와 넓고 밝은 방을 보고, "확실히 여름
에는 좋은 집이지만 겨울에는 어떻게 하시려는가?"라고
물었을 때, 루쿨루스는, "왜 장군은 저를 새만큼도 현명

이웃이 와서 살지 모르기 때문에 만일 집에 바퀴가 달려 있다면 곧 이
사할 수 있다는 것을 비꼬았던 것이다.
2) 루쿨루스(Lucullus)는 로마의 장군으로서 사치로 이름이 높았으며,
여러 곳에 호화 주택을 건설하였다고 함.

하지 못하다고 생각하십니까? 새도 겨울이 다가오면 집을 옮기는데……."라고 대답하였다.

대지의 문제로부터 집 자체의 문제로 옮겨 가자. 우리는 키케로가 웅변의 기술에서 하고 있는 것처럼 해보려고 한다. 키케로는 ≪웅변에 관하여≫라는 몇 권의 책과 ≪웅변가≫라는 제목이 붙은 한 권의 책을 썼는데 전자에서는 이 기술의 여러 가지 원칙을 말하고, 후자에서는 그 완성을 논하고 있다. 그러므로 우리는 간단한 모형을 제시하면서 군주에 알맞는 궁전에 관해서 서술해 보기로 한다. 왜냐하면 지금 유럽에서는 바티칸 궁전과 에스코리알 궁전과 같은 거대한 건물은 있지만 그 속에는 훌륭한 방이 드물다는 것은 이상한 일이다.

그러므로 첫째로 두 개의 다른 측면을 갖추지 않으면 완전한 궁전이 될 수 없다고 나는 말하였다. 그것은 구약성서의 '에스더(the book of Hester)에서 말하고 있는 것처럼, 연회를 위한 측면과 가족 생활을 위한 측면이다. 전자는 연회와 행사를 위한 것이며, 후자는 거주를 위한 것이다. 내가 생각하기로는 이들 두 측면은 건물과 직각을 이룬 측면일 뿐만 아니라 건물 정면의 일부를 이루고 있으며, 내부는 여러 가지로 구분되어 있지만 외관은 획일적이며, 정면 중앙에 있는 웅장한 탑의 양쪽에 위치하도록 함으로써, 그 탑이 말하자면 좌우 양쪽을 연결하도록 하는 것이 좋다고 본다. 정면에 있는 연회장 쪽에는 약 40피트 높이의 2층에 훌륭한 방을 하나 두고, 그 아래에는 행사 때의 의상이나 준비를 위한 방을 두는 것이 좋겠다.

다른 측면, 즉 가정 생활을 하는 측면은 먼저 홀과 예배 보는 방으로 나누어—양자 사이에는 칸막이를 한다—두 개가 다 웅장하고 큰 것으로 하고 싶다. 그러나 이 두 가지가 전체의 길이를 차지하는 것이 아니라, 그 끝에는 여름과 겨울의 방을 두어 다같이 아름답게 꾸민다. 그리고 이들 방 아래에 훌륭하고 커다란 지하실을 두고 식료품 저장실과 찬장이 딸린 주방을 둔다. 탑에 관해서는 이는 2층으로 해서 각각 18피트의 높이로 두 개의 측면 위에다 두는 것이 좋겠다. 그리고 꼭대기는 좋은 함석으로 이고, 난간에는 조각을 일정한 간격으로 배치하는 것이 좋다. 그리고 탑은 여러 가지 적당하다고 생각되는 방으로 구분하는 것이 좋다. 위쪽 방으로 통하는 계단도 마찬가지로 훌륭한 넓은 나선형 계단으로 하여 놋쇠 색깔의 나무조각을 새긴 훌륭한 난간을 단다. 계단 끝은 평평하게 해두는 것이 좋다. 그러나 아래층의 방을 노복들의 식당으로 배당하지 않을 경우에만 그렇게 하는 것이 좋다. 왜냐하면 그렇지 않으면 자기 자신의 식사 후에 노복들의 식사도 맛보게 되기 때문이다. 그 까닭은 노복들의 식사 냄새가 연통을 통하는 것처럼 올라오기 때문이다. 정면에 관해서는 이것으로 그친다. 다만 나의 생각으로는 2층의 높이는 16피트이며 아래층의 높이도 이정도가 좋을 것 같다.

이 정면 저쪽에 훌륭한 정원이 있게 한다. 그러나 그 3면은 전면의 건물보다 훨씬 낮은 건물로 한다. 그리고 정원의 제 구석에는 모두 멋진 계단을 작은 탑 속으로 통하게 하고 그 작은 탑은 건물의 열 안에 들지 않게 바깥쪽에 둔다. 그러나 이들 탑은 전면의 건물의 높이에 이르지 못하게 하여 도리어 낮은 건물과 균형이 이루어지도록 한다. 정원에는 포장을 하지 않도록 하는 것이 좋다. 왜냐하면 여름에는 대단한 열기를 발산하고 겨울에는 매우 차게 하기 때문이다. 그러나 다만 몇 개의 오솔길과 십자로와 그 네 부분에는 잔디를 심고 잔디를 깎되 너무 짧게 깎지 않도록 한다.

　연회장 측면의 집들은 모두 웅장한 회랑으로 하는 것이 좋다. 그 회랑에는 일정한 간격으로 셋 내지 다섯 개의 둥근 지붕을 배치하고 또 여러 가지 세공을 한 아름다운 색깔의 창문을 단다. 거실 쪽으로는 접견실과 보통의 응접실, 약간의 침실을 둔다. 3면에는 모두 방을 2중으로 하여 오전과 오후에도 햇볕이 들지 않도록 해두어야 한다. 여름에는 그늘이 져서 시원하고 겨울에는 따스하도록 여름과 겨울을 위한 방이 되도록 설계하는 것이 좋다. 세상에는 가끔 좋은 집은 있으나 도처에 유리가 끼워져 있어서 어디에 가야 따가운 햇볕과 추위를 피하는지를 모를 집이 있다. 궁형(弓形)으로 되어 있는 창문에 관해서 말하면, 나는 그것은 유용하다고 생각한다—도시에 있어서는 실제로 거리에 대한 획일성

이라는 점에서 곧은 창문이 덜 좋다. 왜냐하면 그것은
회의를 위해서 좋은 장소이며, 뿐만 아니라 바람과 햇
볕을 다같이 막을 수 있어서 좋은데 그 까닭은 실내를
통과하는 것은 대개 이 창문이 차단해 버리기 때문이
다. 그러나 그 수는 적은 것이 좋다. 즉, 정원 쪽으로
네 개, 측면에만 두는 것이 좋다.

이 정원 저쪽에 또 하나의 안마당을 둔다. 그것도 같
은 4각형과 같은 높이로 하고 사방은 정원으로 에워싼
다. 내부에는 사방으로 회랑을 두고 그 회랑에는 제1층
의 높이와 같은 우아하고 아름다운 아치를 올린다. 정
원에 면한 아래층에는 동굴과 같은 방을 두어 그늘진
장소 또는 피서 장소로 삼는 것이 좋다. 그리고 정원에
면한 곳에만 트이게 하거나 창문을 단다. 바닥은 편편
하게 하고 모든 습기를 막기 위해서 지면보다 내려가지
않도록 한다.

이 정원의 한가운데는 분수나 어떤 좋은 조각 작품을
둔다. 그리고 포장에 관해서는 다른 정원과 같이 한다.
이들 건물은 양쪽 다 사용(私用)의 숙소로 삼으며 그
끝의 건물은 사용의 회랑으로 삼는다. 그 가운데 방 하
나는 병실로 삼을 것을 잊어서는 안 된다. 만일 군주나
어떤 특별한 인물이 병에 걸렸을 때에 대비하는 것이
며, 여기에는 몇 개의 거실·침실·안방과 바깥방이 딸
려 있어야 한다. 이것은 2층에 둔다. 아래층에는 기둥
으로 받친 아름다운 회랑이 틔어 있고, 3층에도 마찬가

지로 기둥으로 받친 회랑이 틔어 있어 정원의 전망과 상쾌함을 맛보게 해준다. 건물 안쪽의 두 구석에는 건물과 직각을 이룬 측면으로서 두 개의 화려하고 호사스러운 작은 방을 두고, 바닥은 아름다운 것으로 깔고 좋은 커튼을 치고 수정유리를 끼우고, 가운데는 보기 좋은 둥근 지붕을 달고, 기타 생각할 수 있는 한 호화롭게 한다. 위층의 회랑 역시 만일 장소가 그것을 허용한다면 벽으로부터 군데군데 분수가 흘러나오게 하고 또 적당한 배수구를 두게 하고 싶다.

궁전의 설계에 관해서는 이 정도로 한다. 다만 한 가지 더 말해 둘 것은, 정면의 건물에 이르기 전에 세 개의 정원이 있어야 한다는 것이다. 첫째 것은 전연 꾸민 데가 없는 벽으로 두른 푸른 정원과, 둘째 것도 이와 크기는 같지만 작은 탑이라든가 벽에다 장식을 하는 등으로 더 꾸미고 있다. 셋째로 정면의 건물과 정방형을 이루게 하지만 건물로 에워싸지는 않도록 한다. 그렇다고 해서 아무 장식도 없는 담장으로 에워싸서는 안되고 도리어 함석을 덮은 테라스로 둘러싸서 3면을 아름답게 장식한다. 그 내부는 여러 기둥으로 받친 회랑이 되도록 하고 아래가 아치가 되어서는 안 된다. 집무실은 떨어진 곳에 있게 하나 몇 개의 낮은 회랑을 두어 궁전으로 통하게 하는 것이 좋다.

46. 정원에 관하여

전능하신 하느님은 처음에 정원을 만드셨다. 이것은 실제로 인간의 즐거움 가운데서 가장 순수한 것이며, 그것은 인간의 정신에 대해서 최대의 위안인 것이다. 이것 없이는 건물도 궁전도 조잡한 수공품에 지나지 않는 것이다. 시대가 문명과 우아에로 나아감에 따라서 사람들은 먼저 굉장한 건물을 짓고 나중에 훌륭한 정원을 만들게 되었다는 것을 알게 될 것이다. 마치 정원을 꾸미는 일이 더욱 완성하게 되는 것이라고 생각하는 것처럼 보인다.

나는 왕가의 정원에 알맞게 하기 위해서는 춘하추동 어느 달이라 할지라도 아름다운 초목이 철 따라 필 수 있도록 가꾸어야 한다고 주장하는 바이다. 12월과 1월과 11월 말경에는 겨우내 푸르름을 유지할 수 있는 것을 심어야 한다. 즉, 서양감탕나무(holly) · 담쟁이(ivy) · 월계수(bay) · 향나무(juniper) · 사이프러스가시나무(cypress-tree) · 주목나무(yew) · 잣나무(pine-apple-tree) · 전나무(flr-tree) · 로즈메리(rosemary) · 라벤더(lavender), 백색과 자색과 청색의 빙카(periwinkle) · 개불알꽃(germander) · 붓꽃(flag) · 귤나무 · 레몬나무, 만일 온실에서 기를 수 있다면 머틀

(myrtle) · 꽃박하(marjoram)—햇볕이 잘 드는 곳에 둠— 등등이다.

그것에 이어 1월 말과 2월 무렵에는 동백꽃이 핀다. 노랑과 회색의 크로커스(crocus) · 앵초 · 아네모네, 일찍 피는 튤립, 히아신스, 패모(fritellaria) 등이 있다. 3월에는 오랑캐꽃이 핀다. 특히 단색의 푸른 것이 제일 먼저 핀다. 나팔수선화 · 데이지 · 살구꽃 · 복숭아꽃 · 산수유꽃 · 들장미(sweet-briar) 등이 핀다. 4월에는 향꽃장대 · 계란풀(wall-flower) · 질리꽃(gilliflower) · 구륜앵초(cowslip) · 구륜초(flower-de-lices), 그리고 각종의 백합화 · 로즈메리꽃 · 튤립 · 겹작약 · 담수선 · 프랑스 인동 · 벚꽃 · 복숭아꽃 · 매화꽃, 잎이 핀 산사자 · 라일락나무가 있다.

5,6월에는 여러 가지 종류의 패랭이꽃, 특히 연분홍 패랭이, 각종의 장미, 특히 사향장미는 뒤에 핀다. 인동 · 딸기 · 쇠서풀 · 참매발톱꽃(columbine) · 금잔화 · 플로스 아프리카누스((flos-Africanus) · 버찌 · 붉은까치밥나무(ribes) · 무화과 · 산딸기 · 포도꽃 · 라벤더꽃, 흰꽃이 피는 향기 높은 난초, 헤르바 무스카리아(herba muscaria) · 방울꽃 · 사과꽃 등이 있다.

7월에는 가지각색의 찔레꽃과 사향 장미, 보리수 꽃나무, 일찍 익는 배와 복숭아 열매, 그리고 사과, 요리용 사과가 나온다. 8월에는 각종의 매실 · 배 · 살구 · 매발톱 나무(barberry) · 개암나무 · 참외와 여러 가지 색깔의 초오두(草烏頭)가 있고, 9월에는 포도·사과, 여러 색깔의 겨자·복숭아·멜로코턴(melocoton)·승도복숭아(netarine)·산수유 열매·요리용 배·모과 열매 등이 있고, 10월과 11월 초에는 서양모과나무(meblar)·자두나무(bullace)와 전지하거나 이식하거나 해서 늦게 피는 장미와 접시꽃 등이 뒤따른다.

이와 같은 세목은 런던의 기후에 적합한 것이다. 그러나 나는 장소에 따라서 상춘을 즐길 수 있다는 것을 뜻하는 것뿐이다.

그리고 꽃의 향기는 수중에 있는 것보다는 대기 중에 있는 것이 훨씬 감미롭기 때문에―거기에서는 음악소리처럼 내왕할 수 있기 때문에―이 즐거움을 위해서는 대기 속에서 가장 향기로운 것이 어떤 꽃이며 또 어떤 식물인가를 알아 두는 것은 중요한 일이다. 장미는 그 색이 연분홍이든 빨강이든 향기를 내뿜지 않기 때문에 그것이 줄을 지어 피어 있는 곳을 지나가더라도 그 감미로움을 전연 느끼지 못한다. 아니 그것이 아침 이슬에 젖어 있는 때라도 그렇다. 월계수 역시 그것이 성장하는 동안에는 향기를 내지 않는다. 로즈메리도 조금 밖에 내지 않으며, 꽃박하도 마찬가지다. 다른 무엇보다도 대기 중에 감미로운 냄새를 풍기는 것은 오랑캐꽃, 특히 겹오랑캐이다. 이것은 한 해에 두 번, 즉 4월 중순과 8월 24일의 성 바돌로매절(Bartholomew-tide) 무렵에 핀다. 이것 다음 가는 것이 사향장미이다. 그리고 말라 비틀어진 딸기 잎사귀는 가장 뛰어나고 상쾌한 냄새를 풍긴다.

다음에는 포도꽃이다. 그것은 겨이삭풀(bent)의 가루처럼 작은 가루이며, 그것은 처음에 피어날 때에 꽃송이 위에 생긴다. 다음에는 들장미이고, 그 다음에는 계란풀이다. 이것들을 거실이나 비교적 낮은 방의 창문 밑에 두면 매우 상쾌하다. 다음에는 패랭이꽃과 카네이션인데, 특히 엉킨 패랭이꽃과 정향 카네이션이 좋다. 다음에는 보리수나무꽃, 인동나무꽃 향기가 있는데 좀 멀리서 맡아야 한다. 대두꽃은 들꽃이기 때문에 언급하지 않겠다. 또한 대기를 가장 향기롭게는 하지만 다른 꽃들처럼 옆을 지나가는 것만으로는 안 되며, 그것을 짓밟고 으스러뜨려야 하는 것으로는 세 가지가 있다. 즉, 오이풀과 야생 백리향과 야생 박하이다. 그러므로 그것들을 오솔길에 가득 심어서 밟고 거닐 때에 즐기도록 하는 것이 좋다.

정원에 관해서는—이미 건축에서 말한 것처럼 이 또한 실제로 군주에게 적합한 것을 말한다—그 면적은 30에이커 이하의 땅은 좋지 않다. 그리고 그것은 세 부분으로 구획되어야 한다. 즉, 들어가는 곳은 녹지로, 나가는 곳은 풀 한 포기 없는 맨땅으로, 그리고 중앙에다 주정원을 설치한다. 나로서는 4에이커의 지면을 녹지로 하고 6에이커는 맨땅으로 하되 양쪽에다 각각 4에이커로 한다. 그리고 주정원은 12에이커로 하고 싶다. 녹지

에는 두 가지 즐거움이 있다. 하나는 잘 다듬어진 잔디
처럼 눈에 상쾌한 느낌을 주는 것은 없기 때문이며, 다
른 하나는 중앙에 훌륭한 작은 길이 생기기 때문에 그
것을 통해서 정원을 에워싸고 있는 웅대한 울타리까지
나아갈 수가 있는 것이다. 그러나 그 길은 길기 때문에
여름과 아주 더운 날에는 해가 드는 잔디를 지나서 정
원에 있는 그늘을 찾아가는 것은 좋지 않다. 그러므로
잔디의 양쪽에는 목수의 손을 빌려서 높이 약 12피트
의 덮개가 있는 통로를 만들어 그 그늘을 지나서 정원
에 이르도록 하는 것이 좋다.

여러 가지 색깔의 흙으로 화단이나 모양을 만들어서
정원이 있는 쪽의 집의 창문 아래 두는 것은 쓸데없는
장난인데, 이러한 것은 차라리 타트(과일이 든 과자)에
서 몇 배나 더 좋은 광경을 보는 게 나을 것이다. 정원
은 네모진 것이 제일 좋고 사방은 모두 훌륭한 아치로
되어 있는 울타리로 에워싼다. 아치는 모두 목수의 손
으로 만든 여러 기둥 위에 위치하도록 하고 그 높이는
약 10피트, 너비는 6피트 정도로 하며, 그 간격은 아치
의 너비와 같이 한다. 아치 위에는 역시 목수의 손으로
짠, 높이 4피트쯤 되는 울타리를 두르고 그 위쪽의 울
타리 위에는 각 아치 위에다 조그마한 탑을 두어 새장
을 넣을 수 있도록 부풀게 한다. 그리고 각 아치 사이
의 공간 위에는 어떤 다른 작은 물건들을 배치하여 둥
글고 색칠을 한 도금의 넓은 유리를 끼워서 햇빛이 이

에 비치도록 한다. 그러나 이 울타리는 6피트쯤 되는,
가파르지 않은 경사가 완만한 둑 위에다 세우고 싶다.
그리고 그 둑에는 전부 꽃을 심는다. 내가 아는 바로는
이 네모진 정원은 지면 전체의 폭이 아니라 양쪽에 여
러 가지 작은 길을 낼 수 있도록 여지를 두어야 한다.
거기에 두 개의 덮개가 달린 잔딧길이 연결되도록 한
다. 그러나 이 큰 울타리의 정원의 앞뒤에는 울타리가
있는 통로를 만들어서는 안 된다. 앞쪽에다 두면 안 되
는 것은 녹지로부터 이 훌륭한 울타리를 바라볼 수 없
게 되는 까닭이며, 뒤쪽에다 두어서도 안 되는 까닭은
아치를 통해서 울타리로부터 히드(heath)를 바라볼 수
없기 때문이다.

  큰 울타리 내부의 지면을 배치하는 일에 관해서는,
여러 가지로 고안할 수 있을 것이다. 다만 충고해 두고
싶은 것은, 어떠한 모양으로 그것을 만든다 하더라도
지나치게 번거롭거나 꾸밈이 없도록 해야 한다. 그 점
에서 나로서는 향나무나 다른 정원수를 여러 가지 모양
으로 전지하는 것은 좋아하지 않는다. 그러한 짓은 아
이들 장난에 지나지 않는다. 작고 낮은 울타리에 둥글
게 가장자리를 만들어 몇 개의 아름다운 피라밋을 가지
게 하는 것은 매우 좋다. 그리고 군데군데 목수의 손으
로 만든 뼈대 위에다 멋있는 기둥을 두는 것도 좋다.
나는 또한 오솔길은 넓고 아름다운 것으로 하고 싶다.
양쪽 지면 위에 있는 오솔길은 비교적 좁아도 좋으나

주정원에는 좋지 못하다. 정원의 중심부에 아름다운 산을 만들고 세 개의 오르막길과 오솔길을 만들어 네 사람이 나란히 걸어갈 수 있도록 한다. 이들 통로는 산을 한바퀴 돌게 되어 있고, 방벽이나 울퉁불퉁한 데가 없게 한다. 산의 높이는 30피트로 한다. 거기에다 조촐하게 꾸민 난로가 있고, 유리를 많이 끼우지 않은 연회장을 두고 싶다.

천수(泉水)에 관해서 말하면, 그것은 매우 아름답고 상쾌한 것이다. 그러나 못은 모든 것을 망쳐 놓으며 정원을 비위생적으로 만들며, 파리와 개구리가 들끓게 한다. 분수는 두 가지 종류로 하고 싶다. 한 가지는 물을 뿌리거나 내뿜는 것이다. 다른 한 가지는 물을 받는 것이며 30피트 내지 40피트평방으로 하여 고기나 끈적끈적한 것이나 진흙이 없도록 한다. 전자에는 보통 사용되고 있는 도금이나 대리석의 조각 장식이 좋다. 그러나 중요한 문제는 수반이나 물통에 물이 고이지 않도록 흘러내려가게 하는 일이다. 이리하여 물이 한 곳에 고임으로써 녹색이나 붉은색이나 기타의 색으로 변색하거나 또는 이끼가 끼거나 부패하지 않도록 해야 한다. 한편 매일 손으로 청소를 할 필요가 있다. 또한 거기에 이르는 몇 개의 계단과 그 둘레를 깨끗이 포장하는 것도 좋은 일이다.

또 다른 종류의 천수에 관해서 말하면, 그것은 목욕용 풀이라고 불러도 좋은 것인데, 많은 기교로 아름답게 꾸밀 필요가 있다. 그러나 여기서는 번폐스러운 설명은 하지 않기로 한다. 예컨대 밑바닥을 아름답게 포장하고 무늬를 붙이기도 하며, 양쪽 측면도 그와 같이 한다. 그 위에다 채색된 유리나 기타 광택이 있는 물질로 장식을 한다. 그리고 주위에는 낮은 조각을 새긴 아름다운 난간을 두른다. 중요한 점은 첫째 종류의 천수에 관해서 설명한 것과 마찬가지로 물이 항시 흐르게 하는 것이며, 풀보다도 높은 곳에서 좋은 홈통을 따라 떨어지는 물을 받아서 그것이 고이지 않도록 몇 개의 같은 크기의 파이프를 가지고 지하로 배수하는 것이다. 그리고 여러 가지 기교, 예컨대 물이 조금도 엎질러지지 않고 아치 모양으로 흘러내리게 하거나 또는 여러 가지 모양으로 분상케 하는 것은—날개나 술잔이나 천개와 같은 모양—바라보기에는 아름답지만 건강과 포근함에는 아무런 도움이 안 되는 것이다.

정원의 셋째 부분인 히드에 관해서 말하면, 나는 그것을 될 수 있는 대로 자연적인 야성미를 살려서 만들고 싶다. 그 안에는 수목은 전연 심지 않도록 한다. 그러나 들장미와 인동으로 된 몇 개의 덤불을 만들고 그 사이에 머루나무 몇 그루를 심는다. 그리고 지면에는 오랑캐꽃·딸기·앵초를 심는다. 왜냐하면 이것들은 좋은 냄새가 나며 그늘에서도 자라기 때문이다. 그리고 이것들은 히드의 이곳저곳에 흩어져 있게 하고 질서 있게 하지 않아도 된다. 나는 또한—마치 진짜 히드에 있

는 것처럼—두더지가 파놓은 흙두덤 같은 작은 더미가
있었으면 좋겠다. 그 가운데에 어떤 것에는 야생의 백
리향을, 어떤 것에는 패랭이꽃을, 어떤 것에는 개불알
꽃을 심어서· 보기에 아름다운 꽃을 제공한다. 또 어떤
것에는 빙카를, 어떤 것에는 오랑캐꽃을, 어떤 것에는
딸기를, 어떤 것에는 구륜초를, 어떤 것에는 데이지꽃
을, 어떤 것에는 붉은 장미를, 어떤 것에는 은방울꽃을,
어떤 것에는 붉은 패랭이꽃을, 어떤 것에는 헤르볼스
를, 기타 이와 같은 키가 작은 꽃들이 피게 하여 향기
롭고 보기에도 좋게 한다. 더미의 일부분에는 그 꼭대
기에 작은 덤불을 이룬 관목을 심고 다른 곳에는 그것
을 심지 않는다. 그 관목으로서는 장미·향나무·참서
양감탕나무·매발톱나무(그러나 이 꽃은 냄새가 지독하
기 때문에 군데군데 심는다)·붉은 포도·산딸기·로즈
메리·월계수·들장미 등이 좋다. 그러나 이들 관목이
함부로 무성하지 않도록 적당하게 전지를 해야 한다.

　양쪽의 지면에 관해서 말하면, 여러 가지 오솔길을
만들어서 그 가운데 어떤 것은 해가 어디에서 비치든지
충분한 그늘을 제공할 수 있도록 하고 그 가운데 어떤
것은 바람막이가 될 수 있도록 꾸민다. 바람이 몹시 불
때에도 복도 안에서처럼 거닐 수 있을 것이다. 이 오솔
길도 마찬가지로 양쪽에 울타리를 만들어서 바람을 막
아야 한다. 그리고 이들 좁은 오솔길에는 깨끗하게 자
갈을 깔게 하고 풀을 심지 않도록 한다. 왜냐하면 비가

올 때 젖지 않게 하기 위함이다. 이들 오솔길에는 또한
여러 가지 종류의 과수를 심도록 한다. 그것은 흙담장
위에 심기도 하고 열을 지어서 심기도 한다. 그리고 일
반적으로 주의해야 할 것은 과수를 심는 부분은 보기
좋고, 넓고 낮은 데가 좋으며 가파른 데는 좋지 않다.
그리고 좋은 꽃을 심되 드문드문 심는다. 그것들이 수
목의 양분을 빼앗지 않게 하기 위함이다. 양쪽 지면의
끝에는 상당히 높은 동산을 두고 싶다. 그리하여 주위
의 담장은 사람의 가슴만큼의 높이로 하여 동산에서 바
깥 들판을 바라볼 수 있게 했으면 좋겠다.

주정원에 관해서 말하면, 양쪽에 몇 개의 훌륭한 오
솔길이 있고, 거기에다 과수를 가지런히 심는 것을 나
는 반대하지 않는다. 그리고 과일나무숲과 앉을 자리가
있는 정자가 짜임새 있게 배치되어 있는 것도 반대하지
않는다. 그러나 결코 이것들을 너무나 빽빽하게 해서는
안 된다. 주정원을 답답하지 않도록 공기가 트이고 자
유롭게 유동케 하기 위해서이다. 그늘이 필요하다면 양
쪽 지면의 오솔길을 이용하면 된다. 만일 마음이 내킨
다면 여름과 더운 날에는 거기를 거닐면 되는 것이다.
그러나 명심해 두어야 할 것은, 주정원은 일 년 가운데
서 온난한 계절을 위한 것이며, 여름의 더운 때에는 아
침과 저녁 또는 흐린 날을 위한 것이라는 점이다.

새 기르는 장소에 관해서는, 나는 그러한 것을 좋아
하지 않는다. 다만 그 규모가 커서 잔디를 깔고 그 속

에 나무를 심고 덤불이 생겨서 새들이 자유롭게 날고 자연적으로 집을 지을 수 있어서 새 기르는 장소의 바닥에 오물이 나타나지 않는다면 별개의 문제이다.

위에서 나는 어떤 부분은 설명으로, 어떤 부분은 묘사로써 군주에게 알맞는 정원에 관해서 개설하였다. 그것은 하나의 모형이 아니라 그 모형의 전체적인 윤곽이다. 이 경우 나는 비용은 아끼지 않았다. 위대한 군주에게는 비용 따위는 아무것도 아니기 때문이다. 군주들은 대개 무식한 일꾼들의 의견을 듣고 막대한 비용을 들여서 정원을 꾸미고, 때로는 장엄하고 화려하게 꾸미기 위해서 조각상이나 기타의 것을 나열하기도 하지만 정원의 진정한 즐거움을 무시해 버리는 수가 많다.

47. 교섭에 관하여

　편지로 하는 것보다는 말로써 거래하는 것이 일반적으로 더 좋다. 자기 자신이 하는 것보다는 제3자를 중개로 해서 하는 것이 좋다. 편지가 좋은 것은 회답을 편지로 받고 싶어할 때나 혹은 나중에 자기의 편지를 꺼내는 것이 자기의 입장을 변호하기 위해서 도움이 될 때, 또는 방해가 되거나 이야기가 단편적으로 들릴 위험이 있을 때이다. 직접 거래하는 것이 좋은 것은 어떤 사람의 얼굴을 보통 아랫사람을 대하듯 바라볼 때이다. 혹은 신중한 경우에 있어서 사람의 눈이 이야기를 하고 있는 상대방의 얼굴 위에서 얼마 만큼 나아가야 하는가의 방향을 결정할 수 있을 때이다. 그리하여 일반적으로 부인하거나 설명하는 자유를 자기 자신이 확보하고자 할 때이다.

　중개인의 선택에 있어서는, 그에게 맡겨진 일을 하고 그 결과를 충실히 보고하는 비교적 정직한 사람이 좋다. 남의 일을 가지고 자기 자신의 면목을 세우려고 애쓰고 만족스러운 보고를 하기 위해서 문제를 적당하게 꾸미는 교활한 사람을 선택하는 것보다는 낫다. 또한 자기가 종사하는 일을 좋아하는 사람을 쓰는 것이 좋다. 왜냐하면 그 사람은 더욱 활기를 띨 것이기 때문이다. 그리고 일에 알맞는 사람을 쓰는 것이 좋다. 예컨대 항의를 위해서는 대담한 사람을, 설득을 위해서는 말 잘하는 사람을, 조사나 관찰을 위해서는 술책에 능란한 사람을, 그 자체가 잘 되지 않을 성싶은 일에 대해서는 고집 세고 조리가 없는 사람을 쓰는 것이 좋다. 이제부터 시키려는 일에 있어서 이전에 재수 좋게도 성공한 일이 있는 사람을 쓰는 것이 좋다. 왜냐하면 그것은 그들에게 자신감을 가져다 주며, 그들은 이전의 평판을 유지하려고 노력할 것이기 때문이다.

처음부터 문제에 부딪치는 것보다는 교섭의 상대를 멀리 둘러서 살피는 것이 좋다. 어떤 당돌한 질문을 함으로써 상대방을 놀라게 하는 뜻에서라면 별문제지만. 자기가 희망하는 대로 되어 있는 사람보다는 야심을 가지고 있는 사람을 다루기가 더 좋다. 만일 여러 가지 조건을 가지고 타인과 거래한다면 출발이라고 할 처음에 이행하는 것이 가장 중요하다. 그것을 상대방에게 합리적으로 요구할 수는 없는 것이다. 일의 성질상 상대방이 먼저 해야 할 일이나, 또는 자기는 상대방의 도움이 다른 일에서 필요할 것이라고 상대방을 설득할 수 있는 경우나, 또는 자기가 비교적 정직한 사람이라고 간주되는 경우에는 예외이다.

모든 교섭은 자기의 진면목을 나타내든가 또는 타인을 이용하는 데 있다. 사람들은 상대방을 믿을 때, 흥분해 있을 때, 방심했을 때, 그리고 부득이 무엇인가 하고

싶은데 적당한 구실을 발견할 수 없을 때, 자기 자신의
진면목을 나타낸다. 만일 당신이 어떤 사람을 이용하려
면 그 사람의 성질과 습관을 알고 난 다음에 그것을 이
끌어 가든가, 그렇지 않으면 그 사람의 목적을 알아서
그를 설득하든가, 또는 그 사람의 약점과 불리한 점을
알고 위협하든가, 혹은 그 사람이 존중하는 인물을 알
아서 상대방을 지배해야 한다. 교활한 사람과 교섭할
때에는 항상 상대방의 목적을 잘 생각해서 그의 말을
해석해야 한다. 그리고 그러한 사람들에게는 말을 적게
하고 또 상대방에게는 가장 뜻밖의 것을 말하는 것이
좋다. 모든 어려운 교섭에 있어서는 씨앗을 뿌리고 곧
거두어 들이려고 생각해서는 안 된다. 도리어 일을 준
비하여 서서히 그것이 익어 가도록 해야 한다.

48. 추종자와 친구에 관하여

비용이 많이 드는 추종자는 좋은 것이 못 된다. 사람이 그 꼬리를 길게 하는 동안에 그의 날개를 짧게 하기 때문이다. 나는 돈지갑에 부담을 주는 사람들만이 비용이 많이 든다고 말하는 것이 아니라, 귀찮게 탄원하고 성가시게 하는 자들까지를 포함해서 말하는 것이다. 보통의 추종자는 비호·추천·피해로부터의 보호 이상의 높은 조건을 요구해서는 안 된다. 당파적인 추종자는 더욱 좋은 것이 못 된다. 그들은 자기들이 섬기는 사람에 대한 애정 때문에 그에게 추종하는 것이 아니라, 어떤 다른 사람에 대한 반감 때문에 이에 추종하는 것이다. 그 결과 보통 위대한 인물 사이에 자주 보이는 오해가 일어나는 것이다. 마찬가지로 자기가 섬기는 사람을 찬양하는 나팔을 부는 추종자도 불편할·때가 많다. 왜냐하면 그들은 비밀을 지키지 않아 일을 해치기 때문이다. 그리고 그들은 어떤 사람의 명성을 외부로 내보내긴하지만 그 대신에 질투라는 것을 그 사람에게 돌아오게 하기 때문이다. 그리고 일종의 위험한 추종자가 있는데 그것은 바로 간첩이다. 그들은 주인집의 비밀을 염탐해서 그것을 남에게 이야기한다. 그러나 이와 같은 사람들이 총애를 크게 받는 일이 많다. 왜냐하면 그들

은 참견을 잘하며, 보통 이쪽을 염탐하는 대신에 저쪽
의 비밀도 말해 주기 때문이다.

어떤 지위에 있는 사람이 자기와 같은 직업을 누리고
있는 높은 사람에게 추종하는 것은—예컨대 전쟁 때문
에 고용된 장군에게 병사들이 추종하는 것처럼—그것이
지나치게 어마어마하지 않거나 인기를 얻으려고 하지
않는 경우에는 언제나 온당한 일이며 군주국에 있어서
도 괜찮은 일이라고 생각되어 왔다. 그러나 가장 훌륭
한 추종은 모든 종류의 사람들 속에 있는 덕성과 가치
를 간파하고 발탁하는 것을 알고 있는 사람이라고 해서
사람들이 추종하는 것이다. 그러나 그 능력에 있어서
현저한 차이가 없는 경우에는 비교적 유능한 사람보다
는 차라리 비교적 융통성이 있는 사람을 채용하는 것이
더 좋다. 그리고 털어놓고 말하면, 이러한 좋지 못한 시
대에는 활동적인 인물이 덕망이 높은 사람보다 더 쓸모
가 있는 것이다.

정치에 있어서는 같은 지위에 있는 사람은 똑같이 임
용하는 것이 좋다는 것은 사실이다. 왜냐하면 어떤 사
람을 특별히 우대하는 것은 그들로 하여금 오만케 하며
다른 사람들에게는 불평을 하게 하기 때문이다. 그들도
자기의 당연한 권리를 주장할 것이기 때문이다. 그러나
이와는 반대로 은전에 있어서는 사람을 쓰는 데 있어
많은 차별과 선택을 하는 것이 좋다. 왜냐하면 그렇게
하면 발탁된 사람은 더욱 감격할 것이며, 나머지 사람

들도 더욱 열심히 일하게 되기 때문이다. 모두 은전의 문제이기 때문이다. 누구라도 처음부터 중용하지 않는 것이 좋은 분별이다. 왜냐하면 그 비례를 언제까지나 유지해 갈 수는 없기 때문이다. 소위 한 사람에 의해서 흔들리는 것은 안전한 것이 못 된다. 왜냐하면 그것은 성격의 우유부단함을 보여 주는 것이며, 추문과 악평을 자아내기 쉽기 때문이다. 어떤 사람을 직접적으로 비난하거나 또 나쁘게 말하려고 하지 않는 사람들까지도 그들에 대해서 세력을 가지고 있는 사람들에 관한 것을 대담하게 말하게 되며 따라서 그 명예를 손상케 하기 때문이다. 그렇다고 해서 많은 사람들이 어찌할 바를 모르게 하는것은 더욱 나쁘다. 왜냐하면 그것은 사람을 마지막 인상에 의해서 움직이는 변화하기 쉬운 인간으로 만들어 버리기 때문이다.

소수의 친구들에게 충고를 듣는 것은 언제나 훌륭한 일이다. 왜냐하면 관전자는 대국자보다도 더 많은 것을 보는 일이 많으며, 그리고 골짜기가 언덕을 더 뚜렷하게 보여 주기 때문이다. 세상에는 우정은 적으며, 특히 동등한 신분 사이에는 가장 적다. 그것은 옛날부터 과장해서 전해져 왔던 것이다. 실재하는 우정은 한쪽의 운명이 다른 쪽의 그것을 포용할 수 있는 윗사람과 아랫사람 사이에 있을 뿐이다.

49. 청원자에 관하여

나쁜 일과 계획을 떠맡는 일이 많다. 그리하여 사적인 청원이 공익을 썩게 한다. 좋은 일을 떠맡는 사람이 나쁜 마음의 소유자인 경우도 많다. 그 뜻은, 마음이 썩었다는 것뿐만 아니라 실행할 의사도 없는 교활한 마음을 가졌다는 것이다. 어떤 사람은 청원을 받아들여 그것을 유효하게 처리하려고 생각하지 않고 도리어 어떤 다른 수단에 의해서 그 문제가 성공할지도 모른다는 것을 안다면, 그들은 청원자의 사례를 받거나 이차적인 보수를 받거나 혹은 적어도 일이 해결될 동안 청원자의 희망을 이용함으로써 만족한다. 어떤 사람은 오로지 누군가 다른 사람을 방해하는 기회를 위해서 청원을 받아들이기도 한다. 혹은 그렇게 하지 않으면 달리 적당한 구실을 찾을 수 없는 정보를 만들기 위해서 사람의 청원을 받아들인다. 이러한 경우 그들은 자기의 목적만 달성된다면 그 청원이 어떻게 되든 개의치 않는다. 혹은 일반적으로 다른 사람의 일을 자기 자신의 입신의 발판으로 삼기 위해서 청원을 받아들인다. 아니 어떤 사람들은 반대쪽 또는 경쟁자를 기쁘게 하기 위해서 처음부터 실패시킬 목적을 가지고 청원을 받아들인다. 사실상 모든 청원에는 어떤 종류의 권리가 있다. 만약에 소송에 관한 청원이라면 공정을 요구할 권리가 있다. 만일 그것이 탄원이라면 상벌을 가릴 권리가 있다. 만일 정의의 관점에서 옳지 못한 사람 쪽에로 사랑하는 감정이 기울어진다면, 그것을 밀고나가는 것보다는 자기의 세력을 이용해서 적당하게 타협토록 하는 것이 좋다. 만일 감정 때문에 상벌에 있어 가치가 비교적 적은 사람을 승소케 하기 위해서는 비교적 가치 있는 자를 모욕하거나 중상하지 않고 그렇게 하도록 하라. 자기가 잘 이해하지 못하는 청원에 있어서는 그것에 대해 믿을 만하고 판단력이 있는 친구에게 의논하는 것이 좋다. 그러면 당신이 명예롭게 그것을 수행할 수 있는가 없는가를 알려 줄 것이다. 그러나 그 의논 상대는 잘 선택해야 한다. 그렇지 않으면 낭패를 당하기 때문이다.

청원자들은 지연과 기만을 매우 싫어하기 때문에 처음에는 청원을 맡을 것을 사양하고, 또는 성패를 있는 대로 보고하고, 또는 과분한 사례를 요구하지 않는 솔직한 행동은 명예로울 뿐만 아니라 고마운 일이다. 은혜를 요구하는 청원에 있어서는 제일 먼저 온 사람을 중히 해서는 안 된다. 그러나 어느 정도 자기에 대한 신뢰에 대해서는 고려해도 좋다. 만일 그 문제에 관한 지식을 그 사람 외에는 달리 얻을 수 없을 때에는 그의 신고를 이용하지 말고 그 당사자에게 다른 수단을 남겨 두는 것이 된다. 그리고 어떤 방법으로든지 그의 신고에 대해서 보답하는 것이 좋다. 어떤 청원의 가치를 모르는 것은 어리석은 일이다. 마찬가지로 그 당연한 권리를 모르는 것도 양심의 결핍이다.

청원에 있어 비밀을 유지하는 것은 그것을 획득하는 커다란 수단이다. 왜냐하면 그것이 잘 진행되는가를 이야기하는 것은 어떤 종류의 청원자는 실망시킬지 모르나 다른 청원자를 고무하고 각성케 하기 때문이다. 그러나 청원에는 시의(時宜)를 얻는 것이 가장 중요하다. 시의를 얻는다는 것은, 나는 그것을 허가해야 될 사람뿐만 아니라 그것을 방해하는 그와 같은 사람에 대해서도 중요하다는 것을 말하는 것이다. 알선자를 선택하는 경우에는 가장 유력한 알선자보다는 가장 적합한 알선자를 선택할 것이며 무엇에나 손을 대는 사람보다는 어떤 특정한 일만 다루는 사람을 선택하는 것이 좋다. 거절당하더라도 낙담하지 않고 불평하지 않으면 처음에 허가된 것과 같은 때가 종종 있다. '적당한 것을 얻기 위해서는 과대한 것을 요구하라'는 것은 호의를 받고 있다는 강점이 있는 자에게는 금언이다. 그러나 반대의 경우엔 작은 청원부터 차차 나아가는 것이 좋다. 왜냐하면 처음에 청원자를 감히 거부할 수 있었던 사람은 결국 그 청원자와 자기가 이전에 베푼 호의를 다같이 상실하지는 않을 것이기 때문이다. 높은 지위의 사람에게 추천서를 의뢰하는 것처럼 수월한 것은 없다. 그러나 좋은 목적에서가 아니라면 그만큼 그의 명성을 손상케 한다. 청원이면 무엇이든 떠맡는 사람들처럼 나쁜

것은 세상에 없다. 왜냐하면 그들은 공적인 일을 추진
하는 데에는 일종의 해독이며 전염병에 불과하기 때문
이다.

50. 학문에 관하여

학문은 즐거움과 장식(裝飾)과 능력을 위해서 도움이
된다. 즐거움을 위한 주요한 효용은 홀로 한거(閒居)할
때에 나타나며, 장식을 위해서는 담화에서, 그리고 능
력을 위해서는 사무에 관한 판단과 처리에서 나타난다.
왜냐하면 능숙한 사람은 일을 하나하나 처리하며 아마
특수한 것까지도 판단할 수 있기 때문이다. 그러나 일
반적인 충고라든가 일의 계획과 정리는 학문한 사람으
로부터 나온 것이 가장 좋다. 학문하는 데 지나치게 많
은 시간을 소비하는 것은 게으른 짓이며, 그것을 지나
치게 많이 장식하는 데 사용한다면 허식이다. 전적으로
학문의 규칙을 가지고 판단하는 것은 학자의 기질이다.
학문은 천성을 완성하며 경험에 의해서 학문은 완성된
다. 왜냐하면 천성의 능력은 자연적인 식물과 같은 것
이어서 학문에 의한 전지(剪枝)를 필요로 하기 때문이
다. 그리고 학문은 경험에 의해서 한정되는 것을 제외
하고는 너무나 막연한 지시를 주는 데 지나지 않다. 술
책에 능란한 사람은 학문을 멸시하고, 단순한 사람은
학문을 경탄하며, 슬기로운 사람은 학문을 사용한다.
왜냐하면 학문은 그 자신의 사용법을 가르쳐 주지 않기
때문이다. 그것은 학문 밖의 그리고 학문을 초월한 관

찰을 통해서 얻어진 지혜이다.

반대하고 논박(論駁)하기 위해서 독서해서는 안 된다. 믿기 위해서, 동의하기 위해서 읽어서도 안 되며 또 이야기와 논설을 찾아내기 위해서 독서해서도 안 된다. 다만 경중을 가리고 고찰하기 위해서 독서하라. 어떤 책은 음미해야 하며 어떤 책은 삼켜야 하며 약간의 책은 씹어서 소화시켜야 한다. 바꾸어 말하면 어떤 책은 그 일부분만 읽어야 하며, 어떤 책은 읽되 주의깊게 읽지 않아도 된다. 그리고 어떤 책은 다 읽되 부지런히 주의깊게 읽어야 한다. 어떤 책은 대리로 하여금 읽게 할 수도 있고, 다른 사람에 의해서 만들어진 발췌문을 읽어도 좋다. 그러나 그것은 다만 중요하지 않은 내용이나 비속(卑俗)한 종류의 책인 경우다. 그렇지 않고 증발해 버린 책은 마치 보통의 증류수처럼 맛이 없다. 독서는 충실한 인간을 만든다. 담론은 민첩한 사람을 만들며 저술은 정밀한 인간을 만든다. 그러므로 만일 저술을 적게 한다면 그는 좋은 기억력을 가질 필요가 있다. 만일 담론하는 일이 적다면 그는 임기응변의 위트를 가질 필요가 있다. 그리고 만일 독서를 적게 한다면 그는 그가 모르는 것도 알고 있는 것처럼 보이게 하는 많은 요령이 필요하다.

역사는 사람을 슬기롭게 만들며, 시가는 사람을 재치 있게 하며, 수학은 사람을 정밀케 하며, 자연과학은 사람을 심원하게 하며, 윤리학은 사람을 중후하게 하며,

논리학과 수사학은 논쟁에 능하게 한다. "학문은 인격 속으로 옮아간다." 아니 지능 속에 있는 어떠한 장애나 고장이라 할지라도 적당한 학문에 의해서 제거되지 않는 것이 없다. 마치 육체의 병에 대해서 이를 고치는 적당한 운동이 있는 것과 같다. 공던지기는 결석(結石)과 신장(腎臟)에 좋으며, 수렵은 폐와 가슴에 좋으며, 천천히 걷는 것은 위에 좋으며, 승마는 머리에 좋은 것과 같다.

그러므로 만일 정신이 산만하다면 수학을 배우게 하라. 왜냐하면 증명을 하는 데 있어서는 그의 정신이 조금이라도 흩어지면 다시 시작하지 않으면 안 되기 때문이다. 만일 그의 정신이 구별이라든가 차이를 발견하는 데 적합하지 않다면 스콜라 철학자를 연구하는 것이 좋다. 왜냐하면 그들은 '양귀비 씨앗을 쪼개는 사람들'이기 때문이다. 만일 문제를 충분히 음미해서 한 가지를 증명하고 예증하는 데 적절하지 않다면 그로 하여금 판례집을 공부하게 하라. 이처럼 정신의 결함에도 각기 그 처방이 있는 것이다.

51. 당파에 관하여

군주가 자기의 영토를 통치하고, 높은 지위에 있는 사람이 자기의 직무를 통제함에 있어서, 당파의 의향에 순응하는 것이 가장 주요한 정책이라고 생각하는 현명치 못한 의견을 가진 사람들이 많이 있다. 그러나 이와는 반대로 가장 중요한 지혜는 일반적이고 여러 당파의 사람들임에도 불구하고 동의하는 일을 처리하는 것이며, 또는 한사람 한사람 개개인에 상응하도록 취급하는 일이다. 그러나 나는 당파에 대한 고려를 무시해도 좋다는 것을 말하는 것은 아니다. 신분이 낮은 사람들은 출세를 위해서는 어떠한 당파에 붙어야 한다. 그러나 자기 자신이 권력을 갖고 있는 높은 사람들은 불편부당, 중립적인 위치를 취하는 것이 좋다. 그러나 출세의 출발점에 있는 사람이라 할지라도 당파적 입장을 될 수 있는 대로 온건하게 해서 그 당파에 있으면서 다른 당파의 사람들과 통할 수 있는 것이 보통 가장 좋은 방법이다.

당파는 낮은 것, 미약한 것일수록 그 결합이 단단하다. 그리고 소수의 강경파가 다수의 온건파를 곤혹케 하는 것은 자주 보는 사실이다. 당파의 하나가 소멸할 때에는 남은 당파는 분열한다. 예컨대 루쿨루스와 그

밖의 원로원의 귀족들(귀족당이라고 불렸다)은 폼페이
와 시저의 당파에 얼마 동안 대항하였다. 그러나 원로
원의 권위가 땅에 떨어지자 시저와 폼페이는 곧 사이가
벌어졌다. 마찬가지로 안토니우스와 옥타비아누스의 당
파 또는 파벌은 브루투스와 카시우스에 대항해서 잠시
동안 지속되었으나 브루투스와 카시우스가 넘어지자 곧
안토니우스와 옥타비아누스도 분열하였다.

 이상의 예는 전쟁에 관한 것이지만, 사적인 당파에
관해서도 같은 것을 볼 수 있다. 그러므로 당파가 분열
할 때에는 그 당파에 있어서 제2의 인물이 두령이 되는
일이 자주 있다. 그러나 그들은 무용해져서 추방당하는
일도 자주 있다. 왜냐하면 많은 사람들은 반대하는 데
에 힘을 쓰며, 반대하는 대상이 없어지면 그들은 쓸모
가 없게 되기 때문이다.

 한 당파 안에서 이미 상당한 지위에 있는 사람이 자
기가 들어간 당파와 반대되는 당파에 편드는 것을 흔히
본다. 이러한 사람들은 아마 최초의 지위는 이미 확실
해졌기 때문에 이제는 새로운 동지를 획득해도 좋다고
생각하기 때문이다. 당파에 있어서의 배신자는 쉽사리
성공을 거둔다. 왜냐하면 싸움이 오랫동안 균형을 이루
고 있을 때에는 누군가 한 사람과 손잡는 것이 문제를
해결하며 그 사람은 모든 사람의 감사를 받게 되기 때
문이다.

 두 개의 당파 사이에서 중립의 태도를 취하는 것이

반드시 온건한 것은 아니며, 양쪽을 다같이 이용하려는 목적을 가지고 자기 자신의 이익을 도모하려는 데서 나온 것이다. 확실히 이탈리아에서는 법왕이 '만인의 아버지'라는 말을 자주 할 때에는 좀 이상하다고 생각하며 그것은 만사를 자기 집이 크다는 것에다 결부시키려고 하는 사람의 징표라고 생각한다. 국왕은 스스로 일당 일파에 기울어지지 않도록 충분히 경계할 필요가 있다. 왜냐하면 국가 내부에 있어서의 붕당은 군주제도에 대해서는 언제나 해롭기 때문이다. 그 이유는 나의 의무를 군주에 대한 의무보다 더 중요시하게 되며 나아가 국왕을 '우리들 동료들 가운데 한 사람처럼' 만들어 버리기 때문이다. 그 예는 프랑스의 신성동맹에서 볼 수 있었다.

당파가 지나치게 강하고 지나치게 맹렬해지는 것은 왕권의 약화의 징조이며, 국왕의 권위와 국사를 다같이 해치는 일이 많다. 국왕 아래 있는 여러 당파의 움직임은 하위의 천체운동—천문학자들이 말하는 것처럼—과 같아야 마땅하다. 즉, 그것들은 자기 고유의 운동을 가지고 있으나, 항상 제십천(第十天)의 보다 높은 운동에 의해서 조용히 이루어져야 할 것이다.

52. 의식(儀式)과 예의에 관하여

　오직 진실된 사람은 여러 가지 많은 덕성을 가질 필요가 있다. 마치 광채를 더 내기 위해서는 밑에 까는 엷은 금속 조각이 없는 보석이 좋은 것이어야 하는 것처럼. 그러나 잘 주의해서 보면 사람들의 칭찬과 호평을 받는 것은 마치 소득이나 이득을 얻는 것과 흡사하다. '티끌 모아 태산'이라는 격언은 사실이다. 왜냐하면 커다란 이득은 가끔 있지만 작은 소득은 자주 있기 때문이다. 그러므로 사소한 일이 큰 호평을 받는 것은 사실이다. 왜냐하면 그것은 늘 사용되고 또 사람의 눈에 띄기 때문이다. 이에 반해서 커다란 덕성을 발휘하는 기회는 축제(祝祭)의 경우 외에는 좀체로 없다. 그러므로 예절을 몸에 갖춘다는 것은 그 사람의 평판을 더해 주며―이사벨라 여왕이 말한 것처럼―그것은 끊임 없는 추천장과 같은 것이다.

　예절을 몸에 익히기 위해서는 그것을 경멸하지 않는 것만으로도 거의 충분하다. 왜냐하면 그렇게 하면 타인 속에 있는 예절을 관찰할 수 있을 것이기 때문이다. 그리고 나머지는 자기 마음대로 맡겨 두는 것이 좋다. 왜냐하면 만일 그것을 나타내려고 지나치게 힘을 들이면 그것의 자연스럽고 꾸밈 없는 점잖은 면을 상실하기 때문이다. 어떤 사람의 행동은 모든 음절이 규칙적으로 되어 있는 운문과 같다. 마음을 조그마한 일의 관찰에 다 지나치게 돌리는 사람이 어찌 커다란 문제를 잡을 수 있겠는가?

자신이 예절을 전연 지키지 않는 것은 타인에게도 자기에 대해서 예절을 지키지 않도록 가르치는 것이 된다. 그 결과 자기 자신에 대한 존경심을 감소시키게 된다. 특히 낯모르는 사람이나 형식주의적인 사람에게는 예절을 생략해서는 안 된다. 그러나 예절을 기다랗게 늘어놓고 그것을 높이 추켜올리는 것도 싫증나게 할 뿐 아니라, 그러한 말을 한 사람에 대한 신념과 성실성을 감소케 한다. 확실히 인사말 가운데는 효과 있고 감명깊은 것을 상대방에게 전달할 수 있는 것이 있으며, 그것을 만일 잘 맞힐 수만 있다면 큰 효과를 얻을 수 있다.

자기와 동배(同輩) 사이에서는 친밀해지는 것은 확실하다. 그러므로 조금은 체통을 지키는 것이 좋다. 손아래 사람들 사이에서는 존경을 받을 수 있을 것이다. 그러므로 조금씩 친밀해지는 것이 좋다. 어떤 일에서든지 지나쳐서 남에게 염증을 느끼게 하는 사람은 자기 자신의 값을 떨어뜨린다. 자기 자신을 타인에게 맞도록 하는 것이 좋다. 그렇게 하는 것은 상대방에 대한 존경심에서이며 자기가 고분고분해서가 아니라는 것을 보여주어야 한다. 일반적으로 타인에게 찬성하면서 자기 자신의 의견을 약간 첨가하는 것이 좋다. 예컨대 만일 당

신이 상대방의 의견을 받아들일 때에는 약간의 수정을
가하라. 만일 상대방의 동의를 따르려 한다면 약간의
조건을 붙이도록 하라. 만일 상대방의 충고를 받아들이
려면 더욱 그 이상의 이유를 내세우는 것이 좋다.

　사람은 비위를 맞춤에 있어서 지나치게 능할 필요는
없다. 왜냐하면 그러한 사람은 다른 면에서는 아무리
유능할지라도 그 사람을 질투하는 사람들은 반드시 그
것을 아첨꾼이라고 부르고 그 사람의 커다란 미덕을 해
치기 때문이다. 지나치게 여러 가지 예절에 마음을 쓰
고 시간과 기회를 살피는 데 지나치게 부심하는 것은
업무상으로 손해다. 솔로몬은, "풍세를 살펴보는 자는
파종하지 아니할 것이요, 구름을 바라보는 자는 거두지
아니하리라."(전도서 11장 4절)고 말하였다. 현명한 사
람은 기회를 발견하기보다는 스스로 만들어 낸다. 사람
의 행동은 의복과 같은 것이어야 하며, 지나치게 깔끔
하지 말 것이며, 자유롭게 거동하고 움직일 수 있게 하
는 것이 좋다.

53. 칭찬에 관하여

칭찬은 미덕의 반영이다. 그러나 그 반영은 그것을 반영하는 유리나 물체와 흡사하다. 만일 보통 사람한테서 나오는 칭찬이라면 대체로 잘못된 것이고 무가치한 것이다. 그리고 유덕한 사람보다는 경박한 사람에게 수반하는 것이다. 왜냐하면 보통 사람에게는 뛰어난 많은 덕성은 이해될 수 없기 때문이다. 가장 저급한 미덕은 그들의 칭찬을 받는다. 중급의 미덕은 그들의 마음속에 놀라움과 감탄을 불러일으킨다. 그러나 최고의 미덕에 대해서는 그들은 전연 그것을 알 수 있는 감각을 가지지 못하고 있다. 그러나 외관과 '미덕에 흡사한 외관'은 그들에게는 가장 효력이 있다. 확실히 명성은 하천과 같아서 가볍고 부푼 것은 뜨게 하고 무겁고 꽉찬 것은 가라앉게 한다. 그러나 만일 고귀하고 판단력이 있는 사람들의 의견이 일치한다면 그 경우에는(성경에서 말하고 있는 것처럼) "좋은 명성은 향기 높은 향유와 같다." 그것은 주위를 온통 향기로 채우며 쉽사리 사라지지 않는다. 왜냐하면 향유의 향기는 꽃의 향기보다 오래 계속되기 때문이다.

세상에는 매우 많은 거짓된 칭찬이 있으므로 사람들은 이에 대해서 경계해야 한다. 어떤 칭찬은 단순히 아

첨에서 나오기도 한다. 그리고 만약에 그가 보통의 아
첨꾼이라면 누구에게나 유효한 어떤 공통적인 속성을
가질 것이다. 만일 그가 교활한 아첨꾼이라면 최대의
아첨꾼을 추종할 것이다. 최대의 아첨꾼이란 곧 그 사
람 자신이다. 그리고 어떤 사람이 자기를 가장 좋다고
생각하는 점이 있으면 아첨꾼은 그것을 가장 치켜든다.
그러나 뻔뻔스러운 아첨꾼이라면 어떤 사람이 자기의
가장 단점이라고 자각하고 가장 부끄럽다고 생각하는
점을 무리하게 '양심의 가책도 돌봄이 없이' 장점으로
믿게 할 것이다.

어떤 칭찬은 호의와 경의에서 나온다. 그것은 국왕이
나 높은 사람들에 대한 예의의 당연한 형식이며 '칭찬에
의해서 가르치는 것이다.' 그러한 때에는 그들이 이러이
러하다는 것을 말함으로써 그들이 마땅히 이러이러해야
한다는 것을 알리는 것이다. 사람들 가운데는 그들에게
해를 끼치려는 악의 때문에 칭찬받는 이도 있다. 그렇
게 함으로써 그들에 대한 선망과 질투를 불러 일으킨
다. '최악의 종류의 적은 칭찬하는 사람이다.' 그 때문에
그리스인들 사이에는 '해가 될 만큼 칭찬받는 사람은 그
의 코 위에 종기가 생길 것이다'라는 속담이 있었다. 이
것은 우리들이 '거짓말하는 자의 혓바닥에는 수포가 돋
아날 것이다'라고 하는 것과 흡사하다. 확실히 적합한
기회의 적당하고 속되지 않은 칭찬은 좋은 결과를 가져
온다. 솔로몬은 "이른 아침에 큰소리로 그 이웃을 축복

하면 도리어 저주같이 여기게 되리라."고 말하였다. 사람이나 일에 대해서 지나치게 떠벌리는 것은 반감을 불러일으키며 질투와 경멸을 낳게 한다.

자기 자신을 칭찬하는 것은 극히 드문 경우를 제외하고는 흉한 일이다. 그러나 자기의 임무나 직업을 칭찬하는 일은 점잖고 일종의 아량을 보이는 것이 된다. 로마 법왕의 추기경들은 신학자요, 수도사요, 스콜라 철학자들인데 그들은 세속적인 일에 대해서는 매우 경멸적인 말을 하였다. 왜냐하면 그들은 전쟁이라든가, 외교라든가, 사법이라든가, 기타의 세속적인 일을 '하급관리'의 일이라고 부르고 있기 때문이다. 이러한 일은 마치 '주장관 대리'나 집달리의 일에 지나지 않는다고 말하고 있다. 그러나 그들의 고원한 명상보다는 이러한 하급관리의 일이 훨씬 세상을 이롭게 하는 일이 많다. 성 바울은 자기를 자랑할 때에는, "내가 정신빠진 사람같이 말합니다만."[1]이라는 말을 가끔 섞었다. 그러나 자기의 직무를 말할 때에는, "나는 이러한 내 임무를 영광으로 생각합니다."[2]라고 말하였다.

---

1) 고린도후서 11장 23절.
2) 로마서 11장 13절.

54. 허세에 관하여

파리가 차바퀴 위에 앉아서 "나는 얼마나 많은 먼지를 일으키고 있는가!"라고 말하였다는 이솝의 이야기는 참으로 잘 꾸며진 것이다. 세상에는 허세를 부리는 사람이 있어서 무엇인가가 절로 행해지거나 보다 큰 수단에 의해서 움직여지는 일에 만일 자기가 조금이라도 관여하고 있다면, 그들은 자기가 그것을 운행하고 있다고 생각한다. 자만심이 있는 사람들은 반드시 당파심을 필요로 한다. 왜냐하면 모든 자랑은 타인과의 비교 위에 성립되기 때문이다. 그들은 자기 자신의 자랑을 관철하기 위해서는 반드시 격렬하지 않을 수 없다. 또 비밀을 지킬 수가 없기 때무에 일을 성취할 수가 없다. 프랑스의 속담에 따르면, '큰소리치고 실속 있는 것은 없다'는 것이다. 그러나 확실히 정치적인 문제에 있어서는 이러한 성질은 쓸모가 있다. 즉, 어떤 사람의 미덕이라든가 위대함에 대해서 여론과 평판을 만들어 낼 때에는 이러한 사람들은 좋은 나팔수이다.

그리고 티투스 리비우스가 안티오쿠스[1]와 아에톨리아인[2]의 경우에 관해서, "모순된 거짓말이 커다란 결과

---

1) 시리아의 왕(BC 223~187 재위). 고대 그리스 서부의 아에톨리아인의 원조를 받아 로마와 싸웠으나 패했다.

를 낳는 일이 가끔 있다."고 말한 것과 같다. 마치 제3
자에 대해서 전쟁을 하도록 동맹을 맺게 하기 위해서
두 사람의 군주 사이에서 교섭하는 사람이 각자에게 그
쌍방의 병력을 실제 이상으로 과장하는 것과 같다. 그
리고 때로는 사람과 사람 사이에서 거래를 하는 사람이
쌍방에 대해서 자기가 실제로 갖고 있는 것보다 더 큰
세력을 갖고 있는 척함으로써 쌍방에 대한 자기 자신의
신용을 높이려고 한다. 이들과 또 이와 흡사한 경우로
서 무(無)로부터 무엇인가가 생겨나는 일이 종종 있다.
왜냐하면 거짓말은 의견을 불러일으키기에 충분하며 그
리고 의견은 실질을 가져오기 때문이다.

군대의 지휘관과 병사들에게 있어서, 허세는 필수적
인 조건이다. 왜냐하면 쇠가 쇠를 날카롭게 하는 것과
마찬가지로 허세에 의해서 하나의 용기는 다른 용기를
고무시키기 때문이다. 비용과 모험을 필요로 하는 커다
란 일의 경우에는 허세적인 성질이 결합되는 것이 일에
활력을 불어넣는다. 그리고 착실하고 진지한 성질의 사
람은 돛의 역할보다는 밸러스트의 역할을 한다. 학문상
의 명성에 있어서도 약간의 허세의 날개가 없으면 그
비상이 느릴 것이다. "명예를 경멸할 것에 관한 책을 쓴
사람도 자기의 이름을 책에다 붙인다."3) 소크라테스,

---

2) 고대 그리스의 아에톨리아의 주민. 안티오쿠스를 도왔다고 해서 로마
   의 학대를 받았다.
3) 키케로의 말.

아리스토텔레스, 갈레노스4)는 모두 허세에 찬 사람들
이었다. 확실히 허세는 사람의 기억을 오래 계속하도록
한다. 그리고 덕성은 그 자체로서 거룩한 것이며 그것
이 인간성에 은덕을 입는 일은 결코 없다. 키케로, 세네
카, 플리니우스 세쿤두스5) 등의 명예도, 그들 자신의
약간의 허세와 결합하지 않았더라면 그처럼 오래 계속
되지는 않았을 것이다. 허세는 마치 천장을 번질번질
빛나게 할 뿐 아니라 오래가게 하는 왁스와 같다.

그러나 나는 허세를 논함에 있어 타키투스가 무키아
누스에게 돌린 그러한 성질을 말하는 것은 아니다. 그
것은 곧 "그가 말하고 그가 하는 일의 모든 것을 아름답
게 보이게 하는 일종의 기술을 그는 가지고 있다."는 것
이다. 왜냐하면 그것은 허식에서 나오는 것이 아니라,
천성적인 아량과 분별심에서 나오는 것이기 때문이다.
그리고 어떤 사람들에 있어서는 보기 좋을 뿐만 아니라
우아하기도 하다. 왜냐하면 변명이나 양보, 잘 통제된
겸허 자체는 허세의 기교에 지나지 않기 때문이다. 그
리고 이들 기교 가운데서 플리니우스 세쿤두스가 이야
기하고 있는 것이 가장 좋다. 그것은 자기 자신 다소
자신이 있는 점을 타인에게 인정하여 그것을 크게 칭찬
하고 추천하는 일이다. 왜냐하면 플리니우스는 다음과
같이 교묘하게 말하였기 때문이다.

---

4) 그리스의 의사이며 철학자, 129~199년.
5) 로마의 집정관, 62~113.

"남을 추천하면서 너는 너 자신에게도 옳은 일을 하고 있다. 왜냐하면 네가 추천하는 사람은 그 점에 있어서 너보다 우월하든가 열등하든가 어느 쪽이다. 만약에 그가 열등한데도 추천할 만하다면 너는 그 이상으로 칭찬받아야 하며, 만약에 그가 우월한데도 추천되지 않아야 한다면 너는 더욱 칭찬받지 못하기 때문이다."

허세를 부리는 사람은 현명한 사람의 비웃음을 사며, 어리석은 사람의 감탄을 받으며, 기생적인 사람의 우상이 되며, 그들 자신의 자만심의 노예가 된다.

55. 명예와 평판에 관하여

　명예를 얻는 일은 그 사람의 덕성과 가치를 발휘하면서도 조금도 손상됨이 없음을 말하는 것이다. 왜냐하면 어떤 사람은 그들이 행동함에 있어서 명예와 평판을 추구한다. 그러나 그러한 사람들은 보통 화제의 대상은 되지만 마음속으로 숭배받는 일은 드물다. 그리고 반대로 어떤 사람은 그들의 덕성이 나타나는 것을 덮어 버리려고 한다. 그 때문에 그들은 평판에서는 실제보다 가치를 적게 인정받게 된다. 만약에 누군가 일찍이 기도하지 않았던 일이라든가, 또는 기도하였더라도 중단하였던 일이라든가, 그렇지 않으면 성취되었다 하더라도 그 결과가 신통치 않았던 일을 수행한다면, 일의 성질은 더 많은 곤란과 재능을 필요로 하지만 그가 다만 남의 뒤를 따라가는 사람에 지나지 않는 일을 성취하는 것보다 더 많은 명예를 얻을 수가 있다. 만일 어떤 사람이 그의 행동을 함에 있어서, 그 어느 부분에 있어서 모든 당파나 단체를 만족하도록 교묘하게 배합한다면 그 칭찬의 음악소리는 더욱 충만하게 될 것이다.

　그것에 성공한 경우에 얻게 되는 명예보다는 그것이 실패하였을 때의 치욕이 훨씬 더 큰 일을 시작하는 사람은 명예의 절용에 있어 서투른 사람이다. 타인과 경쟁하여 타인을 누르고 얻는 명예는 마치 여러 면으로 갈고 닦은 다이아몬드처럼 가장 강한 반사작용을 나타낸다. 그러므로 사람은 명예에 있어서 자기의 어떠한 경쟁자에 대해서도 뛰어나도록 힘써야 한다. 그것은 가능하다면 상대방의 화살로 상대방보다 멀리 쏨으로써 이를 압도하도록 힘써야 한다는 것이다. 분별이 있는 부하나 노복은 명성을 얻는 데 도움이 된다. "모든 명성은 가복으로부터 나온다."1) 질투는 명예의 암인데 그것을 없애는 가장 좋은 방법은 자기 자신의 목적이 명성보다는 공적을 추구하는 데 있다는 것을 선언하는 것이다. 그리하여 자기의 성공을 자기의 덕성이나 책략에다 돌리는 것보다는 신의 섭리와 행운에다 돌리는 것이다.

주권자의 명예의 진정한 서열은 다음과 같다.

제1위는 '국가의 창건자', 즉 국가나 공화국을 창건하는 사람들이다. 로물루스, 키루스2), 시저, 오스만3), 이스마엘 등이 이와 같은 사람들이다.

제2위는 '입법자'이다. 이는 제2의 창건자라고 불려지며, 혹은 '영구 통치자'라고 불리기도 한다. 왜냐하면 그들은 그들이 만든 법률에 의해서 죽은 후에도 통치하기 때문이다. 리쿠르구스4), 솔론, 유스티니아누스5), 에드

---

1) 키케로의 말.
2) 페르시아 제국의 창건자. BC 600~529.
3) 터키 제국의 창건자. 1259~1326.
4) 스파르타의 입법가.
5) 동로마의 황제. 483~565.

가6), 《칠부법전》을 만든, 현자라고 불리는 카스틸의 알폰수스7) 등은 이와 같은 사람들이다.

제3위는 '해방자' 내지 '구조자'이다. 오랜 기간의 비참한 내란을 평정하거나 이방인이나 폭군의 예속으로부터 그들의 나라를 구하는 자이다. 아우구스투스 시저, 베스파시아누스, 아우렐리아누스8), 테오도리쿠스9), 영국의 헨리 7세, 프랑스의 앙리 4세 등이 그와 같은 사람들이다.

제4위는 '제국의 확대자 또는 방위자'이다. 명예로운 전쟁으로 자기들의 영토를 확장하거나 또는 침략자에 대해서 고귀한 방위를 한 그와 같은 사람들이다.

마지막이 '국부'이다. 그들은 바른 정치를 함으로써 그가 살고 있는 시대를 좋게 하는 자들이다. 이 마지막 두 가지는 매우 수가 많기 때문에 실례를 들 필요가 없다.

신하의 명예의 등급은 첫째는 '국무의 분담자'이며, 군왕이 그들에게 가장 중요한 국사를 맡기는 사람들로서 그들의 '오른팔'이라고 불린다. 다음은 '전쟁의 지휘자'로서, 즉 위대한 사령관이다. 군왕의 대리자로서 전쟁 때에 훌륭한 일을 한 그러한 사람들이다. 셋째는 '총신'으로 군왕에 대해서는 위안이 되며 인민에 대해서는

---

6) 영국의 왕, 973~975 재위.
7) 스페인의 왕(1252~1282 재위). 스페인 법전의 기초가 된 《칠부법전》을 편찬함. 시인·학자로도 유명함.
8) 로마 황제.
9) 동고트의 왕, 455~526.

해가 되지 않는다는 한계를 벗어나지 않는 그러한 사람들이다. 넷째는 '직책을 감당할 수 있는 사람들'로서 군왕 아래서 요직을 누리며 그 직책을 충분히 수행할 수 있는 자이다.

이 밖에도 드물게 있는 일이지만, 최고의 위치에 있어야 할 명예가 있다. 그것은 자기 나라의 행복을 위해서 자기 자신을 희생하여 죽음이나 위험에로 나아가는 그러한 사람들이다. M.레굴루스10)나 데키우스11) 부자와 같은 사람이 그런 사람들이다.

---

10) 로마의 영웅. 카르타고와 싸워 승리를 거두었으나 후에 카르타고에 사로잡혀 학살됨.
11) 데키우스 부자는 모두 로마의 집정관으로 있으면서 싸움터에 나가 무공을 세우고 전사했음.

56. 사법에 관하여

　법관들은 자기들의 직무가 '법을 판단하는 데' 있으며, '법을 제정하는 데' 있지 않다는 것을 명심해야 한다. 즉, 법률을 해석하는 데 있으며, 그것을 만들거나 부여하는 데 있는 것이 아니다. 그렇지 못하다면 로마 교회가 주장한 권위와 흡사한 것이 되고 말 것이다. 로마 교회는 성경을 해석한다는 구실 아래 증보하거나 변개하는 일을 서슴지 않았던 것이다. 그리고 그들은 전거를 발견할 수 없는 것을 주장하기도 하고, 옛것을 가장해서 새로운 것을 끌어들이기도 한다. 법관은 재치보다는 학식이 많아야 하며, 인기보다는 존경을 더 많이 받아야 하며, 자신에게 있는 것보다 더 많은 신중을 기해야 한다. 무엇보다도 염결은 그들의 분수이며, 또한 그들 고유의 미덕이다. "경계표를 옮기는 자는 저주를 받느니라."고 율법은 말하고 있다. 경계의 교석을 잘못 세우는 것도 비난을 받아야 한다. 그러나 으뜸가는 경계표석의 이동자는 토지와 재산에 대한 잘못된 판결을 내리는 부정한 법관이다. 하나의 불공정한 판결은 많은 부정한 실례보다도 더 큰 해를 끼친다. 왜냐하면 후자는 다만 물의 흐름을 탁하게 하는 데 지나지 않지만 전자는 원천을 흐리게 하기 때문이다. 그러므로 솔로몬은

"의로운 사람이 악한 사람 앞에 무릎을 꿇는 것은 마치 우물이나 샘물을 흐리는 것과 같다."고 말하였다. 법관의 직무는 소송 당사자들, 변론하는 변호사들, 자기 아래 있는 서기들과 시종들에 대해서, 그리고 위로는 군주나 국가에 대해서 관계하게 된다.

먼저 사건 또는 소송 당사자에 관해서 살펴본다. 성경에서 말하기를 "세상에는 재판을 두통거리로 만들어 놓는 사람이 있다." 그리고 확실히 그것을 까다로운 것으로 만드는 사람도 있다. 왜냐하면 부정한 재판은 그것을 두통거리로 만들며 재판의 지연은 그것을 까다로운 것으로 만들기 때문이다. 법관의 주요한 임무는 폭력과 사기를 억누르는 데 있다. 이 가운데 폭력은 그것이 공공연히 행해질 때 더욱 해로운 것이다. 그리고 사기는 그것이 은밀하고 위장되어 있을 때 더욱 해로운 것이다. 이 밖에도 소송을 위한 소송이 있는데, 이것은 법정의 가식과 같은 것이어서 토해 내지 않으면 안 된다. 법관은 마치 하느님이 골짜기를 메우고 언덕을 무너뜨려서 그 자신의 길을 마련하는 것처럼 올바른 판결을 하기 위한 길을 마련하지 않으면 안 된다. 그러므로 어느 한쪽에 압박, 과격한 고소, 교활한 수단, 결탁, 배후의 권력, 유력한 변호 등이 나타났을 때에 불평등을 평등하게 하기 위해서 법관의 역량이 발휘되는 것이다. 그것은 자기의 판결을 마치 평탄한 땅 위에다 나무를 심는 것과 같은 것으로 하는 것을 의미한다. "코를 세게

풀면 피가 나는 것이다." 그리고 포도주를 짜는 기계를 심하게 누르면 포도 씨의 맛이 나는 나쁜 포도주가 나온다. 법관은 가혹한 해석이나 지나친 추단은 삼가야 한다. 왜냐하면 세상에는 법률에 의한 고문보다 더 가혹한 고문은 없기 때문이다. 특히 형사법의 경우에 있어서는 위협을 목적으로 하는 부분을 준엄하게 실시하지 않도록 주의해야 한다. 그리고 민중에게 성경에서 말하고 있는 '비'를 뿌리지 않도록 조심해야 한다. 성경에는 "사람들에게 함정의 비를 뿌리게 될 것이다."라고 말하고 있다. 왜냐하면 형법을 강행하는 일은 민중에게 함정의 비를 뿌리는 것이기 때문이다. 그러므로 형법이 오랫동안 잠자고 있었거나 현재에 부적당하다면 현명한 법관은 이를 적용하는 데 제한을 할 것이다. "법관의 직분은 소송사건뿐만 아니라 그 사건이 일어났을 때의 상황을 고려하는 것이다."라는 말이 있다. 생사에 관련되는 사건에 있어서는 법관은—법률이 허용하는 한—자비심을 잊지 않도록 해야 한다. 그리고 죄에 대해서는 준엄한 눈을 던져야 하지만 사람에 대해서는 자비의 눈으로 봐야 한다.

둘째로, 변호사와 탄원하는 조언자에 관해서 말하면, 참을성 있고 신중하게 듣는다는 것은 재판에 있어서 필수적인 요건이다. 지나치게 말을 많이 하는 법관이 좋은 소리를 내는 심벌즈는 아니다. 법관이 피고인으로부터 이의가 나올 법한 것을 먼저 심문하는 것은 명예롭

지 못하다. 혹은 두뇌의 명석함을 보이기 위해서 증거
나 변론을 미리 자르거나 혹은 적절하다 할지라도 질문
에 의해서 진술을 가로막는 것도 역시 명예롭지 못한
짓이다. 청문에 있어서 법관에게는 네 가지 요건이 있
다. 증언의 제공을 지시하는 것, 발언의 길이·반복·
부적절 등을 조절하는 것이다. 진술된 것의 요점을 종
합하고 선택하고 참조하는 것, 그리고 명령하고 판결을
내리는 일이다. 이 이상을 넘어서는 것은 지나친 일이
다. 그것은 허영심이라든가 지껄이고 싶은 욕망이라든
가 조바심 때문에 듣고 있을 수 없다든지 기억력이 약
하다든지 침착하고 고른 주의력의 결핍에서 나오는 것
이다.

변호사의 대담한 행동이 재판관을 압도하는 것을 보
는 것은 기묘한 일이다. 그런데 재판관은 하느님의 자
리에 앉아서, "불손한 자를 누르고 겸손한 자에게 은총
을 베푼다."는 하느님을 본뜨지 않으면 안 된다. 그러나
더욱 기묘한 것은 재판관에게 특별히 사랑하는 변호사
가 있다는 것이다. 재판관으로부터 변호사에게 당연히
주어야 할 것은 어느 정도의 칭찬과 추천이다. 그것은
소송사건을 잘 처리하고 변론을 잘했을 때이다. 특히
승소할 수 없는 쪽에 대해서 그렇게 하는 것이다. 왜냐
하면 그것은 변호 의뢰인의 마음속에 변호사에 대한 명
성을 높이게 되며 또 변호사의 마음속에는 그 사건에
대한 자부심을 갖게 하기 때문이다. 마찬가지로 교활한

변론, 지나친 태만, 빈약한 진술, 지각 없는 억지, 지나치게 대담한 변론 등이 있는 경우에는 공중을 위해서 변호사를 적당하게 비난해야 한다. 그리고 변호사로 하여금 법정에서 재판장과 말다툼을 하거나 재판장의 선고가 내려진 다음에 여러 가지로 손을 써서 사건을 뒤틀어지게 하지 않도록 해야 한다. 그러나 한편 재판관은 자진해서 소송사건을 도중까지 맞이하거나 또 그의 변호나 증거를 듣지 못했다고 말하는 기회를 당사자에게 주어서는 안 된다.

셋째로, 서기와 사역인에 관해서 살펴보기로 하자. 법정은 신성한 장소이다. 그러므로 판사석뿐만 아니라 단상과 구내와 법정은 추문과 부패가 없도록 해야 한다. 왜냐하면 확실히 성경의 말씀처럼 "포도를 찔레나 엉겅퀴에서 딸 수는 없는 것이다." 재판도 탐욕스럽고 노략질하는 서기와 사역인들의 찔레나 가시덤불에서는 감미로운 열매를 맺을 수는 없기 때문이다. 법정에는 자칫하면 네 가지의 나쁜 도구가 나타나기 쉽다.

첫째, 소송의 씨를 뿌리는 사람으로 그들은 법정을 번창케 하고 나라를 쇠약하게 한다.

둘째는, 법정으로 하여금 관할권의 싸움에 끌어들이는 사람들이며, 자기 자신의 싸움과 이익을 위해서 법정을 권한 이상으로 팽창케 하는 자들로서 그들은 진정으로 '법정의 친구'가 아니라 '법정의 기생충'에 지나지 않는 것이다.

셋째는, 법정의 왼팔이라고 볼 수 있는 사람들이다.
그들은 재빠르고 술책과 궤변에 숙련되어 있기 때문에
그것에 의해서 법정의 명백하고 솔직한 진로를 벗어나
게 하여 재판을 그릇된 길이나 미궁에다 몰아넣는다.

넷째는, 사례금을 가로채거나 무리한 사례금을 받는
자이다. 이것들이 법정이 보통 가시덤불에 비유되는 까
닭이다. 왜냐하면 비바람이 불 때 양은 덤불 속으로 피하
지만 반드시 약간의 털을 잃어버리기 때문인 것이다. 한
편 선례에 정통하고 수속에 빈틈이 없는 법정의 사무를
잘 알고 있는 노련한 서기는 법정의 훌륭한 지표이며, 법
관 자신들에게 방침을 제시해 주는 일이 자주 있다.

다섯째로, 군주와 국가에 관해서 살펴보기로 한다.
법관은 모름지기 로마의 십이동판법의 결론인 '인민의
안녕이 최고의 법률'이라는 말을 명심해야 하며, 그리고
법률은 그와 같은 목적을 위해서가 아니라면 사람을 옭
아 넣기 위한 함정에 지나지 않으며, 영감이 부족한 신
탁에 지나지 않다는 것을 명심해야 한다. 그러므로 국
왕과 통치자가 법관들의 의견을 자주 듣고 또 법관들이
국왕과 통치자의 의견을 자주 듣는 것은 나라를 위해서
다행한 일이다. 즉, 법관은 법률상의 문제로 국정에 관
련되는 문제가 일어났을 때에, 국왕과 위정자는 국가의
문제로 법률의 문제가 개재할 때 서로 의견을 묻는 것
이다. 왜냐하면 재판에다 호소하다 보면 '나의 것'의 문
제가 그 이유와 결과에 있어 국가의 문제에 관련되는

경우가 많이 있기 때문이다. 내가 국가의 문제라고 하는 것은 주권에 관한 여러 가지 문제뿐만 아니라 어떤 커다란 변혁으로 위험스러운 선례나 혹은 인민의 어떤 커다란 부분에 관련되는 것을 통틀어서 하는 말이다. 그리고 정당한 법률과 진정한 정책이 어떤 반감을 가지고 있다는 약한 생각을 가져서는 안 된다. 왜냐하면 그것들은 정력과 근육의 관계와 같이 상호 의존 관계에 있는 것이기 때문이다. 법관은, 솔로몬 왕의 옥좌는 양쪽이 사자에 의해서 지탱되고 있다는 것을 명심해 두는 것이 좋다. 법관은 사자여야 한다. 그러나 옥좌 아래 있는 사자여야 한다. 신중을 기해서 주권의 어떤 부분도 저해하거나 반대해서는 안 된다. 법관은 또한 그 자신의 권능을 자각하지 못하고 법의 현명한 운용과 적용이 그들의 주요한 직무로서 위임되어 있다는 것을 잊어서는 안 된다. 왜냐하면 그들은 사도 바울이 그들의 법보다도 더 위대한 율법에 관해서 말한 것을 기억할 것이기 때문이다. 즉, 우리는 "사람이 율법을 정당하게만 사용하면 그것이 선한 것인 줄을 아노라."는 것이다.

57. 분노에 관하여

분노를 전적으로 소멸시키려고 노력한 것은 스토아 학파의 자랑에 지나지 않는다. 우리는 보다 나은 신탁을 갖고 있다. 즉, "성내더라도 죄는 짓지 마시오. 해가 질 때까지 노여움을 품고 있지 마시오."[1]라는 것이다. 분노는 그 정도와 시간에 있어 제한되어야 한다.

나는 먼저 분노라고 하는 자연적인 경향과 습관을 어떻게 하면 완화하여 진정시키는가를 말할 것이다. 다음에는 어떻게 하면 분노가 폭발하는 개개의 경우를 억제할 수 있으며 또는 적어도 해가 없도록 제지할 수 있는가를 말할 것이다. 셋째로 어떻게 해서 타인을 성내게 하며 또 진정시키는가를 말하려고 한다.

첫째 것에 관해서는 분노의 결과를 생각하고 반성하는 길밖에 없다. 즉, 그것이 어떻게 인간의 생활을 교란하는가에 대해서이다. 그리고 그렇게 하기 위해서 가장 좋은 때는 분노의 발작이 완전히 끝났을 때 그것을 돌이켜보는 것이다. 세네카는 "분노는 무너지는 집과도 같아서 그것이 떨어지는 것 위에서 부서진다."[2]고 잘 말하고 있다. 성경에는 "참고 견딤으로 참 생명을 얻게 될 것이

---

1) 에베소서 4장 26절.
2) 세네카의 〈분노에 관하여〉에서.

다."3)고 권고하고 있다. 참을성이 없는 사람은 자기의 생명마저 잃어버린다. 우리는 '적에게 주는 상처 속에 자기의 생명을 박아 넣는' 벌4)이 되어서는 안 된다.

분노는 확실히 일종의 비열이다. 마치 그것에 지배당하는 사람의 약점에서 잘 나타나는 것과 같다. 아이들, 여자, 노인, 병자 등이 그렇다. 사람들은 자기의 분노를 두려운 것이라고 생각하지 말고 경멸해야 할 것으로 여겨 조심해야 한다. 그렇게 하면 그 해독의 희생이 되지 않고 도리어 그것에 초연할 수가 있을 것이다. 이것은 만일 그렇게 하도록 자기 자신을 통제하는 마음만 있다면 쉬운 일이다.

둘째 것에 관해서 말하면, 분노의 원인과 동기는 주로 세 가지이다. 첫째는, 피해에 대해서 지나치게 민감하다는 것이다. 왜냐하면 스스로 해를 입었다고 느끼지 않는 사람은 노하지 않는다. 그러므로 민감하고 섬세한 사람들은 자주 노하게 된다. 그들은 강건한 사람들이 거의 느끼지 않는 일에 더 많이 마음이 교란된다. 다음은, 주어진 피해가 그 경우에 있어서는 모욕에 차 있는 것이라고 생각하고 해석하는 것이다. 왜냐하면 모욕은 피해 자체와 마찬가지고, 아니 그보다 훨씬 더 심하게 분노를 격화시키기 때문이다. 그러므로 모욕의 경우를

---

3) 누가복음 21장 19절.
4) 버질(Virgil)의 ≪전원시≫에 나오는 말로서, 벌은 싸울 때 그 침을 적의 몸에 꽂고 스스로 죽는다.

집어내는 데 재간이 있는 사람들은 그만큼 그 자신의 노여움을 불태우게 된다. 마지막으로, 자기의 명예가 손상되었다고 생각하는 것은 분노를 몇 갑절 더하게 하고 또 예리하게 한다.

이에 대한 대책은 콘살보5)가 항상 말한 것처럼 '더욱 튼튼하게 짜서 만든 명예'를 갖는 일이다. 그러나 분노의 억제법 가운데서 가장 좋은 대책은 시간을 얻는 데 있다. 그리하여 복수의 기회는 아직 오지 않았지만 그러나 그 시기를 예견한다고 스스로 믿게 함으로써 자기 자신을 진정시키고 복수를 보류하는 일이다.

분노가 폭발하더라도 그것을 손해로부터 벗어나게 하기 위해서는 특별히 주의하지 않으면 안 될 두 가지가 있다.

하나는 극단적으로 격렬한 말이다. 특히 그것이 신랄하고 특정한 개인의 것인 경우이다. 왜냐하면 '일반적인 모욕'은 그다지 대수로운 것은 아니기 때문이다. 그리고 노하고 있을 때 비밀을 드러내지 않는 일이다. 왜냐하면 그러한 짓을 하는 사람은 사회 생활에는 적합하지 않은 사람이기 때문이다.

또 하나는 분노가 발작했을 때 어떠한 일이든지 건방지게 내동댕이쳐서는 안 된다. 아무리 분하더라도 돌이킬 수 없는 행동을 해서는 안 된다.

---

5) 이스파이아의 명장.

타인의 분노를 야기하고 또 진정시키는 일에 관해서 말하면, 그것은 주로 시기를 선택하는 일이다. 상대방을 분노케 하기 위해서는 상대방이 가장 말을 잘 안 듣고 기분이 나쁠 때를 선택하는 것이다.

그리고—이미 말한 것처럼—모욕을 한층 더할 수 있는 것이라면 무엇이든지 끌어모으는 일이다. 이 두 가지 일에 대한 대책은 그 반대로 하는 것이다. 전자는 상대방을 노하게 할 만한 일을 처음으로 이야기하는 데에 적당한 시기를 갖는 일이다. 왜냐하면 처음의 인상이 중요하기 때문이다.

또 하나는 피해를 입었다고 해석하는 것을 가능한 한 모욕당했다는 점에서 분리하여, 그것을 오해라든가 두려움, 격정, 기타 무엇이든지에다 돌리는 것이다.

58. 사물의 변천에 관하여

솔로몬이 말하기를, "땅 위에는 새로운 것이 없다."고 하였다. 이것은 "모든 지식은 상기(想起)에 지나지 않는다."고 말한 플라톤의 생각과 흡사하다. 그리고 솔로몬은, "모든 새로운 것은 망각에 지나지 않는다."고 말하고 있다. 이것을 가지고 우리는 레테 강1)은 저승과 마찬가지로 현세에도 흐르고 있다는 것을 알 수 있을 것이다. 어떤 심원한 점성가는 말하기를,

"만약에 두 개의 불변적인 것이 없었더라면 어떠한 개체라 할지라도 잠시도 생존할 수 없었을 것이다. 그 두 개란 하나는 항성이 언제나 같은 거리에 있어서 결코 가까워지거나 멀어지는 일이 없는 것이며, 다른 하나는 일월의 운행이 항상 시간을 지킨다는 것이다."

라고 하였다. 확실한 물질은 부단히 유동해서 잠시도 머무르지 않는다. 모든 것을 망각 속에다 매장하는 위대한 염포(殮布)는 두 가지가 있다. 홍수와 지진이 그것들이다. 화재와 큰 가뭄이라 할지라도 인간을 절멸하

---

1) 레테(Lethe) 강은 저승에 있는 강으로서, 사람이 죽으면 반드시 건너게 되는 강이라고 고대 그리스인들은 믿고 있었다. 레테 강(망각의 강)의 물을 한 모금 마시면 사바(娑婆) 세계의 모든 일은 잊어버린다고 전해지고 있음.

고 전면적으로 파괴하지는 않는다. 파에톤2)의 수레는
하룻밤에 달리지 않았다. 엘리아 시대에 일어난 3년 동
안의 한발도 다만 부분적인 것에 지나지 않았으며, 사
람들을 살아남게 하였다. 벼락에 의한 큰 화재는 미국
에서 자주 일어나지만 그것도 범위는 넓지 못하다. 그
러나 다른 두 가지의 파괴, 즉 홍수와 지진에 의한 재
앙에서 우연히 살아남은 사람들은 보통 무지한 산악 지
방의 사람들로서 과거에 대해서는 아무것도 설명할 수
없으며, 따라서 망각이라는 점에서는 아무도 살아남지
않은 것과 같다는 점을 잊어서는 안 된다.

만일 미국 사람들에 관해서 잘 생각해 보면 아마 낡
은 세계의 사람들보다는 새롭고 젊은 사람들이라고 할
수 있을 것이다. 그리고 지금까지 있었던 파괴는—이집
트의 승려가 아틀란티스3) 섬에 관해서 솔론에게 "그것
은 지진에 의해서 삼켜졌다."고 말한 것처럼—지진에 의
해서가 아니라 어떤 특수한 홍수에 의해서 황폐해졌다

---

2) 파에톤(Phaëton)은 그리스 신화에 나오는 인물. 태양신 헬리오스
  (Helios)의 아들로서, 어느 날 아버지의 수레를 빌려서 하늘을 달렸
  는데 말이 날뛰기 시작하자 화기가 천지에 충만하게 되었다. 이때 제
  우스 신이 지신(地神)의 애원을 받아들여 뇌전으로써 격추하였다고
  함.
3) 아틀란티스 섬(island of Atlantis)은, 태고적에 대서양에는 유럽과
  아프리카를 합한 것 같은 큰 섬이 있었는데 대지진 때문에 해저에 가
  라앉아 버렸다는 전설이 있다. 이집트의 승려가 이것을 그리스의 철인
  솔론에게 이야기했다는 것이 플라톤의 ≪대화편≫에 나온다. 카나리
  아 군도 및 테네리프 산은 그 섬의 흔적이라고 믿어지고 있다.

고 생각하는 것이 훨씬 사실에 가까울 것 같다. 왜냐하면 이 지방에는 지진이 드물기 때문이다. 그러나 한편이 지방에는 수량이 많은 강이 있어서 그것에 비교한다면 아시아와 아프리카와 유럽의 강은 시냇물에 지나지 않은 것이다. 안데스 산이나 산맥들도 마찬가지로 유럽의 그것들보다 훨씬 높다. 그것에 의해서 인간의 잔존자들이 이와 같은 특수한 홍수로부터 구제된 것처럼 생각된다. 여러 가지 종파의 질투심이 사물에 대한 기억을 매우 손상한다는 마키아벨리의 의견에 관해서는—그레고리 대법왕이 모든 이교의 유물은 무엇이든지 말살하려고 비방한 말—나는 이와 같은 열의가 커다란 결과를 가져오지도 않으며 또 오래 계속된다고 생각하지 않는다. 예컨대 사비니안(Sabinian)이 그를 계승하자 이 사람은 옛날의 유물을 부활시킨 것으로도 명백하다.

천체의 변화 또는 이변은 지금의 논의에는 적합한 문제가 아니다. 플라톤의 대력년4)은 만일 세계가 그처럼 오래 계속된다면 어떤 영향이 있을지도 모르나 같은 개체를 재생한다는 것이 아니라(왜냐하면 그것은 천체가 이 이상의 사물에 대해서 실제 이상으로 세부에 걸쳐서 영향을 준다고 생각하는 사람들의 망상이기 때문이다)

---

4) 大曆年(Great Year)은 플라톤의 대화편 《티마이오스(Timaeus)》에 언급되고 있는데, 옛날의 점성가들은 2만 5천9백20년(태양력으로는 약 1만 2천 년) 만에 모든 천체는 그 궤도를 일주하여 그 해부터 새로운 시대가 시작된다고 믿었다.

대체로 그러하다는 것이다. 혜성 역시 의심할 나위 없이 전체 사물에 대해서 힘과 영향을 미친다. 그러나 사람들은 다만 그 운행을 막연히 바라보고 기다리기만 할 뿐 그 영향을 현명하게 관찰하지는 않는다. 특히 개개의 영향에 관해서 더욱 그러하다. 즉, 어떠한 종류의 혜성인가. 크기와 색채와 광선의 방향, 천공에 있어서의 위치·출현·기간 등에 관해서 어떠한 종류의 영향을 미치는가에 대해서는 연구하지 않는다.

내가 언젠가 들은 하찮은 이야기가 있는데 그대로 간과하지 말고 잠깐 음미하고자 하는 바이다. 그것은 폴란드의 어느 지방(어느 지방인지 나는 모르지만)에서 관찰된 것인데, 35년 만에 같은 종류의 연월과 천후가 되돌아온다고 한다. 예컨대 대상·다우·한발·난동, 그리고 덥지 않은 여름 등등이다. 사람들은 그것을 '주기(Period)'라고 부르고 있다. 이것이 내가 언급하고자 하는 것이다. 왜냐하면 지나간 일을 돌이켜 생각해 보면 어느 정도 부합되는 점을 발견하기 때문이다.

그러면 이와 같은 자연에 관한 문제를 떠나서 인간에 관해서 생각해 보기로 한다. 인간 사이에 있어서 가장 큰 변천은 종파와 종교의 변천이다. 왜냐하면 인간의 마음속에 있는 이러한 궤도가 가장 크게 사람을 지배하기 때문이다. 진정한 종교는 반석 위에 세워진 것이지만 나머지 종교들은 시간이라는 파도 위에서 흔들리고 있다. 그러므로 새로운 종파의 기인(起因)에 관해서 말

하고 나아가 그것들에 관해서 약간의 충언을 하기로 한
다. 물론 인간의 박약한 판단력을 가지고 이처럼 커다
란 변혁을 막을 수 있는 한도 내에서이다.

　기성 종교가 불화에 의해서 분열될 때, 종교가의 신
성성이 약해져서 추문이 가득할 때, 그리고 시대가 우
매하고 무지하고 야만적일 때에는 새로운 종파가 생겨
나지나 않을까 하고 의심해도 좋을 것이다. 그리고 그
때 자기 자신을 새로운 종파의 교조로 삼는 터무니없고
기이한 정신을 가진 사람이 나타난다면 그러한 것이 더
욱 일어나기 쉬운 것이다. 마호메트가 그의 율법을 포
교했을 때에는 이들 여러 가지 점들이 모두 갖추어져
있었던 것이다. 새로운 종파가 두 가지 특성을 지니지
않는다면 그것은 두려워할 것이 못 된다. 왜냐하면 그
것은 전파되지 않을 것이기 때문이다. 그 특성의 하나
는 기존의 권위를 전복하거나 이에 대항하는 것이다.
왜냐하면 그 이상으로 인기를 끄는 일은 없기 때문이
다. 다른 하나는 쾌락과 음탕한 생활을 허용하는 데 있
는 것이다. 왜냐하면 교의상의 이단은—예컨대 옛날의
아리우스 교도5)와 오늘날의 아르미니우스 교도6)처럼

---

5) 아리우스 교도(Arius)는 4세기 무렵에 로마의 식민지인 아프리카의
　알렉산드리아의 신학자 아리우스(Arius, 250~336)가 주장하는 교
　의를 신봉한 교파로서, 그리스도의 인성을 중시하고 정통파의 삼위일
　체설을 부정함으로써 이단시되었다.
6) 아르미니우스 교도(Arminius)는 폴란드의 신학자 아르미니우스
　(Arminius, 1560~1609)의 교파로서, 인간의 자유 의지를 강조함

―인간의 사상에는 커다란 영향을 주지만 국가에 대해서는 커다란 변동을 일으키지 않는다. 다만 그것이 정치적인 사건에 편승할 때에는 예외이다.

새로운 종파를 수립하는 데에는 세 가지 방법이 있다. 즉, 징조와 기적의 힘에 의한 것, 말과 설교의 능변과 지혜에 의한 것, 그리고 칼에 의한 것이 그것이다. 순교에 관해서는 나는 그것을 기적의 하나라고 생각한다. 왜냐하면 그것은 인간성의 능력을 초월한 것처럼 보이기 때문이다. 그리고 고도의 탄복할 만한 독신생활도 마찬가지다. 확실히 새로운 종파의 발생과 분열을 막기 위해서는 폐풍을 고치고 사소한 의견 차이는 조정하여 살벌한 박해를 하지 말고 온건하게 나아가면서, 주동자를 폭력으로 혹독하게 다룸으로써 격노케 하는 대신에 그들을 매수하고 승진시키는 것보다 더 좋은 방법은 없는 것이다.

전쟁에 있어서의 변천은 크다. 그러나 주로 세 가지에 있어서이다. 그것은 전쟁이 행해지는 장소, 즉 전장과 무기와 전투 방법이다. 고대에 있어서의 전쟁은 대체로 동쪽으로부터 서쪽을 향해서 움직인 것처럼 보인다. 왜냐하면 페르시아인, 앗시리아인, 아라비아인, 달단인(이들은 침략자들이었다)들은 모두 동방 민족들이었다. 물론 갈리아인이 서방 민족이었다는 것도 사실이

으로서 정통적 칼비니즘에 반대하였다.

다. 그러나 그들의 침입은 두 번밖에 기록되어 있지 않다. 한 번은 갈로 그리스7)에, 다른 한 번은 로마에의 침입이었다. 그러나 동쪽과 서쪽은 하늘에 일정한 기준이 있는 것은 아니다. 따라서 전쟁이 동쪽에서 일어나든 서쪽에서 일어나든 절대적인 관점은 아니다. 그러나 남북은 고정되어 있다. 그래서 남쪽에 있는 민족이 북쪽의 민족을 침략한 예는 매우 드물다. 도리어 그 반대다. 이것으로써 세계에서 북방 지역 주민의 성질이 비교적 호전적이라는 것은 분명하다. 그것이 이 반구에 속하는 별 때문인가, 그렇지 않으면 북방의 커다란 대륙 때문인가는 알 수 없다. 혹은 북방의 추위 때문인지도 모른다. 이에 반해서 남방은, 지금까지 알려져 있는 한도 내에서는 거의 전부가 바다이다(가장 명백한 일이지만) 그것은 달력의 도움을 받지 않더라도 육체를 강건하게 하고 용기를 북돋워 주기 때문이다.

위대한 국가와 제국이 멸망하고 분열할 때에는 반드시 전쟁이 일어난다. 왜냐하면 대제국은 그것이 존립하고 있는 동안에는 자기 자신의 방어력에 의존해서 원주민의 힘을 잃게 하고 억압해 버리기 때문이다. 그런데 자신들이 쇠퇴하게 되면 모든 것은 파멸의 길을 걷게

---

7) 갈로 그리스(Gallo-Graecia)는 소아시아의 일부로서 성경에 나오는 이른바 갈라디아 국이다. BC 278년경에 갈리아인이 침입하여 여기에 갈라디아 왕국을 건설하였다. 그리고 로마에 침입한 것은 BC 390년경이다.

되고 마침내 그들 자신이 먹이가 되고 만다. 로마 제국
의 멸망이 그러했고, 칼 대제의 게르만 제국도 마찬가
지로 모든 새들이 제각기 깃을 가지게 되었다. 그리고
스페인도 만일 그것이 붕괴한다면 같은 운명이 될 것이
다. 왕국의 확장과 합병도 마찬가지로 전쟁을 일으킨
다. 왜냐하면 어떤 나라가 지나치게 강대해질 때에는
홍수와 마찬가지로 반드시 범람하게 되는 것이기 때문
이다. 예컨대 로마, 터키, 스페인, 기타의 나라에서 보
는 것과 같다. 세계에 야만 민족이 조금밖에 없고, 또
그들이 생계를 세울 수 있지 않으면 결혼하거나 자녀를
낳지 않을 때에는—오늘날에는 달단인을 제외하고는 거
의 모든 곳에서 그러한 것처럼—민족이 범람할 위험은
없다. 그러나 많은 사람들이 있고, 그것이 번식하는 데
생활과 호구의 수단이 미리 강구되지 않을 때에는 반드
시 한 시대, 또는 두 시대마다 그 민족의 일부를 타국
으로 내보내게 된다. 그러한 일을 고대의 북방 민족은
제비를 뽑아서 했던 것이다. 제비를 뽑아서 어느 부분
이 고국에 머물며 어느 부분이 타국에서 운명을 개척할
것인가를 결정하는 것이다. 호전적인 국가가 연약해져
나약해질 때에는 반드시 전쟁이 일어난다. 왜냐하면 이
와 같은 나라는 그 나라가 타락할 무렵에는 보통 부유
해져 있으므로 타국의 침략을 유발하는 먹이가 되며 또
그 용기의 쇠퇴가 전쟁을 더욱 유발하기 때문이다.

　무기에 관해서 말하면, 이것은 일정한 규칙과 관찰을

거의 할 수가 없는 것이다. 그러나 그것들도 반복과 변천이 있다는 것은 알 수 있다. 왜냐하면 대포는 인도의 옥시드라케스(Oxidrakes) 시에서는 이미 알려져 있었다는 것은 확실하나 마케도니아인들은 그것을 우레와 번개 그리고 마술이라고 불렀던 것이다. 그리고 중국에서는 이미 2천 년 이전부터 대포가 사용되고 있었다는 것은 잘 알려져 있는 사실이다. 무기가 갖추어야 할 조건과 개량해야 할 점은, 첫째 먼 거리까지 닿아야 한다. 왜냐하면 위험을 피할 수 있어야 하기 때문이다. 마치 대포와 소총에서 보는 것과 같다. 둘째, 타격의 위력이다. 이 점에서도 대포는 모든 파성퇴(破城槌)와 고대의 발명품을 능가한다. 셋째, 그 사용법의 간편함이다. 즉, 어떠한 일기에도 사용할 수 있고 운반하기에 가볍고 다루기에 편리하여야 한다는 것 등이다.

전쟁의 수행에 관해서 말하면, 처음에는 사람들은 극단적으로 수에 의존하였다. 마찬가지로 경쟁을 주력과 용기에다 걸었던 것이다. 결전의 날짜를 정해 놓고 대등하게 맞서 싸워서 승부를 가리려고 하였던 것이다. 그래서 그들은 군대의 배치와 전열을 가다듬는 일에 관해서는 잘 알지 못했다. 그후 그들이 사람의 수보다는 능력에 의존하게 됨으로써 그들은 장소의 이점, 교묘한 견제 등에 눈뜨게 되어 전투의 배치에 더욱 익숙해졌던 것이다.

한 나라의 청년기에는 군사가 융성하고, 장년기에는

학문이 융성한다. 그리고 한동안은 이 두 가지가 다 융성하지만 국가가 쇠퇴할 무렵에는 공예와 상업이 번창하게 된다. 학문에는 유년기가 있다. 이때는 시초이며 거의 어린이와 같은 시기이다. 그리하여 청년기에는 풍만하고 쾌활하다. 그 다음에는 장년기인데 그때는 견실하고 온건하다. 마지막으로 노년기는 고갈해서 말라 버리는 때이다. 그러나 이러한 변천의 수레바퀴가 돌아가는 것을 지나치게 오래 바라보는 것은 좋지 않다. 현기증을 일으키게 되기 때문이다. 그것들에 대한 이야기에 관해서는 얘기책과 같아서 이 글에는 적합하지가 않다.

59. 풍문에 관한 수상의 단편

　시인들은 풍문을 어떤 괴물로 만들고 있다. 그들은 그것을 일부분은 훌륭하고 우아하게 묘사한다. 그리고 또 일부분은 엄숙하고 경구적으로 묘사하기도 한다. 그들은 말하기를, 풍문은 그것이 지니고 있는 깃털이 수없이 많은데, 그처럼 많은 눈을 그 아래 가지고 있으며, 그처럼 많은 혀와 그처럼 많은 소리가 있으며, 또 그처럼 많은 귀를 기울이고 있다는 것을 보라고 하였다.

　이것은 꾸민 말이다. 그 다음에는 뛰어난 비유가 있다. 즉, 풍문은 걸어감에 따라서 힘을 얻게 된다는 것, 그것은 땅 위를 가고 있지만 머리는 구름 속에 숨기고 있다는 것, 낮에는 망루에 앉아 있다가 대개 밤에 날아다닌다는 것, 끝난 것과 끝나지 않은 것과를 혼동한다는 것, 큰 도시에 대해서는 공포가 된다는 것 등이다. 그러나 특히 주목해야 할 점은 시인들이 다음과 같이 말하고 있는 것이다. 즉, 대지는 주피터와 싸워서 멸망한 거인들의 어머니이지만 이것을 분통하게 생각한 나머지 '풍문'이라는 것을 낳게 되었다는 것이다. 왜냐하면 확실히 거인에 비유되고 있는 반역자들과 소란을 피우는 풍문과 비방은 형제와 자매이며, 또한 남성과 여성이다. 그러나 지금 만일 어떤 사람이 이 괴물을 길들

일 수 있고 손수 길러서 이를 지배하고 그것을 날려서
욕심 많은 다른 새들을 공격하여 죽일 수 있다면 풍문
도 어느 정도의 가치가 있는 것이다. 그러나 우리는 시
인들의 문체에 매혹되고 있는 것이다.

  이제 건실하고 신중한 태도로 살펴보기로 한다. 모든
정치론 가운데서 이 풍문의 문제만큼 등한시되고 있으면
서도 그것처럼 다루어야 할 가치가 있는 문제는 없는 것
이다. 그러므로 다음과 같은 여러 가지 점을 생각해 보
기로 하자. 거짓된 풍문이란 무엇인가, 그리고 참된 풍
문은 어떤 것인가, 어떻게 하면 그것을 가장 잘 식별할
수 있는가, 어떻게 하면 풍문의 씨를 뿌리고 그것을 자
라게 할 수 있는가, 어떻게 하면 그것을 퍼뜨리고 또 늘
게 할 수 있는가, 어떻게 하면 그것을 막고 없앨 수 있는
가, 기타 풍문의 성질에 관한 여러 가지 것들이 있다.

  풍문이라는 것은 매우 힘이 있는 것이어서 그것이 커
다란 역할을 하지 않는 중대한 사건은 세상에 거의 없
을 정도이다. 특히 전쟁에 있어서 그러하다. 무키아누
스는 그가 뿌려 놓은 풍문에 의해서 비테리우스를 격파
하였다. 그것은 비테리우스가 시리아의 군단을 게르마
니아로 이동시키고 한편 게르마니아의 군단을 시리아로
이동시킬 의도를 가지고 있다고 선전함으로써 시리아의
군대를 대단히 격분케 하였던 것이다. 줄리어스 시저는
교묘한 풍문을 만들어 냄으로써 폼페이가 노력과 준비
를 게을리 하고 잠자게 해버렸던 것이다. 즉, 시저의 병

사들은 그를 좋아하지 않으며 또 이미 전쟁에 지쳤고 갈리아의 전리품도 많이 가지고 있기 때문에 이탈리아에 돌아가자마자 곧 그로부터 달아나 버릴 것이라는 것이었다. 리비아는 그녀의 남편인 아우구스투스가 회복되고 쾌유되어 있다는 것을 계속해서 발표함으로써 자기의 아들인 티베리우스의 제위 계승을 위한 모든 일을 결정하였다. 그리고 터키의 대제가 죽으면 고관들은, 근위대와 기타의 군인들이 콘스탄티노플과 기타의 도시들을 약탈하지 않도록 하기 위해서 그들에게 비밀로 하는 것이 보통이었다. 테미스토클레스는 페르시아 왕 크세르크세스가 그리스로부터 황급히 도망가게 하였는데, 그것은 그리스 군이 헬레스폰트를 가로질러서 만들어 놓은 선교를 파괴하려고 한다는 것을 퍼뜨렸기 때문이다. 이와 같은 예는 무수하게 많다. 그리고 그것들이 많으면 많을수록 되풀이해서 말할 필요는 없다. 왜냐하면 우리들은 도처에서 그것을 볼 수 있기 때문이다. 그러므로 현명한 위정자는 누구든지 행동과 의도 자체를 가지고 있는 것과 마찬가지로 풍문에 대해서도 충분히 경계하고 주의를 게을리해서는 안 된다.

해   설

김 영 철

1

 F.베이컨은 1561년 1월 22일에 런던에서 태어났다. 이는 엘리자베스 여왕이 왕위에 오른 지 3년째 되는 해에 해당한다.

 엘리자베스 시대는 영국의 역사상 가장 약진을 거듭했던 시대이기도 하다. 우리가 다 알고 있듯이 서양의 역사는, 중세에서 근세에로 접어들면서 유럽의 여러 나라들은 커다란 변혁을 겪게 된다. 역사의 무대가 지중해로부터 대서양 방면으로 옮아감에 따라 대서양 연안에 있는 여러 나라들은 일찌감치 해외로 진출해서 식민지의 개척, 통상의 확대에 힘썼던 것이다. 여러 나라들은 앞을 다투어 상선대를 조직하고 함대를 강화해서 자국의 깃발을 마스트 높이 올려 달고, 신대륙과 동양 방면으로부터 금은보화를 실어 오기에 광분하고 있었던 것이다.

 이들 여러 나라 가운데서도 가장 강대했던 나라는 스페인 왕국이었다. 영불제국에 앞서 중남미 경영에 진출한 스페인이 그곳으로부터 막대한 은을 본국으로 반입함으로써 유럽 시장의 은값은 폭락하였으며, 심지어 독

일의 오지에 있는 은광이 폐광 지경에 이르기까지 했던
것이다. 스페인의 무적함대는 대서양을 누비며 바다의
왕자를 자처하고 있었던 것이다.

　이러한 세계사의 추세 가운데서 당시 영국의 사정은
어떠하였던가? 영국은 당시로서는 유럽에서도 구석진
곳에 위치한 섬나라로서 예로부터 노르만이나 프랑스나
폴란드로부터 지배자들이 건너가서 토착민들을 지배하
였으며 그 때문에 정치상의 투쟁가 그칠 날이 없었다.
인민들, 그것도 주로 귀족과 상층 시민과 부농들 사이
에서는 정치의식이 상당히 높았던 것은 사실이나, 상공
업과 통상 등 경제적인 면에 있어서는 스페인과는 비교
도 안 될 만큼 뒤지고 있었다.

　이와 같은 영국의 현실을 타개하기 위해서는 다음과
같은 제조건을 갖춘 정치 형태가 요청되었다.

　첫째는, 영국이라는 조국에 대한 의식을 고양하기 위
해서 로마 교회 및 봉건적 지배 의식을 제한하고 억제
할 수 있는 강력한 정치적 수장(首長)이 필요하며,

　둘째는, 중산 계급이 타국과의 자본 경쟁에 지탱할
수 있도록 강력한 해군과 상선대를 가지고 이를 밀어
줄 만한 정부가 필요했던 것이다.

　이러한 시대적 요구에 부응해서 이루어진 것이 엘리
자베스 여왕에 의한 절대주의의 확립이다. 엘리자베스
여왕은 왕위에 오르자 로마 교회와의 관계를 단절하고
캔터베리의 대승정을 수장으로 하는 영국 국교의 체계

를 확립하였으며, 의회를 폐쇄하고 모든 정사는 여왕이
전단하였으며, 학문과 예술을 보호·장려하고 통상과
식민에 힘쓰고, 특히 1588년에는 스페인의 무적함대를
격파함으로써 대서양의 해상권을 장악하게 되었다.

이리하여 엘리자베스 시대(1558~1603년)는 내치
외교에 있어 눈부신 발전을 가져왔고, 영국 근대의 번
영의 터전을 잡게 된 시대라고 할 수 있다.

F.베이컨은 엘리자베스 시대의 유명한 정치가이자
철학자이며, 문학에 있어서의 셰익스피어, 시에 있어서
의 스펜서와 더불어 이른바 엘리자베스 왕조의 황금시
대를 장식한 사람이었다.

2

베이컨을 위대하게 만든 것은 바로 가장 강대한 근대
국가의 가장 위대했던 시대, 곧 엘리자베스 시대의 영
국이었다.

베이컨은 12세 때 캠브리지의 트리니티 칼리지에 입
학하였다. 이곳에 3년간 재학하는 동안에 그는 아리스
토텔레스의 철학에 적의를 품게 되었고, 철학을 스콜라
적 논쟁으로부터 해방하여 인간의 실질적 행복에 이바
지하는 것으로 전향시키려고 마음먹었다고 한다.

그는 16세, 약관의 나이에 프랑스 주재 영국 대사의
수행원으로 임명되면서 점차 관계에 진출하여 마침내

그의 아버지 니콜라스 베이컨과 마찬가지로 국새상서의 지위에까지 올랐고 대법관이 되기도 하였다. 엘리자베스 여왕과 제임스 1세의 양대에 걸쳐서 화려한 정치 경력을 누렸으나, 그는 때로는 그가 젊었던 시절에 은혜를 입었던 친구를 배반함으로써 여왕의 환심을 사는 일이 있었는가 하면, 어떤 때는 제임스 1세를 위해서 전매 특허권을 부정 매매함으로써 민중을 괴롭히기도 하였다.

그리고 마침내 재판의 판결 때 수십만 파운드의 뇌물을 받음으로써 1621년에 수뢰죄로 런던 탑에 갇히는 몸이 되었다. 이리하여 그의 빛나는 관직 생활은 하루 아침에 전락하고 말았다. 그리하여 만년의 5년 동안은 실의를 되씹으면서 연구와 저작에 몰두하였고, 1626년 겨울 독감으로 세상을 떠났다.

베이컨은 마치 플라톤의 철인 정치에서 보는 것처럼 자기의 사상을 실천에 옮기기 위해서는 무엇보다도 권력이 필요하다고 생각하였다. 그리하여 그는 정치적 실각을 할 때까지 끊임없이 높은 관직을 추구하였다고 한다. 그러나 그는 관직 생활에 있어서의 추문과는 달리 사상가로서는 세상에 기여한 바가 컸고, 또 높이 평가되고 있는 것이 사실이다. 즉, 그의 학문상의 공적이란 새로운 학문을 개척하기 위해서 먼저 고대 및 중세의 낡은 사고 방식 내지 학문 방법을 타파하고, 그 위에 새로운 학문에 알맞는 새로운 연구 방법을 수립한 데 있었다. 이것을 좀더 단적으로 말하면, 첫째는 십오륙 세기에 이르는 고대 및 중세의 낡은 학문과 사상을 타파하는 일이요, 둘째는 근대 과학의 새로운 연구 방법을 발견함으로써 그것을 수립한 일이다. 전자를 대표하는 것이 우상 파괴의 사상이며, 후자의 그것이 귀납법의 확립이다.

베이컨의 주요 저서를 살펴보면 《학문의 발달》(1605), 《신기관》(1620), 《헨리 7세의 역사》(1662), 《뉴 아틀란티스》(1626), 그리고 《수상록》(1597~1625) 등이 있다.

베이컨의 저작은 매우 다방면에 걸쳐 있으며, 그 대부분은 라틴어로 씌어져 있다. 베이컨은 당시의 지식인으로서 라틴어에 능통했으며, 그리고 당시에는 라틴어가 국제어요 학문어였기 때문에 베이컨은 자기의 저작을 영구히 보존하기 위해서, 그리고 유럽 사람들에게 읽히기 위해서 라틴어로 썼다고 한다.

3

《수상록》은 처음엔 그 내용이 10편의 에세이로 이루어진 조출한 것이었으며, 1597년에 처음으로 빛을 보게 되었다. 여기에다 가필을 하기도 하고, 신편을 더해서 39편의 내용으로 된 제2판이 나온 것은 1612년이었고, 1625년, 즉 베이컨이 사망하기 전해에는 총 58편의 내용으로 된 제3판이 출판되었다. 여기에다가 미완으로 남아 있는 '풍문에 관하여'라는 에세이 하나를 더해서 59편으로 이루어져 있는 것이 우리들이 오늘날 가지고 있는 ≪베이컨 수상록≫이다.

베이컨의 ≪수상록≫은 초판으로부터 3판이 나오기까지(1597~1625)의 오랜 세월에 걸쳐서 씌어진 것이기 때문에 말하자면 베이컨과 더불어 성장해 왔다고 볼 수 있으며, 베이컨의 사상과 생활의 전개를 가장 구체적으로 나타내고 있을 뿐 아니라 그의 사상의 특이성을 가장 잘 나타내고 있다. 그러므로 베이컨의 사상을 이해하기 위해서는 먼저 그의 ≪수상록≫을 읽는 것이 좋을 것이다.

예를 들면 '학문에 관하여'라는 에세이는 베이컨이 비교적 젊었을 때 씌어졌으며, 차츰 나이가 들어감에 따라 '높은 지위에 관하여', '통치에 관하여', '담화에 관하여' 등등 정치적·사교적인 방면의 테마를 선택했다. 그리고 노년에 이르러 경제적인 여유가 생기고 난 다음에는 '건축에 관하여', '정원에 관하여'라는 에세이를 썼다. 우리는 그의 에세이를 통하여 베이컨이란 한 사람의 인생 역정을 살필 수 있는 것이다.

몽테뉴의 ≪에세이≫가 은퇴한 학자의 여가의 소산이라면, 베이컨의 그것은 혜민(慧敏)한 실무가의 응집된 예지를 구현한 것이라고 할 수 있다.

그의 ≪수상록≫의 묘미는 실리주의에 있으며, 또한

생활의 지혜를 가르치고 있다는 점에 있다. 그의 ≪수 상록≫은 손오의 병서나 논어와 같은 동양의 고전을 방불케 할 만큼 인정과 세사(世事)의 기미를 엿보게 하여 일종의 미소를 머금게 한다. 윌 듀란트는 베이컨의 ≪수상록≫을 평해서, "이처럼 많은 고기가 이처럼 잘 조리되어서 이처럼 작은 접시에 많이 담겨진 것은 드물 것이다."라고 하였다.

연 보

1561년 : 1월 22일, 프란시스 베이컨은 국새상서 니콜라스
　　　　베이컨 경과 두번째 부인 앤 쿠크의 둘째아들로서 런던에서
　　　　태어났다. 앤 쿠크는 에드워드 6세의 교사였던 안토니 쿠크
　　　　의 둘째딸이다. 그녀는 신앙심이 두터웠고, 여러 나라 말에
　　　　능통했던 당시의 재녀였고, 베이컨은 그 영향을 많이 받았
　　　　다고 전해진다.

1573년 : 4월 5일, 형 안토니 베이컨과 함께 열두 살이라는
　　　　나이로 캠브리지 대학의 트리니티 칼리지에 입학. 10월 10
　　　　일, 정식으로 입학을 허가받았다.

1576년 : 6월 27일, 그레이즈 인 법학원에 들어감. 그레이
　　　　즈 인은 영국의 중세 이래의 4법학원의 하나로 영국에서 변
　　　　호사와 재판관이 되기 위해서는 반드시 이곳 회원이 되어야
　　　　만 했다. 11월 27일, 동학원의 그랜드 캠퍼니의 일원이 되
　　　　었다.

1579년 : 2월 20일 아버지 니콜라스 베이컨의 급사. 그레이
　　　　즈 인 법학원에 적을 둠.

1582년 : 6월 그레이즈 인 법학원에서 하급 변호사의 자격
　　　　을 얻음.

1584년 : 1월 23일, 메르캄 리지스에서 의원으로 선출됨.
　　　　그후 1618년에 귀족원 의원이 될 때까지 많은 선거구에서
　　　　의원으로 선출됨.

1586년 : 그레이즈 인 법학원 간부가 됨. 10월 29일, 톤턴
　　　　에서 의원으로 선출됨.

1589년 : 2월 2일, 리버풀에서 의원으로 선출됨. 10월 29
　　　　일, ≪영국교회논쟁론≫(1640년 출판)을 집필.

1594년 : 1월 25일, 변호사로서 법정에 섬. 에섹스 백작으로 부터 법무장관으로 추대되었으나 실현을 보지 못했다. 7월 27일 캠브리지 대학에서 마스터 오브 아트의 칭호를 받음.

1597년 : 1월 30일, ≪수상록(Essayes)≫ 출판. ≪법률의 격언(Ma-xims of the Law)≫을 집필.

1598년 ≪인간의 생활에 대하여≫ 집필. 9월 3일 채무 때문에 체포됨.

1603년 : 3월 24일, 엘리자베스 여왕 서거. 7월, 스코틀랜드 왕 제임스 6세가 영국 국왕 제임스 1세로서 즉위. 7월 23일, 베이컨 작위를 받음. ≪학문의 발달≫ 집필을 개시.

1605년 : 10월, ≪학문의 발달(Of the Proficience and Advancement of Learning)≫ 출판.

1606년 : 5월 10일, 앨리스 바남과 결혼

1607년 : 6월 25일, 법무차관이 됨. 연간 천 파운드의 수입. 이 해에 ≪반성과 사색≫(1653년 출판)을 집필했을 것으로 짐작됨.

1613년 : 10월 20일, 법무장관이 됨.

1616년 : 6월 9일, 추밀원 고문관이 됨.

1617년 : 3월 7일, 국새상서로 임명됨.

1618년 : 1월 7일, 대법관이 됨. 7월 9일, 남작이 됨.

1620년 : 10월 12일, ≪노붐 오르가눔(Novum Organum)≫ 출판.

1621년 : 1월 27일, 자작이 됨. 30일, 제임스 왕조 제3회 의회에서 강기 숙정 문제(수뢰혐의)로 기소되다. 3월 17일, 귀족원에서 조사를 받았고, 5월 1일, 공직을 박탈당함. 5월 3일, 귀족원에서 오직의 판결을 받음. 6월, 런던 탑에 유폐, 2일 후에 석방됨.

1626년 : 4월 9일, 런던에서 서거. 어머니가 매장된 세인트 알반즈의 성 마이켈 교회에 묻힘.

옮긴이 약력

고려대학교 대학원 철학과 수료
고려대학교 교수

저　서
《철학개론》

역　서
러셀 《결혼과 도덕》
스피노자 《에티카》
제임스 《프래그머티즘》

베이컨 수상록　　〈서문문고049〉

초판 발행 / 1972년 11월 2일
개정판 발행 / 1996년 10월 15일
글쓴이 / F. 베이컨
옮긴이 / 김 영 철
펴낸이 / 최 석 로
펴낸곳 / 서 문 당
주소 / 서울시 마포구 성산1동 20—12호
전화 / 322—4916~8 팩스 / 322—9154
등록일자 / 1973. 10. 10
등록번호 / 제13-16